超人気アイドルは、無自覚女子を溺愛中。

まは。

STARTS
スターツ出版株式会社

イラスト／なま子

わたしの実家のカフェに通う常連さんは、
優しくてかっこよくて笑顔が素敵な人。

「ゆきちゃん、今日もかわいいね」
「お代として、おれの苗字もらってよ」
でも、いつも冗談ばかり言ってからかってくる。
冗談とわかっているけど、少し心臓に悪いです。

「こちら、サービスです」
店員――白川雪乃、高２――。
×
「早く、おれと付き合ってよ」
常連――空野颯、19歳――。

ニコニコ笑顔のワンコ系かと思いきや、
「その手を離して出ていってくれない？」
ピンチのときはヒーローみたいに助けてくれる。
そんなかっこいい常連さんのことを、
わたしは、何ひとつ知らなかったんだ……。

人気者の彼だけど、
「雪乃のこと、好きすぎるわ」
ひとりじめしていいですか？

空野　颯（そらの　はやて）

アイドルユニットaozora（アオゾラ）のソラとして活動中の超人気アイドル。つねに元気いっぱいなワンコ系男子。初めて会ったときから雪乃が好きで、溺愛（できあい）は日々増していき…？

白川　雪乃（しらかわ　ゆきの）

実家のカフェ「Snow White（スノーホワイト）」を手伝っている、おっとりした性格の高校２年生。ちょっぴり天然で、芸能人の情報には疎（うと）く、颯が超人気アイドルだと知って驚く。

桃田 花音

雪乃の友人で、流行に敏感なイマドキの女の子。かなりのテレビっ子で、キラキラしたアイドルが大好き。

黒瀬 拓海

学校内のモテ男子。無口でクールな性格で、女子とはあまり絡まないけど、雪乃には自分からグイグイいく。

青山 海成

颯の相方で、aozoraのアオとして活動中。プロ意識高めでクールだが、本当は颯が大好きなツンデレ男子。

☆contents

Chapter 1

新しい常連さん

「ありがとうございました！」
　頭を下げて、お客様を送り出す。
　そこでやっと一息つくことができた。
　ここ、カフェ“Snow White”はわたしの家。
　わたしが生まれた年に両親が始めた、小さくて静かな隠れ家的なカフェだ。
　由来は、わたしの名前からみたい。
　わたしの名前、白川雪乃を略して“白雪”。
　『グリム童話』と一緒。
　だからこのカフェは、名前と生まれた年がわたしと同じなんだ。
　小さいころから手伝っていて、高校２年生になった今もほぼ毎日のように手伝っている。
　このカフェで、お父さんとお母さんと一緒に働くことがすごく好きなんだ。

　楽しくまったりと、今日もカフェSnow Whiteは営業中。
　忙しいラインチタイムを乗りきり、お客様がいない時間ができる。
　その間にテーブルを拭いたり、床をささっと掃いたりして店内を清潔に保つ。
「ゆきちゃん、休憩入るわね」

「わかった」
「たぶん大丈夫(だいじょうぶ)だと思うけど、たくさんのお客さんが来たら遠慮(えんりょ)なく声かけてね」
「うん」
　わたしの返事を聞くと、お母さんはニコッと微笑(ほほえ)んで店の裏のほうに行く。
　食器を洗い終わったお父さんも、わたしに一声かけてから休憩に入った。

　今は誰(だれ)もいないため、ゆっくりと店内を掃除(そうじ)してからカウンター内に入る。
　──カランカラン。
「いらっしゃいませ」
　ドアベルの高い金属音に条件反射で、すぐにお決まりの言葉が出る。
　ドアのほうを見ると、黒いキャップを深くかぶっている若い男の人が立っていた。
　彼の着ている濃い青のＴシャツは、濡(ぬ)れて体に貼(は)りついている。
　雨が降っていたんだ。
　雨音が小さくて気づかなかった。
「何名様ですか？」
　近づいて声をかけるも、深くかぶられたキャップで顔はあまり見えない。
「……ひとりです」

「かしこまりました。少々お待ちください」

お客様を待たせすぎるわけにはいかないから、小走りでカウンター内に行き、予備としてつねに置いてあるタオルを３枚ほど手にする。

そして、すぐに戻ってお客様にタオルを差し出した。

「どうぞ、お使いください」

「え……いいんですか？」

「はい。しっかり拭いてくださいね。風邪をひいたら大変ですから」

ゆっくりと伸ばされる手の上にタオルを置く。

すごく濡れているから、長い間外にいたのかな？

きっと寒いよね。

梅雨の時期はジメジメしているし、気持ち悪いはず。

「ありがとうございます」

少しかすれた優しい声。

耳に心地よくて笑顔で返す。

「お席は好きなところに座ってくださいね」

今は他にお客様もいないし、ちょうどよかったかもしれない。

このお客様も、まわりを気にせずに済むもんね。

「はい、ありがとうございます」

再び優しい声でお礼を言ってくれるけど、体をしっかりとタオルで拭いていて動こうとしない。

「お客様……？」

「あ、すみません。店内をこれ以上、濡らすわけにはいかないので」
「入ってきてあれですけど」なんて苦笑まじりに続けるお客様に、思わず笑ってしまった。
心も優しい人なのかな？
「大丈夫ですよ」
「でも……」
「イスはすべてプラスチック製なので、濡れても平気です。お気になさらず、どうぞ」
そう促すと、やっと動いてくれた。
そして、真ん中あたりのカウンター席に座る。
少し、意外に感じた。
ひとりで来て自分以外に誰もお客様がいなかったら、伸び伸びとできるテーブル席に座ると思っていたから。
「ご注文が決まりましたら、お声がけください」
「あの、ホットコーヒーひとつ。ブラックでお願いします」
「かしこまりました」
注文を受けてからコーヒーの用意をする。
抽出している間に、カップに白湯を入れて温める。
抽出ができたら、白湯を流してコーヒーを注ぐ。
ふと顔を上げると、キャップを取ったお客様の顔がよく見えた。
きれいな顔に思わず目を奪われる。
すべてのパーツが整っており、バランスよく配置されていてすごくかっこいい。
一度見たら、きっと忘れないほど。

モテそうなのが、容易に想像できた。

だけどその顔は、なんだか元気がないように見える。

わたしはコーヒーと一緒に“あるもの”をトレーに載せて、席へと向かう。

「こちら、ホットコーヒーとガトーショコラです」

「え？」

「あ、もしかしてガトーショコラ、お嫌いですか？」

「いや、好きだけど……頼んでないから」

好きならよかった。

ブラックを頼むってことは、あまり甘いものが好きじゃないのかもと思ってガトーショコラにしたから。

「こちら、サービスです」

わたしの勘違いだったら申し訳ないけど、やっぱり元気がないように見える。

このお店にいる間だけでも、ほっとできて癒やされて笑顔になってほしいから。

「……ありがとうございます」

「いえ、ゆっくりしていってください」

お客様に軽く頭を下げてから、カウンター内に入った。

そして、使い終わったサイフォンを洗う。

「……おいしい。これ、おいしいです！」

急に大きな声が聞こえ、びっくりして肩が上がる。すぐに声がしたほうを見ると……。

お客様が目を見開いて、わたしを見ている。

あまりの勢いとリアクションに、思わず小さく吹き出してしまった。
「よかったです！」
　わたしも、少し大きめの声で返す。
　うれしいなぁ。
　こうやって食べた感想を伝えてくれて、喜んでもらえるとすごくうれしい。
　わたしが笑うと、お客様も笑い返してくれた。
　やっぱりかっこいい人だ。
　素敵な笑顔だ。
　この笑顔を見られることがうれしいから、カフェで働くのは好きだなって思う。
「ケーキを食べると、ほっこりしますよね」
「……」
　わたしの言葉に対する反応はなく、代わりに視線だけ強く感じた。
　す、すごく見られている……。
「お客様……？」
「あ、なんでもないです」
　声をかけると、パッと目を逸(そ)らされた。
　どうしたんだろう？
「じつは今日、いろいろと上手くいかなくてへコんでたんです。でも今、元気が出た」
　もう一度、わたしを見て目が合う。
　本当に元気が出たみたいで、さっきの表情とは違う明るい表情になっている。

「お客様の笑顔を見て、わたしも元気になりました」

お客様の笑顔が、わたしの元気の源だもん。

こうしてストレートに気持ちを伝えてくれるお客様は多いわけではないから、素直にうれしいな。

たくさん、うれしい気持ちをもらった。

「あの……」

「ゆきちゃーん、コーヒー豆の補充を忘れてた！　お願い！」

「はーい！」

突然、裏からお母さんの大きな声が聞こえてきた。

お母さんは、お客様が来店されたことに気づいていないみたい。

いつものクセで返事をしちゃったけど、今はお客様がいる時間帯。

いきなりスタッフの大きな声が聞こえてくるなんて、落ちつかないし、気分を害する人もいるかもしれない。

しかも、目の前にいるお客様は、今日初めていらっしゃった方。

お母さんには、気をつけるよう言っておかないと。

ちょっと抜けているところがあるから。

「申し訳ございません」

視線を感じて先に謝ったけど、お客様は嫌な顔をするどころかニコッと笑う。

本当に優しい方だ。

「それより、ゆきちゃんっていうんですか？」

「え？　あ、名前は白川雪乃ですが、母はそう呼んでいます。ここは両親の経営で、わたしは手伝いなんです」

　質問に答えてから、コーヒー豆の補充をしていく。

　手伝いを始めたころは、コーヒー豆の種類が多くて時間がかかったけど、今はコーヒー豆の種類も置き場も把握しているから、かなりスムーズにできていると思う。

「白川雪乃……きれいな名前ですね」

「あ、ありがとうございます」

　なんだか恥ずかしくて、顔が少し火照る。

　コーヒー豆の補充を終わらせ、ふぅ、と息を吐いた。

「ゆきちゃんって高校生？」

「はい、高２です」

「そうなんだ。おれは今年の３月に卒業したよ」

「同世代なのに大人っぽいですね」

「社会人だからかな。高校生と社会人ってだいぶ違うよ」

　ってことは、進学はせずに就職したんだ。

　今年卒業ってことは、わたしの２つ上になる。

　２つ違うだけで、こんなにも大人っぽいなんて……。

　このお店にも大学生のお客様がいらっしゃるけど、なんとなく違うもんなぁ。

　でも笑顔や雰囲気は無邪気で、かっこよさとかわいさを兼ね備えているから、不思議な人。

　初対面で職業を聞くのは失礼な気がするから聞かないけど、いったい、どんな仕事をされているんだろう。

　すごく気になる……。

「そうなんですか？」
「そうなんですよ」
　何度も頷くお客様に、そういうものなんだなぁと受け入れる。
「って、すみません。ゆきちゃんと話したくて、仕事の邪魔しちゃってますね……」
「大丈夫ですよ。今はお客様おひとりですし」
「ゆきちゃんって優しいね」
　さっきから、ナチュラルに『ゆきちゃん』と呼ばれている。
　けど、嫌な気はまったくしない。
　距離を詰めるのが、とても上手な人だ。
　思わず心を許してしまうような、そんな魅力がある。
「あと、おれは空野颯っていうので、『お客様』じゃなくて名前で呼んでほしいな」
「あ、かしこまりました」
「ふふっ、ゆきちゃん固いね」
　だって、初めて来てくださったお客様だもん。
　緊張しちゃうよ。
　でも、こんなに話せているのは、空野さんが話しやすくしてくれているからだと思う。
「おれ、基本的に超ポジティブ人間なんだけど、たま〜に沈むときがあるんだよね。それが、今日だったんだ。けど、ゆきちゃんのおかげで復活したよ」
「まさにポジティブですね。わたしじゃなくて空野さんの力ですよ」
「いーや、絶対にゆきちゃんだよ。てか、『空野さん』なんて他人行儀でくすぐったいし、颯って呼んでほしい！」
「えっ!?　で、でもお客様ですし……」
　というか、まだ出会って数十分だから他人行儀も何も、ほぼ他人だと思うんだけど。
　それに、男の人を下の名前で呼んだことがないから恥ずかしい。
「んー、まぁ今はいっか。それより、ゆきちゃんのことを教えてよ」
　これが空野さんの素なのか、口調もくだけてとてもフレンドリーだ。
　お店に来たときは、よっぽど落ち込んでいたんだね。
「わたし、おもしろい話できないですよ」
「おもしろい話じゃなくて、ゆきちゃんの話が聞きたいんですー！」
「えぇ!?」
「ゆきちゃんの好きな食べ物は？　さん、に、い……」
「え、えっとイチゴ大福が好きです！」
　急にカウントダウンが始まって急いで答えると、空野さんは満足そうに笑っている。
　空野さんって不思議な力があるね。
「じゃあ、わたしも！　空野さんの好きな食べ物はなんですか？」
「今日、ガトーショコラになったよ」

そんなにおいしかったのかな？

ここまで気に入ってもらえるとは思っていなかった。

出して本当によかったな。

それから空野さんはたくさん質問をしてきて、わたしの答えに対して話を広げてくれて楽しく話すことができた。

初対面でここまで打ち解けてたくさん話せたなんて、自分でもびっくり。

こんなにゆっくりとお客様と話すことは初めてだったけど、すごく楽しかった。

これは紛れもなく、空野さんの人柄があってこそだ。

「あ、電話だ。盛り上がってきたところだったのに」

「空野さんしかいないので、店内で出てもらって大丈夫ですよ」

「ありがとう」

空野さんは返事をすると、少し拗ねた様子でスマホをタップして電話に出る。

「何？　え、もうそんな時間？　うん、うん……わかった、今から行く」

お友達と待ち合わせかな？

気がつけば、すでに１時間がたっていた。

通話を終えた空野さんが、わたしを見る。

「名残惜しいけど、おれもう行くね。お会計お願いします」

「はい。コーヒー１杯で……」

「これで。おつりはいいよ」

「え、でも……」
「元気もらったからさ。タオルもありがとう。また来るね」
「あ、待ってくださ……」
　わたしの止める声もむなしく、ドアを開けて颯爽と出ていく空野さん。わたしは、すぐに追いかける。
　すると、わたしに気がついた空野さんは大きく手を振り、店から少し離れた場所に停止しているタクシーに乗っていってしまった。
　手渡された5000円札に視線を落とす。
　うちのお店のコーヒー１杯は、さすがにここまで高くないよ。
『また来るね』
　その言葉が本当なら、また来てくれたときに返そう。
　申し訳なさすぎるもん。
　でも、すごく楽しい人だったな。
　元気をもらったと言っていたけど、きっとわたしも同じか、それ以上に元気をもらった気がする。
「さぁ、がんばろう！」
　気合いを入れ直して店内に戻る。
　もうすぐディナータイムで、お客様が入ってくる。
　今日は、いつも以上にがんばれそうだ。
　お母さんとお父さんも休憩を終えて、ディナータイムの準備を始める。
　わたしもそれを手伝い、いつもどおりだけど、いつもより元気いっぱいで仕事をすることができた。

　今日もすべての授業を終え、カバンに教科書を詰め込んで帰る支度をする。
「昨日のソラ見た？」
「もちろん見た！　天然発言連発しちゃったやつでしょ？」
「そうそう。声出して笑っちゃった」
「待って。録画してるからまだ言わないで」
「早く見てほしい！　もうほんとかわいすぎたから」
「顔、真っ赤になってたよね」
「早く見たい！　今日帰ってすぐ見る！」
　楽しそうなクラスメイトの会話が聞こえ、顔を上げた。
　女子３人組は笑顔で話しながら、ドアのほうへ歩いていく。
　テレビの話、かな？
　すごく楽しそうに笑っている。
　あんなに笑顔になれるなんて、どんな番組なのかな？
　普段は、テレビとかあまり見ないけど気になる……。
「雪乃、ボーっとしてどうしたの？」
「あ、花音ちゃん。楽しそうだから何を話してるのかなって気になって……」
　声をかけてくれたのは、学校でいつも一緒に行動している桃田花音ちゃん。
　かわいくて明るくて、クラスでも目立っているムードメーカー的存在。
　髪もふわふわしていて、とってもおしゃれな女の子。
「あー、ソラのこと話してるんじゃない？」

　教室を出ていく３人を見ると、花音ちゃんはすぐにわかったみたいで教えてくれた。
「ソラ？」
「アイドルだよ。あの３人はアイドル好きで、あたしもよく話してるんだ。昨日、バラエティ番組にゲストでソラが出てたし、その話だと思う」
「アイドルの話なんだね。花音ちゃんも好きなの？」
「すっごい好き！　本当にかっこいいし、見ているだけで笑顔になれて元気をもらえるんだ」
　へぇ……。
　花音ちゃんがそこまで言うなんて、本当にすごい存在なんだなぁ。
　それに、かっこよくて見ているだけで笑顔になれて元気をもらえるなんて。
　まるで、空野さんみたいだ。
　芸名なのか、本名なのかはわからないけど、「ソラ」っていう名前も空野さんに似ているし。
　空野さんも仲のいい友達から、愛称として「ソラ」って呼ばれたりするのかな？
　それとも、下の名前で呼ばれるほうが多いのかな？
　空野さんの友達関係とか、わたしの知らない空野さんとか、ちょっと気になるなぁ……。
　そこで、ふと気づいた。
　アイドルの話をしていたはずなのに、いつの間にか空野さんのことを考えていた。

そんな自分に驚くと同時に、少し恥ずかしくなる。

でも、本当に思ったんだ。

今までアイドルに興味を持ったことはなかったけど、話を聞いた限りでは、アイドルって空野さんのような存在なんだなぁ。

それなら、楽しそうに笑顔で話しているのも納得できる。

わたしも空野さんと話していると、自然と笑顔になってしまうから。

ニコニコしている花音ちゃんが、突然「あっ！」と声を上げた。

「やばい！」

「どうしたの？」

「今日、ソラが初の単独で表紙を飾った雑誌の発売日だった！　予約してないから、売り切れちゃう!!」

「それは急がないと！」

雑誌のことはよくわからないけど、花音ちゃんが焦っているのはわかる。

「ソラのこと、今度詳しく話すよ」

「うん。楽しみにしてるね」

「じゃあ、また明日！」

花音ちゃんはカバンを肩にかけながら、走って教室を出ていった。

本当に、そのアイドルが好きなんだと伝わってくる。

花音ちゃんのコロコロ変わる表情や走って出ていく姿を思い出し、ふっと笑みがこぼれた。

　わたしも早く帰ってカフェのお手伝いをしないと。
　カバンを肩にかけ、足早に教室を出て家路についた。
　帰ってすぐにカフェユニフォームに着替(きが)え、髪をポニーテールにまとめてからフロアに出る。

「ゆきちゃーん！　注文いいー？」
「はい！　今、行きます」
「ホットのブラックコーヒーとプリンをお願いします」
「かしこまりました」
　注文を受けて、カウンター内に入る。
　空野さんが初めて来店された日から、１週間がたった。
　この１週間、定休日の水曜日以外は来店してくれた。
　１時間以上ゆっくりするときもあれば、コーヒー１杯だけ飲んで、すぐに帰るときもある。
　それでも来てくださるのは、店員としてはとてもうれしいことだ。
　毎日いらっしゃってくれるので、お父さんとお母さんも空野さんのことは認知していて、早くも常連さんになりつつある。
　明るくてハキハキしていて、まわりまで笑顔にしてくれる空野さん。
　別の常連さんとも話している姿を何度か見たことがあるけど、コミュニケーション能力がすごく高い。
「空野くん、毎日来てくれるわね。イケメンだし明るいし癒やされるわぁ」

　わたしがコーヒーとプリンを用意している後ろで、お母さんは片手を頬に添えてうっとりと空野さんを眺めていた。

　お母さんは、空野さんをかなり気に入っている様子。

「春乃さーん」

「きゃぁ！　空野くん！　メガネも似合ってるね」

「ありがとうございますっ」

　目が合ったのか、空野さんがお母さんを名前で呼ぶ。

　いつの間にかそんな仲になっていて驚いたけど、お母さんも空野さんも楽しそうだから見守っておく。

　黒のキャップに、黒縁メガネの空野さん。

　キャップが好きなのかたくさん持っているみたいで、いつもいろいろなブランドのキャップをかぶっている。

　服や小物にも、気をつかっているのがよくわかる。

　そういえば、空野さんって普段は何をしているんだろう？

　髪色も明るくてきれいなミルクティーベージュだし、美容師やショップ店員みたいな、ファッションに関係するおしゃれな職場で働いているのかもしれない。

「空野くんって、ほんとにかっこいいわね」

「春乃さんも、おきれいですよ」

「もう、上手なんだから」

「ゆきちゃんもかわいいし。ゆきちゃん、おれと付き合ってくれないかなって」

「そしたら空野くんが息子!?　いいわね、うれしい」

お母さん、話が飛躍(ひやく)しすぎだよ。

付き合うだけじゃ息子にならないって。

それ以前に、わたしと空野さんは付き合わないよ。

ふたりの冗談に巻き込まないでほしい。

冗談だとわかっていても、言われ慣れていない言葉ばかりで思わずドキッてしちゃったもん。

空野さんは本当にかっこよくて素敵な人だから、きっとすでに同じくらい素敵な人が隣(となり)にいるって……。

「お待たせしました。ホットコーヒーとプリンです」

「ありがとう、ゆきちゃん」

ニコッとわたしを見上げて丁寧(ていねい)にお礼を言ってくれる空野さんを見るだけで、自然に頬が緩(ゆる)む。

やっぱり、まわりまで笑顔にしてしまう魅力のある人だ。

「ゆきちゃん、今日もかわいいね」

「へっ!?」

「ふっ、その顔もかわいい」

不意打ちのセリフに驚いて、間抜(まぬ)けな声を出してしまった。

そんなわたしを、クスクスと笑って見ている空野さん。

心臓に悪いよ……。

笑っているということは、からかっただけなんだと思うけど……。

「すみませーん！」

「はーい！　で、では、ごゆっくり！」

別のお客様に声をかけられたから、すぐに空野さんに会釈をして、その場をあとにする。
　注文を受けるけど、頭の中は空野さんでいっぱい。
　ほんと、心臓に悪い。
　今日は金曜日で週末ということもあり、多くのお客様が入れ替わり立ち替わりいらっしゃって忙しい時間が続く。
　ディナータイムの今がピークで、お父さんとお母さんも厨房をバタバタ動いている。
　ここを乗りきれば……と集中して働き、たまに空野さんをチラッと見て元気をもらう。

「注文いいっすかー？」
「はい、ただいまうかがいます」
　空いたテーブルを片づけていると、別のテーブル席のお客様に声をかけられた。
　大学生くらいの男性４人のグループだった。
「お決まりですか？」
　オーダー用紙とペンを手に尋ねると、順番に注文を取っていく。
　全員の注文を聞き終え、その席から離れようとすると急に手首を掴まれた。
「あ、あの……」
　驚いて一瞬固まってしまったけど、失礼にならない程度に掴まれた手を引っ込めようとする。
　でも、まったく離してくれる様子はなく、むしろ力を込めてぎゅっと握られた。

心臓がドクドクと嫌な音を立て始め、ぞわっと気持ち悪さが全身をかけめぐる。
しかも、力が強くて握られた部分が痛い。
「は……離してください」
勇気を出して言ってみるも、手首を掴んでいる男の人はニヤニヤと感じの悪い笑みを浮(う)かべていた。
——怖(こわ)い。
そこで初めて、はっきりと恐怖(きょうふ)を自覚する。
手を引いてもしっかりと掴まれていて、わたしの力では無理やりにでも離すことはできない。
何より、相手はお客様だ。
まわりが気づくよう、大声を出していいのかな……。
どうしよう……。
「ねぇ、連絡先(れんらくさき)を教えてよ」
「そういったことは……」
「いいじゃん。これも注文」
「困りますっ……」
今まで手伝いをしてきて、幸いにもこういったお客様がいたことはなかった。
初めての経験で、どう対応すればいいのかわからずパニックになる。
お父さんもお母さんも忙しくて、フロアを気にする余裕(よゆう)はなさそうだった。
ここは、自分でなんとか解決しないといけない。
「ご注文を繰(く)り返します。コーラがおひとつ、メロンソーダが……」
「いいからさ。ね、連絡先」
「ひゃあっ」
　ぎゅっと痛いほど強く握られていた手を、今度は指先で嫌らしくなぞってくる。
　そのまま腰のあたりをさわられて、気持ち悪さから小さく悲鳴を上げてしまった。
「連絡先を教えてくれないと、離さないもんね～」
　わたしの手首を握っている男の人の言葉に、ニヤニヤする仲間３人。
　もう、だめだ……。気持ち悪くて涙が出そう。
　俯いて下唇をぐっと噛みしめ、涙をこらえる。
　お父さん、お母さん、助けて……っ！
　そう心の中で叫び、目をぎゅっとつむったときだった。
「その手を離して出ていってくれない？」
　突然肩をぐいっと引き寄せられて、そのままの勢いで抱きしめられた。
　男の人の手は離されたけれど、掴まれていた箇所はまだじんじんと痛む。
「は？」
「あんた何？」
「俺ら、客なんだけど」
「お客様は神様だろ。文句あんのか？」
　４人が、わたしを助けてくれた人に文句を言い始める。
「きみたちみたいに店員さんを困らせる人は、客でもなん

でもない。おれも含め、店内にいる人全員に不快な思いをさせて……」
あぁ、空野さん。この声は、間違いなく空野さんだ。
触れられたのは初めてだけど、力強くも優しさであふれる腕の温もり。
ゆっくりと目を開けて声がするほうを見ると、やっぱり空野さんだった。
ほっとして、思わず涙がにじむ。
「今すぐ店から出ていってください」
空野さんがいつもの優しい声からは想像できないほどの怒気を含んだ低い声を出す。
４人の男性はダルそうに席を立ち始め、空野さんを睨みながら次々と口を開いた。
「チッ。二度と来ねぇよこんな店」
「客を失ったと思え。潰れるぞ」
「きみたちの倍以上、おれひとりでここにお金を落とすから大丈夫。二度と来なくていいよ」
だけど、彼らの捨てゼリフに負けないほどの強く印象に残るセリフをにこやかに返す空野さん。
さすがに言い返す言葉がないのか、ひとりの男性が再び舌打ちをすると、テーブルとイスを軽く蹴って４人はお店を出ていった。

「……ふぅ、迷惑な人たちだな」
空野さんは息を吐いてから、わたしの頭を優しく撫でてくれる。

　そして抱き寄せていたわたしの肩から手を離すと、心配そうな表情で顔を覗き込んできた。

　きれいな瞳に至近距離で覗き込まれ、心臓がドキッと大きく高鳴ったのがわかった。

「あ、ありがとうございます」

「うん、怖かったね。ほら、唇が赤くなってる」

　わたしがお礼を言うと、空野さんがわたしの唇に触れる。

「えっ!?」

　突然のことにびっくりして目を見開く。

　赤くなったのは、さっき噛みしめたからだ。

　それよりも、親指で唇を優しく撫でられているせいで、心拍数がさらに上がっていく。

　さっきから脈がおかしい。ドキドキする。

　でも、今のドキドキは、さっきの４人グループに絡まれていた心音とは違う。気持ち悪さもない。

　嫌な感じじゃなくて、むしろなぜか心地よくて……。

「ご両親や、おれたち常連客も近くにいるんだから、遠慮しないでちゃんと助けを求めなきゃ。客だからってなんでもしていいわけじゃないし、お店側も客を選ぶ権利はあるんだよ。嫌だったらはっきり言わないと」

　子どもに言い聞かせる親のようにまっすぐ強い瞳を向けられ、素直に頷く。

「はい……」

「わかればよろしい」

　わたしの返事を聞くと表情を柔らげ、優しい笑みを浮かべる空野さんに再び涙腺が緩む。
　空野さんがいてくれてよかった。
　ヒーローみたいだった。
　すると、思いがけず拍手が沸き起こる。
　驚いて周囲を見回すと、店内のお客様たちが手を叩きながら空野さんとわたしを安堵した表情で見ていた。
「ゆきちゃん!?」
「雪乃！　大丈夫か？」
　すぐに、お母さんとお父さんが、わたしの元に小走りでやってくる。
　まわりのお客様には目もくれず、お父さんがガシッと両肩を掴んだ。
　わたしは笑って大きく頷く。
「大丈夫だよ。忙しい時間にごめんね」
「雪乃が無事なら、そんなことどうだっていいんだ。雪乃に何かあったら……」
「そうよ。すぐに大きな声を出さなきゃ」
「ごめんごめん。次はそうするね」
「次なんてあってたまるか！」
　お父さんの鋭いツッコミに、たしかに次があったら困るなぁと、思わず苦笑い。
　聞けば、ふたりはお客様からわたしが絡まれていることを知らされ、すぐに出ていこうとしたけど空野さんに制されたという。

　空野さんは、忙しいふたりに気をつかってくれたんだ。
　どこまでも優しい人だな……。
「雪乃ちゃん、大丈夫だったかい？　すまないね、見てるだけで何もできなかった……」
　ふいに、近くにいた古くから顔見知りの女性のお客様が、声をかけてきた。
「はい、大丈夫です。お騒（さわ）がせしてしまいすみません」
　続けて、空野さんにも声をかける。
「あんた男前やね」
「ゆきちゃんのピンチだと思って」
「ハッハッハ。雪乃ちゃんは、こんな男前に好かれて幸せだね。あたしも、このお兄さんに負けないくらい、このお店にお金を落とすよ」
「おれも、ゆきちゃんに貢（みつ）ぐんで」
　わたしに？　お店にじゃなくて？
　空野さんの言葉に引っかかり、首をかしげる。
「そういえば、あんたあの人に似てるね。最近テレビでよく見る芸能人の……誰だっけかな？　とにかく顔も性格も男前やね！　常連同士、このお店を守っていこうね」
　そして、バシバシと空野さんの背中を叩くから、空野さんは思わず苦笑い。
　叩かれたのが痛かったのかな？
　でも、空野さんは本当にかっこいいもんね。
　芸能人とかにはあまり詳しくないけど、芸能界にいても違和感ないくらいかっこいいと思うよ。

顔も整っていてきれいだし、性格も優しくておもしろくて話しやすいから。

「俺も守っていくよ」

「雪乃ちゃんの笑顔にはいつも元気もらってるからね」

「これからもたくさん通うよ」

「俺も！」

「私も！」

常連のお客様たちが、次々と声を上げ始める。

お客様がたくさんいる前であんな騒ぎを……。

もっと冷静に、あの場をやりすごすことができていれば、こんな大事（おおごと）にはならなかったよね……。

だけど、お客様たちの言葉が優しくて、うれしくて、温かい気持ちになった。

「空野くん、ありがとう……！」

お母さんが空野さんの手を取り、お礼を言う。

「いえいえ」

空野さんは、にこにこ笑っている。

「春乃さんと昌幸（まさゆき）さんの大切なゆきちゃんを守りたかっただけですから」

「空野……！」

「昌幸さん！」

名前を呼び合い、固い握手をかわすふたり。

お父さんと空野さんの間に、なぞの友情が芽生えている気が……。

「空野になら雪乃を任せられる」

「お、お父さん!?」
「ありがたきお言葉です！　あと、今、忙しいのは承知ですが、ゆきちゃんに休憩をいただいてもよろしいですか？」
「もちろん」
「ありがとうございます！」
「え？　ちょっ……えぇ!?」
　空野さんは90度のお辞儀をしてから、わたしの手を優しく握って歩き出す。
　そしてスタッフオンリーのカウンター内を進んで奥に行き、自宅のほうへ入った。
　どうして自宅への行き方を知っているのか疑問が浮かぶけど、それを口にできるほど、この状況に頭がついていっていない。

「お邪魔します」
　律儀に挨拶をするけど、わたしの返事を聞かずに家に上がり込む空野さん。
　そんな矛盾に呆気にとられていると……。
「家の場所は、前に春乃さんが言っていたんだよ」
「そうだったんですね」
「それより、ちょっとごめんね」
「えっ？」
　わたしの手を持ったままの空野さんに、いきなり腕まくりをされた。
　そこはさっき掴まれていた部分で、あらわになった手首には赤く痕が残っていた。

　空野さんが、その痕にそっと指で触れて「痛かったね」と温かく優しい声をかけてくれる。

「ここ、冷やさないとね。保冷剤とかある？」

「ありますよ」

　冷凍庫から保冷剤を取ってきて手渡すと、受け取った空野さんがポケットの中から出したハンカチで保冷剤を包んで、わたしの手首に当ててくれた。

　一連の動作が流れるようにスムーズで、テキパキしていて……やっぱり頭がついていかない。

　だけど、わたしの手を握る空野さんの手の温かさを意識した瞬間、ドキドキし始める。

　シーンとした空間が、より心拍数を上げている気がして、息苦しさを感じた。

「おれ、ゆきちゃんが心配だよ。かわいいのに警戒心がないから、またこんなことにならないかって……」

「も、もう大丈夫です！　何度も同じことにはなりません」

「ゆきちゃんはかわいいんだからね？　気をつけてね」

「大丈夫ですって」

「もっと警戒心を持ちなよ。本当に気をつけて」

　空野さんは心配性だなぁ。

　真剣な表情で念押しされるから思わず苦笑い。

　でも、わたしのことをこんなに心配してくれる人が両親以外にもいるってことは素直にうれしい。

　だから素直に、空野さんの注意を受け入れる。

「はい、わかりました。気をつけますね」
　だけど、わたしの返答に、なぜかむっとしたような表情を浮かべている空野さん。
　ん？　そっけなかったかな？
　そんなことを思っていると……。
「ゆきちゃん、絶対にわかってない……それに、おれだってまだ、ゆきちゃんの連絡先を聞けてないのに……」
　空野さんが、ゆっくりと口を開く。
「……連絡先？」
「うん……」
　そういえばさっき、連絡先を聞かれたな。
　年が近いお客様が少ないせいか、店で連絡先を聞かれるのは初めてのこと。
　何より、お客様とは一定の距離を保つべきと考えているから、連絡先を交換(こうかん)したり、店の外で会ったりするのは控(ひか)えたほうがいいと思っていた。
　だけど、こうして助けてくれ、ごく自然な流れで家に連れてきてくれた空野さん。
　そして、わたしもまったく嫌な気がしていないどころか、本当に感謝している。
　それに、彼のことを……もっと知りたい。
　だから、空野さんになら連絡先くらい……。
「……空野さんには、教えてもいいです」
「……へ？」
　空野さんなら……。

なんて思わず言ってしまったけど、言ったあとに恥ずかしさが込み上げてくる。

「あ、えっと、その、無理にとは……」

「教えて！　教えてほしい！　交換しよ!!」

勢いよくスマホを目の前に出す空野さんに驚きながらも、わたしもスマホを出した。

わたしのスマホに空野さんの連絡先が追加される。

男女問わず、クラスの仲のいいメンバーで連絡先は共有しているけど、こうやって年上の男の人と連絡先を交換するなんて初めてのことで緊張してしまう。

「ありがとう！」

「こちらこそです」

本当にうれしそうにお礼を言ってくれるから、わたしも笑顔で返す。

今日はいろいろなことがあったけど、空野さんの強さや温かさに触れて優しい気持ちになれた。

空野さんがいてくれて本当によかった。

「これからも通うね。連絡もたくさんするから」

「はい！」

空野さんは大切なお客様。

だけど、それ以上に深く関(かか)わっていきたい。もっと知りたい。

誰かに対して初めて、そんなふうに思ったんだ。

きみと話すだけで

「今日、ソラとアオが歌番組に出るよ」
「もちろん録画済み。リアタイもする」
「楽しみだね」
　昇降口(しょうこうぐち)で靴(くつ)を履(は)き替えていると、うしろを通りすぎる女子たちの会話が聞こえてきた。
　ソラとアオ？
　ソラは前にクラスメイトが話していて、花音ちゃんが少し教えてくれた。
　そういえば、まだどんな人か知らないな。
　結局、写真を見せてもらう機会を逃(のが)したままだ。
「今のソラの髪色、いいよね」
「わかる。ソラの真似して、うちもミルクティーベージュに染めたい」
「でも、久しぶりに黒髪も見たいかも」
　ミルクティーベージュって空野さんと同じだ。
　ここでも空野さんとソラの共通点を見つける。
　今の流行(はや)りなのかな？
　上靴(うわぐつ)に履き替えて教室に向かっている間も、前にいる女子たちの会話が耳に届く。
「最近、よくテレビに出るからうれしい」
「わかる！　雑誌もいっぱい出てるから、ついつい買っちゃうし」

「ライブも行きたいよね」
「早く情報出ないかな」
　話は尽きることなく、どんどん進んでいる。
　すごい人気なんだなぁ。
　そう思いながら、わたしは自分の教室に入った。

「昨日の夜、動画サイトでソラを見始めたら止まらなくなって寝不足……」
「ソラは永遠に見ていられるよね」
　自分のクラスに入っても、女子たちはソラの話題で盛り上がっていた。
　ここまでみんなが夢中になって熱く語れるなんて、改めてアイドルってすごい存在なんだね。
　ソラってすごい。
　ますます気になってきたから、今日こそ花音ちゃんにソラについて教えてもらおう。
　……なんて思ったけど、わたしにそんな余裕はないみたいだ。
　１限目の英語で返却された小テストを、穴が開くほどの勢いで何度も見返す。
「この時期の小テストということは、わかりますね？　しっかり復習しておいてください」
　先生の言葉に冷や汗が出る。や、やばいかも……。
　梅雨が明けて、もうすぐ期末テストは目前。
　小テストとはいえ、この点数は……。

「雪乃〜、英語やばいんだけど」

　授業が終わると同時に、後ろから抱きついてきたのは花音ちゃん。

　顔を横に向けて見えた花音ちゃんの表情は、苦笑まじりだった。

　脱力(だつりょく)し、わたしに体重を預ける花音ちゃんの腕をポンポンと叩く。

「花音ちゃん、わたしもだよ……」

　放課後や休みの日はカフェの手伝いばかりしていて、まったく勉強ができていなかった。

　高校って毎日課題が出されるわけではないから、ついついおろそかになってしまう。

　小学生のときにめんどくさいなって思っていた毎日の宿題のおかげで、勉強ができていたことに今さら気づく。

　気づいたところで、この小テストの結果は変わらないのだけど……。

　花音ちゃんとふたりして英語の小テスト撃沈(げきちん)。

　さすがに今からがんばって勉強しないと、期末テストで泣きを見ることになるのは容易に想像ができる。

「勉強しよう！」

「うん、しよう！　平日ならいつでも席を取っておくからね」

「助かる！　いっぱいデザート頼んじゃお」

「まず勉強だからね？」

　去年から、テスト前はうちのカフェの席を取って、花音ちゃんと勉強している。

休みの日は他のお客様も多く来店されるから席は取れないけど、平日はそこまで混(こ)まないから放課後限定で。

「桃田たち、勉強すんの？　俺も入れて」

パチンっと両手を合わせてわたしたちの会話に入ってきたのは、花音ちゃんと仲がいい、元気がトレードマークの赤坂(あかさか)くん。

「赤坂もやばかったの？」

「自慢(じまん)じゃないけど、すげーやばかった」

「せーの」

花音ちゃんの合図で、ふたりは同時にテストの点数を見せ合う。

「13点！　一緒じゃん」

「いえーい」

50点満点中の13点って、単純計算すると100点満点中だと26点になる。

赤点だ。

喜べる点数ではないけど、花音ちゃんと赤坂くんは、まさかの同じ点数だったことでハイタッチをしている。

「あたしは一緒に勉強してもいいけど、赤坂が来るなら場所変えようか？」

「ううん、大丈夫だよ」

「え？　白川の家で勉強すんの？」

「うん。わたしの家がカフェを経営しているから、そこの席を使って勉強するの」

「マジ？　カフェしてんの？　行きたい」
「ちゃんといっぱい頼んでね。雪乃んちのカフェメニュー、どれもめちゃめちゃおいしいから」
「了解(りょうかい)。バイト代おろしてから行くわ」
「気をつかわなくていいからね」
　わたしの家がカフェを経営していることを知っている人は、たぶん多くはないと思う。
　自分から言うほどでもないし、だからといって隠しているわけでもないから、こういう機会でもないと話さない。
　わたしの実家と知らずに、クラスメイトが来てくれたことは何度かあるけど。
　花音ちゃんもわたしの実家がカフェって知ったときは、赤坂くんと同じような反応だったなぁ。
「ってことで、今日行っていい？」
「あんた、少しは遠慮しろ」
「ふふ、大丈夫だよ。ふたりの予定があいてるなら、今日の放課後にしよっか」
「やった」
　花音ちゃんは気をつかってくれるけど、わたしのほうはまったく問題ない。
　むしろ、成績のほうが大ピンチだ。
　今のままじゃ、大好きなカフェのお手伝いもできない。
　それはわたしとしても困る。
「でも、あたしらアホの集まりだし、このメンバーだけで勉強しても意味ないよね？　教えてくれる人がいないと」

「たしかに……！」

気づかなかった……。

みんなで勉強さえすれば、赤点回避は確実にできると思っていた。

でも、教えてくれる人がいなきゃ、間違っているところも、問題を解くポイントもわかんないじゃん。

そんなことにも気づけないほど、わたしはアホだったみたいだよ……。

「いいやついるぞ」

「ほんと？　誰？」

「拓海！」

「え、まじ？　黒瀬は無理じゃない？」

「おーい、拓海！　今日の放課後、勉強教えてー！」

「やだよ」

赤坂くんが斜め前の席に座っている黒瀬くんに声をかけるけど、即答で断られていた。

たしかに、黒瀬くんって頭いいよね。

授業で当てられてもいつもすぐに答えてるし、テストでも１年生のときからつねに上位にいる印象がある。

黒瀬くんなら、適任かもしれない。

でも、嫌なら仕方ないよね。

いきなり誘ったわけだし、みんなそれぞれに予定があるんだもん。

「えー、けち！」

「仕方ないよ。違う人にお願いしよう」

むすっと唇を尖(とが)らせ拗ねてしまった赤坂くんをなだめる。

他に勉強ができて教えられそうな人って誰だろう？

「……白川もいんの？」

「え？　うん。花音ちゃんと赤坂くんと一緒に、わたしの家のカフェで勉強することになってるから」

「……わかった。勉強教える。俺も行くよ」

「ほんとに？　うれしい！」

さっきやだって言ってたけど、急にやる気になってくれたみたい。

気持ちが変わった理由はわからないけど、これで期末テストもばっちりのはずだ。

とりあえずは、よかった。

「ありがとう」

「……ん」

お礼を言うと、顔を逸らされ短い返事をする。

黒瀬くんはクールでかっこいいって女の子からすごい人気だけど、こんなふうに優しいからモテるんだね。

たまにしか話したことがないから知らなかった。

「おい！　拓海ひどくね？」

「雪乃に負けたね」

「あいつ、ほんとそういうとこあるよな」

「どんまい」

「まぁいいけどさ……」

黒瀬くんが勉強を教えてくれることになったし、テスト勉強がんばろう。

　お母さんにメッセージアプリで小テストの結果報告をして、４人で勉強するから席を使いたいと伝えると快諾（かいだく）してもらえた。

　放課後になり４人でわたしの家のカフェへ行くと、お母さんが明るく迎（むか）え入れてくれる。

「いらっしゃい。こちらにどうぞ」

　お母さんが、いちばん奥にある、いちばん広いテーブル席に案内してくれた。

　仕切りがしてあり、まわりのお客様の目を気にせずに勉強ができる空間が作られている。

「すごいおしゃれな店だな。おすすめは何？」

「さっそく頼むじゃん。全部おすすめだよ。けどパンケーキはとくに最高」

「お、じゃあパンケーキいっちゃおう」

「あたしも頼む〜！」

　花音ちゃんが笑顔で赤坂くんにおすすめしてくれる。

　それがうれしくてわたしも笑顔になった。

　わたしが注文を受けてお母さんに伝えに行く。

　そして、勉強会がスタートした。

　しゃべりながら、ときに集中しながらゆったりと自分のペースで勉強をしていく。

「ほごふぐほっ」

「汚（きたな）い。飲み込んでからしゃべれ」

「ぎゃっ、最悪！　飛んできた！」
「悪い。ここわかんなくて」
　わたしの隣に花音ちゃん、その前に赤坂くん、わたしの前に黒瀬くんが座っている。
　赤坂くんのせいで花音ちゃんが怒(おこ)ってふたりの言い合いが始まり、ノートから視線を上げた。
　ずっと下を向いていたから首が少し痛い。
　ゆったりと勉強をしていたつもりだったけど、けっこう長い時間、集中してたのかも。
　ふたりのおかげで一息つく。
「わかんないとこある？」
　そのとき、前に座っている黒瀬くんが尋ねてくれた。
　わたしの様子をうかがうようにしている黒瀬くんの厚意に甘(あま)えて、わからなかった問題を聞いていく。
「言ってくれればよかったのに。そのために来たんだし」
「そ、そうだよね。溜(た)めすぎたけどお願いします」
「いや、赤坂がうるさかったからだよな。じゃあ、まずはここから」
　質問するタイミングを逃して、わからない問題が溜まっていた。
　でも、丁寧にひとつひとつ教えてくれる。
　それがすごくわかりやすくて、つまずいていたのが嘘(うそ)のようにすんなり頭に入ってきた。
「あ、わかった！　ここって連語だったんだね」
「そうそう。これ見逃しやすいから気をつけて」

　ほんと、すごくわかりやすいなぁ。
　黒瀬くんて教えるのも上手だ。
　今日は来てもらえて本当によかった。
「うん、了解です！」
　そう言いながら顔を上げると、すぐ目の前に黒瀬くんの顔があってびっくり。
　至近距離で目が合い、少し緊張してしまう。
「ドキドキするね」
「え？」
「不意に目が合うとドキッとしない？」
　笑いながら、イスに深く座り直して距離をとる。
　男の子とこんなに近くにいることも慣れていないし、男女問わず目が合うと、なんだか照れくさいよね。
「……それってどういう意味で……」

「ゆきちゃーん！」
「はい！　今行きます！」
　突然名前を呼ばれ、反射的に返事をして「ごめん」とみんなにジェスチャーをしてから、呼ばれたところへ行く。
　そこでハッとする。
　わたし、今はお手伝い中じゃなかった。
　この声に反応して、無意識に体が動いてしまった。
「ごめんね、空野くん。今日ゆきちゃんは……あ、ゆきちゃん来た」
「呼ばれて体が勝手に……」

　もうわたしの体は、空野さんの声に反応してすぐに来てしまうようになっているらしい。
　今、そのことに気づいた。
　ほんとは、今はいわゆるプライベートだから、呼ばれても行かなくていいのに完全に無意識だった。
「え、制服だ。……かわいい。え、めっちゃかわいい！　天使？　ゆきちゃんは天使なの!?」
「ただの学校の制服ですよ」
「今日は髪おろしてるんだね」
「学校では基本的におろしてることが多いですね」
　飲食店だから、お手伝い中はいつもポニーテールにしているけど。
「新鮮（しんせん）だ……かわいい……」
　空野さんがじっと見つめてくる。
　そのまっすぐな瞳に映される恥ずかしさから、つい顔が熱くなる。
　空野さんから思わず目を逸らして、パタパタと両手で顔をあおいだ。
「って、ごめん！　もしかして今は働いてないの？　だから春乃さんがオーダー取ってたんだ。おれ、つい癖（くせ）でゆきちゃん呼んじゃって……」
　わたしが今はお手伝い中じゃないと気づくと、早口で申し訳なさそうに謝罪（しゃざい）する空野さんに、我慢（がまん）できず小さく吹き出した。
「わたしもです。つい癖で出てきちゃいました」

　わたしの言葉に空野さんも声を出して笑う。

　あ、なんか癒やされた。

　勉強で少し疲れていたけど、空野さんの笑顔を見たら元気が出る。

「何してたの？」

「友達と一緒に勉強してたんです。もうすぐ期末テストなんですけど、今日返ってきた小テストが悲惨な結果だったので……」

「ゆきちゃんなら大丈夫でしょ」

「どうしてですか？」

　わたしの成績とか空野さんは知らないはずなのに、なぜかそう言いきるとニコニコ笑っている。

　不思議に思って首をかしげるも、空野さんは自信満々な感じ。

「だって、ゆきちゃんはがんばり屋さんじゃん。ゆきちゃんなら大丈夫っておれが自信もって言えるよ」

「なんだか……空野さんに言われたら本当にそんな気がするから不思議です」

　わたしは大丈夫だって、本当に思えてしまう。

　空野さんのお墨つきだから、なんて。

　なんの根拠がなくても、空野さんの言葉には不思議な強い力がある。

　わたしはそれを信じて進みたくなる。

「ほんとに大丈夫なんだから当然でしょ。なんならおれが教えるよ？　いちおう高校卒業してるわけだし」

「空野さんって勉強できるんですか？」
「卒業できるくらいには」
　それはちょっと、怪しい気がするよ。
　じとっとした目で見ると、空野さんは前触れもなく突然ウインクをした。
　すごくきれいなウインクでちょっとびっくり。
　あんまりウインクしている人を見たことがないけど、こんなにパチッと上手にできるんだね。
　空野さんのまわりを、マンガみたいにキラキラが飛んだような錯覚さえした。
「あの……」
「ゆきちゃんが、おれのことを頭が悪そうだなって思ったのが伝わってきた」
「え!?　そんなことは……！」
「白川？」
　ふいにわたしを呼ぶ声が聞こえて振り返ると、黒瀬くんがいて、こちらを見ていた。
　わたしがなかなか戻ってこないから、呼びに来てくれたみたい。
「休憩おしまい。続きしよ」
「あ、うん……」
　つい空野さんと話し込んじゃった。
　空野さんと話すと楽しくて、話を終わらせるタイミングが難しい。
　盛り上げ上手だから、わたしも話したくなっちゃうんだよね。

　本当はもっと話したいけど、空野さんの都合もあるだろうし、わたしも今日は勉強をしないといけない。

「すみません、もう戻りますね」

「うん。テストがんばって」

　まだまだ話し足りない。

　少し名残惜しいけど、空野さんと話せて元気が出た。

　もうひとがんばりできそうな気がする。

「ありがとうございます。じゃあ、また。空野さんはゆっくりしていってくださいね」

「ありがとう」

　ニコッとした空野さんに微笑み返してから、黒瀬くんと席に戻った。

「雪乃おそ～い」

「ごめんね。つい常連さんと話し込んじゃってた」

　席に戻ると、花音ちゃんがむくれていた。

　そんな表情もかわいい。

　謝りながらイスに座り勉強再開。

「なあ、拓海。ここって……」

「自分で考えろ」

「えぇ!?　そりゃないだろ……」

　だけど、黒瀬くんの様子がなんだかおかしい気がする。

　眉間にしわが寄って怖い顔になっているし。

　集中切れちゃったのかな？

「甘いものでも食べる？　飲み物も……」
「勉強がんばってる？」
　わたしの声といきなり現れたお母さんの声が重なる。
　お母さんに顔を向けると、わたしが好きなレモンベースのジュース『シンデレラ』を４つトレーに載せて持っていた。
「ゆきちゃんが好きなシンデレラです。みんなもどうぞ」
　声をかけながら、テーブルに丁寧に置いていく。
「ありがとうございます！」
「やった！　生き返る！　あざっす」
「……ありがとうございます」
　みんながお礼を言ってそれを受け取る。
　お母さんはずっとにこやかで、機嫌（きげん）がいつも以上にいいと伝わってきた。
「じつはね、空野くんからだよ。ゆきちゃんの好きなドリンクをお友達の分も一緒に注文してくれたの」
　わたしの耳に顔を近づけたお母さんが、内緒話（ないしょばなし）をするように小声で教えてくれる。
「え？　空野さんが……？」
「ゆきちゃんが勉強がんばってるからだって。ほんと空野くんはかっこいいことするわね」
　空野さんがわざわざ……。
　グラスを持ち、コクッと一口飲む。
　大好きなシンデレラがよりおいしく感じた。
　甘酸（あまず）っぱさが口いっぱいに広がり、スッキリとした晴れやかな気持ちになる。

「空野さんにお礼言わなきゃ！」

「さっき急いで出ていったわ。急用ができたみたいで」

「あ、そうなんだ……」

言いそびれちゃったな。

立ち上がろうと浮かした腰をまたイスに置く。

あ、メッセージを送っておこう。

交換したけど、ほぼ毎日会っているから連絡したことはまだない。

すぐにスマホを取り出し、空野さんとのまっさらなトーク画面を開いてお礼のメッセージを作成する。

「これ、雪乃ママからじゃないんですか？」

「空野くん……常連さんからよ」

「へぇ～、ソラと一緒の名前だ。常連さんってこんなことしてくれるんですね」

「たまーに、こういうことしてくださる方はいるわね」

お母さんと花音ちゃんが話している間に、できあがった文章を読み返す。

【こんにちは。ご丁寧に、わたしと友達の分までドリンクを差し入れてくださりありがとうございます。空野さんのおかげで元気もらえたので、勉強がんばれそうです。少しですが、お話もできて楽しかったです。また、お店にいらしてくださいね！】

これで大丈夫かな？

初めて送るメッセージって、こんな感じでいいの？

淡泊(たんぱく)すぎ？　日本語は間違ってない？

んー……わかんない！

でも、ドリンクのお礼と今日話せて楽しかったこと、また来てほしいことを書いたから大丈夫なはず……！

伝えたいことは入っている。

送信!!

「勉強、根詰めすぎずにがんばってね」

「はーい！」

赤坂くんが元気に返事をする声にハッとして顔を上げると、お母さんはニコッと微笑んでから仕事に戻った。

メッセージを作成することに、今日いちばんの集中力を使った気がする。

お母さんと花音ちゃんと赤坂くんが、何か話していたのかな？

全然耳に入ってきていなかったけど。

「これおいしい」

「でしょ？　ここのはぜーんぶおいしいから！」

赤坂くんの感想に、花音ちゃんが誇(ほこ)らしげに笑いシンデレラを飲んだ。

「うん、当然のようにおいしい」

「花音ちゃん、ありがとう」

自分の好きなものを「おいしい」って共感してもらえるのは本当にうれしい。

ふたりの口に合ってよかった。

だけど、黒瀬くんのグラスは来たときのまま。

「もしかしてあんまり好きじゃない？　ちょっと甘酸っぱいから好き嫌い分かれるし……」
「……そういうわけじゃないけど」
「ほんと？　それならよかった」
　わたしの言葉を聞いた黒瀬くんは、一度目を伏せて再びわたしを見る。
　目が合ったからニコッと笑いかけると、黒瀬くんはグラスを持って一口飲んだ。
　どう？
　口には出していないけど、きっとわたしの顔は黒瀬くんの感想を待っていた。
「うまいよ」
　それに気づいたからか、感想を聞かせてくれる。
　そこでほっと安堵した。
「やった！」
　黒瀬くんにも、そう言ってもらえてうれしい。

　それからまた勉強をして、小テストの問題をしっかり理解したところで今日はお開きになった。
「みんなありがとう！」
「こちらこそ、場所貸してくれてありがとう」
「また来るよ!!」
「うれしい。待ってるね！」
　お店の前に出てみんなを見送る。
　メインは勉強だったけど、わからないところもわかったし、楽しくできたからすごくいい時間になった。

「気をつけてね」

「うん、また明日」

「ばいばーい！」

花音ちゃんと赤坂くんが、元気に手を振ってから歩き出す。

それに笑って手を振り返した。

だけど、なぜか黒瀬くんはわたしの隣に立ったまま歩き出さない。

「黒瀬くん？」

不思議に思い名前を呼ぶ。

黒瀬くんは、わたしをじっと見つめていた。

体ごとわたしに向けまっすぐに見ているから、わたしも同じように黒瀬くんに体を向けて向かい合う。

お店の明かりが外をぼんやりと照らし、それによって黒瀬くんの表情がわかる。

真剣な瞳に吸い込まれそう。

「黒瀬く……」

「あの常連の人って、白川とどんな関係？」

もう一度名前を呼ぼうとすると、黒瀬くんの質問に遮られた。

誰のことを言っているのか少し考えたけど、ひとりしか浮かばない。

……空野さんのこと、だよね？

「どんなって、大切なお客様だよ」

「……ふーん。まあいいや」
　意図がわからなくて首をかしげる。
　けど、黒瀬くんはそれ以上、何も言わなかった。
　黒瀬くんがいいならいいんだけど。
　わたしもそこまで深入りするつもりはないから、聞くことはしなかった。
「じゃあな。またわかんないとこがあったら、いつでも聞いて」
「うん。頼(たよ)らせてもらうね」
　わたしの言葉を最後まで聞いてから、黒瀬くんは背を向けて歩き出す。
　すでに花音ちゃんと赤坂くんは遠くにいて、ふたりは振り返り黒瀬くんを急(せ)かしていた。

　みんなを見送ってからお店に入り、テーブルの片づけと掃除をする。
「今日一緒にいた男の子、イケメンだったわね」
「へっ？」
「ゆきちゃんの前に座ってた子よ～。空野くんとは違うタイプのイケメンね」
「お母さんってイケメン好きだね」
「当たり前じゃない。お父さんはイケメンで性格もかっこいいからパーフェクトよ。ゆきちゃんも、早くお父さんみたいなパーフェクトなイケメンを紹介(しょうかい)してくれたらいいんだけどね」

「残念ながら……」
　お母さんのキラキラした表情に、苦笑が漏れる。
「えー！　でも、空野くんはいいと思うんだけどね」
　お客様なのに、お母さんはそういうことを言う。
　お母さんはほんと恋バナが大好きで、わたしは昔から『早く彼氏を紹介して』と耳にタコができるくらい言われている。
　だけど、期待に沿えたことはなくお母さんに一度も彼氏を紹介たことはない。
　高校２年生になった今でも、一度も彼氏ができたことがないから。
　まず、好きな人すらいた記憶がない。
　この年で初恋もまだなんて、娘との恋バナを楽しみにしてくれているお母さんには言えないけれど……。
「わたし、もう自分の部屋行くね」
「えー、もっと話したかったわ」
「ほら、お客様いらっしゃったよ」
「はーい」
　お母さんから逃げるように家のほうへ行く。
　そしてお風呂に入り、パジャマに着替えて自分の部屋で勉強をする。
　成績落としたら、お店のお手伝いができなくなってしまうからがんばらないと……！

　しばらくして、だんだんと眠くなってきた。

けっこう進んだし、そろそろ寝ようかな。
いや、でももう少し……。
「……わっ」
突然机の上に置いていたスマホが鳴り出して、顔をバッと勢いよく上げた。
いつの間にか、寝落ちしていたみたいだ。
それにしても、こんな時間に電話なんてめずらしい。
誰からだろう？
スマホを持って画面を確認すると【空野颯】の文字が映し出されている。
「えっ!?　ちょっ……えぇ!?」
いきなりの電話に驚き、どうすればいいか戸惑っている間も、スマホは鳴り続ける。
とりあえず出なきゃ！
そう思い、急いで画面をスライドさせてスマホを耳に当てた。
「も、もしもし……っ」
《あ、ゆきちゃん？　遅い時間にごめんね。今、大丈夫？》
「はい。大丈夫ですけど、どうかしました？」
電話越しに、空野さんの声が聞こえる。
不思議な感じ。
なんだか耳がくすぐったい。
《とくに何かあるわけじゃないんだけどね、今メッセージ見たんだ。初めてゆきちゃんが連絡くれたと思ったらうれしくて、声が聞きたくなった》

顔は見えないけど、きっとまたいつもの笑顔を浮かべているんじゃないかなって想像できる。

でも、夕方に送ったメッセージを今見ただなんて、よっぽど忙しかったのかな。

と、思ったけど、もしかしたらスマホをあまり見ないタイプなのかもしれない。

わたしもカフェのお手伝いをしているときはまったく見ないし、それ以外でも、ずっと見ているわけではないからわたしと変わらないかも。

なんて、ひとりで納得する。

《連絡先を交換したのに、一度も連絡してなかったなって気づいて、おれショックだった》

「ふふっ。いつも少しの時間でもお店に来てくださってるから、そんな感じしなかったです」

《でも悔(くや)しい！　これからはするから！》

「はい、うれしいです」

そう言ってからハッとした。

わたし、空野さんが連絡してくれるということがすごくうれしいって思っている。

すんなりと出てきた言葉に自分で驚いた。

お店に来て話してくれるだけでうれしいのに、それ以外でも関わりたいという気持ちが強くあるみたい。

《あー、やっぱりゆきちゃんはいいなぁ。おれと付き合ってよ》

「空野さんなら、もっと素敵な人がいますよ」

《え？　おれ、もしかして振られた？　悲しい……》
「え、あの、その……か、からかわないでくださいっ」
　しょぼんとした声が電話越しに聞こえるけど、空野さんは、きっとからかっているだけだ。
　だって、空野さんみたいな素敵な人が本気でそんなことを言うわけないもん。
《からかってないけど》
「それをからかってるって言うんです」
《本気なんだけどな……》
　わたしをからかっても、何もおもしろくないのに。
　むしろ、ちょっと真(ま)に受けてドキッとしているくらいだもん。
　からかわれているってわかっていてもドキドキさせるなんて、空野さんは罪(つみ)深い人だよ。
　でも、やっぱり空野さんとお話しするのは楽しい。
　あ、そういえば……。
「前から気になっていたんですけど、空野さんって普段は何をされているんですか？」
《おれのこと、気になってくれてたの？　何それ。すごいうれしいじゃん》
　改めて言われると恥ずかしくなり、顔が熱くなる。
　でも、気になるものは気になる。
「はい。だから、よければ教えてほしいです」
《えー、どうしようかな？》
「やっぱりだめ、ですか……？」

《だって言わなかったら、ゆきちゃんは、このままおれのことを気にし続けてくれるってことでしょ？》

電話越しに、クスクスと笑う空野さんの声が聞こえてきた。

もしかして、またからかってる？

いやこれは、もしかしなくてもからかってるでしょ。

「……空野さんって、いじわるですね？」

《そうかな？　ゆきちゃんが、おれのことを知りたいって思ってくれてるのがうれしいだけだよ》

「ますます気になってるんですけど……」

《じゃあ、当ててみてよ。当たったらちゃんと言うから》

まさかのクイズ方式。

でも、知りたいから……。

「美容師さん」

《ブー》

「ショップ店員」

《ブッブー！　違うよ》

以前、想像したどちらの職業も違うらしい。

じゃあ、いったい何をしているんだろう。

空野さんの、見た目や性格を思い返す。

すごくおしゃれだし、性格も明るくてフレンドリーだから、それを活(い)かした職業な気がするんだけど……。

「えっと、マジシャン？」

《ブー！》

「あ、わかりました。デザイナーですか!?」

《残念、違います。そして、ここでタイムオーバー》
「えぇ!?　時間制限あったんですか？」
《うん。ゆきちゃんはもっと、おれのことを気にして考えていてください》
「うぅ……モヤモヤします」
　結局わからなくてうなだれるわたしの耳に、空野さんの楽しそうな笑い声が届く。
　空野さんのこと、よく考えてるんだけどなぁ……。
「空野さんは明るくて元気いっぱいで、おもしろくてかっこよくて……」
《え？　ゆきちゃん？》
「見ているだけで、自然と笑顔になれちゃうというか、元気をもらえるというか……」
《そんな急に褒められたら照れるよ。これはご褒美？　夢オチっていうのはナシね？》
　空野さんが何か言ってるけど、真剣に空野さんの性格をもう一度考えてみる。
　そこでふと思い出した。
「そういえば、最近よく学校の女の子たちが騒いでいるアイドルがいるんです。すごく人気みたいで、夢中になって話してて……」
《へぇ、そうなんだ》
「空野さんみたいにまわりを笑顔にできる存在みたいで、わたしも気になってるんです」
《ゆきちゃんにそう思ってもらえてるのは、すごくうれし

いな》
「顔はまだ見ていないんですけど、アイドルだからきっとかっこいいんですよね」
《かな？　だとしても、今はおれのターンだよ》
　拗ねたような空野さんの声に、ハッとする。
　そうだった。
　今は、空野さんの職業当てをしていたんだった。
　ふいに思い出したからつい、最近すごく人気がある、わたしにとっての空野さんみたいな存在のアイドルの話に変わっていた。
　それにしても、少し強引に話を戻したように感じる。
　めずらしく、話を膨らませずに流されたから。
　気のせいかもしれないけれど。
《おれもね、ゆきちゃんに聞きたいことがあるんだけど》
「なんですか？」
《今日、一緒にいた男の子と、その……付き合ってる、のかな？》
「えぇ!?　ないです、ないです!!」
　空野さんの言う今日一緒にいた男の子が、黒瀬くんか赤坂くんのどちらを指しているのかはわからないけど、どちらにしても付き合っていない。
　いきなりそんなことを聞くから、驚いた勢いのまま思いきり否定してしまった。
《そっか。付き合ってないんだ》
「はい。わたし、誰とも付き合ったことないですもん」

《そうなの？　じゃあ、おれが立候補する！》
「またからかってますね？」
　そんなふうにからかわれても、どう返すのが正解かわからない。
　いちばん難しい冗談だと思う。
《もう、ゆきちゃん……そこもかわいいけど》
「すみません、今聞き取れなくて、なんて言いました？」
《ん、大丈夫。何も言ってないよ》
　そうかな？
　何か言っていた気がするけど、言わないってことは重要なことでもなかったのかな？
《勉強はどう？》
「あ、今日でだいぶわかりました。きっとばっちりです」
《やっぱり、ゆきちゃんなら心配ないね。勉強もいいけど息抜きもちゃんとしてね》
「はい。今とても息抜きになってます。空野さんの声ってなんだか心地よくて落ちつきます」
《何それ、うれしい。おれも今、息抜きになってるよ。ゆきちゃんと話してると、すごく癒やされる》
　きっとわたしに合わせて、そう言ってくれているんだろうけどそれでもうれしい。
　思わず頬が緩んでしまう。
　電話越しでも話すだけで笑顔になれる。
「空野さ……」
《颯！　おまっ、急にいなくなったと思ったら電話かよ》

《え、待って。まだ！　あ、スマホ取らないで》
《早く行くぞ》
《わかった。わかったから！　ごめん、ゆきちゃん。また連絡する！》
「は、はい」
　慌ただしい物音と空野さんの声を最後に通話は切れ、耳に無機質な機械音が響く。
　わたしの返事が届いたかはわからない。
　突然、空野さんじゃない男の人の声が聞こえてきた。
　もしかして今、忙しかったのかな？
　その男の人の声が、ちょっと怒っているような気がしたから。
　空野さんのほうが、今は大丈夫じゃなかったのかもしれない。
　わたしが気をつかえていなかったかも……。
　悶々と考えていると、ピコンッとスマホが鳴る。
　今度は電話ではなくメッセージだ。
【いきなり切ってごめん！　また連絡するね。おやふみなはき】
　……ん？　おやふみなはき……？
　……あ！
　もしかして【おやすみなさい】かな？
　少し考えてやっとわかった。
　空野さんを呼んだ男の人は、『早く行くぞ』と急かしていた。

　もしかすると、その急いでいる最中に、わざわざ空野さんも急ぎで送ってくれたんじゃないかな。
　想像するだけで、なんだかほっこりしてしまう。
【はい。おやふみなはき(笑)】
　空野さんの真似をして誤字を送る。
　すごく楽しかった。
　お店で話すときとはまた全然違って、顔が見えずに声だけが近い電話もドキドキした。
　それからベッドに入り寝ようとしたけど、ドキドキが治まらなくてなかなか寝つくことができなかった。

絶対、きみのせい

「ゆきちゃんって、ちょっとＳ（エス）っぽいところがあるよね。そんなところがまたかわいいけど」
「えっと……どういう意味でしょうか？」
「ほら、前おれが送ったメッセージで誤字したときに真似してきたじゃん？　そういうのとか」
「それは、なんだかかわいいなって思ってですけど……嫌でした？」
「嫌じゃないよ。ふたりだけの合い言葉みたいだったし、むしろうれしいくらい。けど、ゆきちゃんもそんなことするんだなってびっくりした」
　今日も空野さんが来てくれて、カウンター越しにお話をする。
　来ない日ももちろんあるけど、基本的に週４〜５回は来てくれてるから多すぎるほど。
　だから、空野さんとはずいぶん気楽に話ができる間柄（あいだがら）になった。
「空野さんに、いい意味で慣れたんですかね？　緊張せずにただただ楽しくて、わたしも素を出しちゃってます」
　お客様だから、ほどよい距離感も大切にしたほうがいいんだろうけど、空野さんにはもっと近い関係でいたいと思ってしまう。
「ゆきちゃん、早く、おれと付き合ってよ」

「え？」
「ゆきちゃんって、ほんとかわいいし癒やしだし、ずっと一緒にいたい」
「お店に来ていただけたら、いつでも会えますよ」
「そういう意味じゃないんだけど！　通うけど！」
　空野さんの言葉に真剣に返したのに、むすっとした表情をされてしまった。
　間違ったこと言ったかな？
　失礼だったのかな？
　でも、すぐに笑ってくれたし大丈夫かな。
「そういえば『通う』って言ったばっかだけど、おれ、明日から仕事が忙しくなる予定で、あんまりお店に来れないかも」
「あ、そうなんですね」
　空野さんが来ないと寂しくなるな。
　どれくらいの期間、来られないんだろう……。
　結局、仕事もまだ当てられていないからわからないままだし。
「うん。時間ができたときは来たいと思ってるけど、それがいつになるかはわからないんだ」
「わかりました。来られないのは寂しいですけど、お仕事がんばってくださいね」
「おれも寂しいよ。でもゆきちゃんにそう言われたらがんばれる」
　ニコッと微笑む空野さんは、相変わらずキラキラした眩しいほどの笑顔。
　この笑顔を見ると、わたしもがんばれる気がするんだ。
「それでは、お店に来てくれたときはたっぷりとおもてなししますね」
「ゆきちゃんありがとう！　今日はいっぱいゆきちゃんチャージしよ」
　空野さんとお話をしたり、新作メニューの味見をしてもらったりと楽しい時間を過ごす。
　本当に明日からあんまり来られないのかな？と、寂しさが増してくる。
「あ、おれそろそろ行かないと。名残惜しいけど、また絶対に来るからね。連絡もするから！」
　楽しい時間は、あっという間に過ぎてしまうみたい。
　空野さんといると、本当に時間が過ぎるのが早く感じる。
「はい。待ってますね」
「じゃあ、お代として、おれの苗字もらってよ」
「現金でお願いします」
「くぅ～！　でもそんなゆきちゃんもたまらないね」
　唇をとがらせ拗ねたかと思うとすぐに笑顔になり、お財布を出す空野さん。
　ほんと、おもしろいことを言うよね。
　どうやったらそんなことが思いつくのか、言葉にできるのか……。
　空野さんはすごいなぁ。
　場を和ませる才能があると思う。

お会計を済ませ外に出て手を振る空野さんに、頭を下げて丁寧にお見送りする。

また明日も元気にお店に来てくれそうな、いつもと変わらないお見送り。

だけど本当に、次の日から空野さんはお店に来なくなった。

仕事が忙しいのか、連絡が来たのも最後にお店に来た日から１週間後で、わたしは夏休みに入っていた。

夜、ベッドでゴロゴロしてスマホを見ていたとき。

【夏休みどう？】

空野さんからの久しぶりのメッセージでテンションが上がり、すぐに返信する。

【ずっと家のお手伝いをしてます】

【行きたい！　ゆきちゃんに癒やされたいよ】

空野さんからも、すぐに返ってきた。

目が潤(うる)んでいる絵文字がついている。

空野さんも、こんな顔するよね。

思い出して頬が緩んでしまう。

思い出し笑いなんて、怪しい人みたいだね。

部屋にいてよかった。

【いつでもお待ちしています。空野さんはお元気ですか？】

【うん。忙しいけど、充実(じゅうじつ)してる。ゆきちゃんに会えたらもっと元気になる！】

空野さんは、またそうやってからかう。

でも、わたしも空野さんに会えたら、もっと元気になりそうだなぁ。

【暑いので、熱中症(ねっちゅうしょう)には気をつけてくださいね！】

なんていう他愛(たあい)ないやりとりだけで楽しい。

数回やりとりが続くと空野さんは疲れているのか、途中(とちゅう)でメッセージが来なくなる。

だから【お疲れ様。ゆっくり休んでくださいね】とだけ送って、わたしも眠りについた。

《雪乃！　急だけど、明日海に行かない!?》

今日も１日働き、お店を閉めて一息ついたときだった。

いきなり電話がかかってきたと思えば、本当に急な花音ちゃんのそんなお誘い。

「海……？」

《テスト勉強したメンバーでさ！　ほら、テスト乗りきったのに、何もしてなかったから。赤坂がいま海の家でバイトしてるからどうって誘われたの》

「行きたいけど、お店が……」

明日は定休日ではない。

だから、わたしの予定は明日もお店のお手伝いだ。

「ゆきちゃん、たまには遊んでいいわよ。いつもお手伝いがんばってくれてるし、夏らしいこと楽しんできて」

わたしの声が大きかったせいか、お母さんまで聞こえていたらしい。

顔をひょこっと柱から覗かせて、"おっけー"と指で丸を作りながら快く承諾してくれる。
　お母さんが、いいって言うなら……。
「行く、行きたい！　詳しく教えてくれる？」
　お母さんにジェスチャーで“ありがとう”と伝えて、花音ちゃんから詳しい予定を聞く。
　明日は、朝から海に行くことになった。
　去年新しく買った水着があるから、急な予定だったけど大丈夫。
　今年初の海。
　楽しみだ!!
　明日のために水着やタオル、着替えなど必要なものを準備してすぐに眠りについた。

　翌日。
　目覚ましで予定どおりの時間に起きると、支度を済ませて家を出た。
　電車で40分揺(ゆ)られ、最寄り駅から歩いて20分くらいのところの海。
　日差しがジリジリと、痛いほど照りつけている。
　花音ちゃんたちとは現地集合になっているけど、もうついているのかな。
「雪乃ー！」
　砂浜(すなはま)が見えたと思ったら、すぐに声をかけられた。
　大きく手を振りながら歩いてくる水着姿の花音ちゃんは、すごく、なんていうか、セクシーって感じ。

女のわたしでも、思わずドキッとしてしまった。
セクシーな水着を着こなしていて、とても似合っているとは思うけど、目のやり場に困ってしまう。
でも花音ちゃんはそんなこと気にせずに、わたしの手を取って引っ張る。
「こっちこっち！」
「わっ！」
「早く行こっ」
挨拶をする暇もなく連れていかれる。
そして、案内されるまま海の家に入った。

「お、白川来たな」
「みんなおはよう」
「今日は、このスペース使っていいんだって。浮き輪もあるよ！」
花音ちゃんはすごくテンションが上がっていて、すでに楽しそう。
赤坂くんもいつもの明るさで、わたしの荷物を受け取ってくれる。
「ほら、みんな脱いで。そんなんじゃ海に入れないよ」
「よっしゃ、俺の筋肉を見ろ！」
着ていたＴシャツを、勢いよく脱ぐ赤坂くん。
「キャー」と声を上げて、盛り上げる花音ちゃん。
わたしは、そのやりとりを見て笑ってしまった。
最初からエンジン全開だ。

「暑苦しいな」
「ほんと、ふたりとも元気いっぱいだね」
　返事をしながら隣に来た黒瀬くんに視線を向けて、すぐに固まる。
　もちろん黒瀬くんも水着姿なわけで、しかも、海に入る準備万端だった。
「く、黒瀬くんもノリノリじゃん！」
「海って楽しいじゃん？」
　黒瀬くんがいつもよりテンション高いことが、失礼だけどちょっと意外。
　それに思いのほか、鍛えられた体でなんだか緊張する。
　男の人の体を見慣れていないから、ドキッとしてしまうのは仕方がないと思う。
「雪乃も脱ぎなよ」
「いや、これが水着だから」
「えー。夏なんだからもっと肌を見せたらいいのに」
　わたしのオフショルワンピース型の水着もけっこう露出が多いと思うのに、花音ちゃんは少し不満みたい。
　でも、これ以上の露出はわたしにとってハードルが高い。
「まあいいや。行こ！」
「桃田、待って！　俺も行く！」
　走っていってしまう花音ちゃんと、その後ろを急いでついていく赤坂くん。
　わたしは、完全に出遅れてしまった。
　帽子をカバンの近くに置いて、炎天下に飛び込む。

「白川」

「え？　わっ……」

名前を呼ばれて振り返ると、半透明のピンク越しに黒瀬くんの顔。

ビニールが顔に張りつく。

「持っていけよ。泳げないだろ」

「なんで知ってるの？」

「見た目」

「何それ!?」

浮き輪をお腹のところまで通しながら、黒瀬くんにツッコむ。

見た目から泳げなさそうってこと？

どんな偏見だ！

たしかに当たってるけど！

ありがたく使わせていただきますよ。

むすっと頬を膨らませると、黒瀬くんはふっと笑いをこぼした。

「黒瀬くん、行こ！」

声をかけて、走り出すと黒瀬くんもわたしの隣を走る。

砂に足を取られて走りにくいけど、それすら楽しく感じてしまう。

海に来た！って感じがする。

夏ってだけで楽しい気持ちになるよね。

解放的な気分にさせる。

走る勢いそのまま、花音ちゃんと赤坂くんのあとに海へ飛び込んだ。
「雪乃、やばい」
「目に入った……」
　花音ちゃんに『やばい』と言われるほど勢いよく飛び込んだせいで、入って早々海水が目に入りしみる。
　目が開けられなくて怖い。
「ど、どうしよう……」
「落ちつけ」
　プチパニックになっていると、低い声が聞こえて浮き輪が押さえられる。
　おかげで、波が来ても流されることはない。
　少しすると目を開けることができて、瞬（まばた）きを繰り返してなじませる。
「治った！」
「それはよかった」
「黒瀬くん、ごめんね？　ありがとう」
「目が離せないな」
　おでこをツンと指で押されて苦笑する。
　そのとおりだ。
　海に来てすぐ、こうやって迷惑をかけてしまった。
　誰よりもはしゃいでいるのは、わたしだったみたいだ。
　気をつけないと。
「反省してます……」
「まぁ、俺が見える範囲（はんい）でなら、思いきり楽しんでくれて大丈夫。何があっても、すぐに助けてやるよ」

「はーい！　なんか黒瀬くん、学校の先生みたいだね！」
「……」
　思いきり遊んでも、黒瀬くんが見ていてくれるなら安心だね。
　海って、ついハメを外しそうになっちゃうから。
　それから浮き輪でぷかぷか浮かんだり、ビーチバレーをしたりしていると、あっという間に時間は過ぎていった。
「お昼だし、ご飯にするか」
「さんせーい！」
「うん！」
　赤坂くんの言葉に、花音ちゃんとわたしはすぐに返事をして海の家に戻る。

　焼きそばやタコ飯、焼き鳥にイカ焼き、ジュースを頼み、みんなでシェアする。
　海の音を聞きながら食べると、おいしさ倍増だ。
「んーおいしい！」
「ほんと、すっごくおいしいね！」
　いっぱい遊んでお腹もペコペコになってたから、たくさん食べられちゃう。
　食べる手は緩めず、どんどん口に運んでいく。
「すげぇ食べるな」
「おいしいもん。黒瀬くんもほら、どうぞ」
　隣に座る黒瀬くんに焼き鳥を差し出すと、彼はそれをじっと見る。

　黒瀬くんが手を伸ばしたから受け取りやすいように少し指をずらすと、串を通りすぎた彼の手が、わたしの手首を掴んでそのまま自分の口まで動かしてパクリ。
「えっ……？」
「うま」
　驚いて目をパチパチする。
　なんか、“あーん”したみたいな形になってなかった？
「イチャイチャしてる～！」
「桃田、俺らもしよ」
「しないけど」
「ガーン」
　花音ちゃんと赤坂くんが何か言っているけど、頭に入ってこない。
　さっきの行動に対しての驚きと、今も感じる手首の熱に戸惑う。
「く、黒瀬くん？」
　名前を呼ぶと、わたしの手から焼き鳥を受け取り、わたしとは反対を向いて食べ始める。
　……びっくりした。
　受け取るまで待ちきれなかったのかな？
　よっぽどお腹が空いていて、焼き鳥がおいしそうに見えたのかもしれない。
　――ピコンッ。
　不思議に思って黒瀬くんを見ていたけど、カバンに入れていたスマホが鳴ったので、そちらに視線を向ける。

カバンからスマホを取り出して確認してみると、空野さんだった。

数日ぶりの空野さんからのメッセージで、自分でもわかるほど心臓がドクンっと大きく音を立てた。

ドキドキしながら、メッセージ画面を開く。

【ゆきちゃん元気？　なかなか連絡できなくてごめんね】

読んでいるうちにまたメッセージが送られてくる。

【今、何してる？　お仕事中かな？】

それに返信しようとタップしたあと、すぐに電話の画面に切り替わった。

「あ、ちょっとごめんね。電話出てくる」

「おっけー」

電話に出ることを伝えると、花音ちゃんがすぐに了承（りょうしょう）してくれる。

立ち上がってサンダルを履（は）き、海の家の裏に移動しながら【応答】をタップしてスマホを耳に当てた。

「もしもし」

《あ、ゆきちゃん！　既読（きどく）がすぐについたから、思わず電話しちゃった。今、大丈夫？》

「はい、大丈夫ですよ」

《最近お店に行けてなくてごめんね。早く行きたいな》

「忙しいんですよね？　熱中症とか気をつけてくださいね」

《うん。ありがとう。ゆきちゃんの声聞いてもう癒やされたよ》

本当に癒やしになるのかはわからないけど、わたしにとっては空野さんとお話できるだけで笑顔になれる。
最初の声を聞いた瞬間、笑顔になったもん。
電話越しの声だと変わりなさそうで安心する。
《ゆきちゃんは何してたの？　今、休憩中？》
「あ、今日はお店のお手伝いしてなくて。友達と海に遊びに来てるんです。今ちょうどお昼食べてました」
《そうなんだ。ごめんね、そんなときに電話しちゃって》
「大丈夫ですよ。気にしないでください。友達からも電話していいって了承もらいましたし」
空野さんの声、もっと聞きたいし。
まだ……電話を切りたくないし……。
《ならよかった。……って、今、『海』って言った!?》
「はい。海って言いました。波の音、聞こえますか？」
マイクを海のほうに向けると、すぐに《聞こえる！》と返ってくる。
空野さんと、今のこの時間と空間を少しでも共有できていることにうれしく感じた。
《ちょっと待って。海ということは、もしかしなくても今ゆきちゃんは水着なの？》
「海に来てるんで、そうですね」
《海って、アトラクションあるとこ？》
「そうです。午後からはそっちで遊ぼうかなって思ってます。わたし初めてなんで、ちょっとドキドキな……」
《え!?　おれ、今仕事でその近くにいるよ！》

　わたしの言葉の途中で、空野さんの驚いたような声が聞こえてくる。
　近くにいるの？
　空野さんが、今この近くに……。
　そう思うだけで心が躍（おど）るなんて、変なの。
《行こうかな。水着姿、見たいし！》
「えぇ!?　は、恥ずかしいので来ないでくださいね」
《恥ずかしがってるゆきちゃんも見たい！》
「からかわないでくださいっ……！」
　お仕事中なら、来れるわけないのに。
　わかってるけど、会いたいと思っている自分もいる。
　でも、恥ずかしい気持ちもあって、けどそれ以上にやっぱり会いたい気持ちのほうが勝っていて……。
《ゆきちゃ……》
「白川。かき氷、来たよ。溶（と）ける前に食べたら？」
　自分の中でぶつかるふたつの気持ちに戸惑っていると、黒瀬くんが呼びに来てくれた。
「あ、わかった！　ありがとう。空野さん、わたしそろそろ戻りま……」
《今の声、もしかして一緒に勉強会してた人？》
「そうです！　すごいですね！　今日は、あの勉強会のメンバーで海に来たんです」
　耳がいいんだな。
　しかも、声まで覚えているなんて空野さんはすごい。
《わかった。じゃあ、あとで》

「え？　あ、空野さん!?」
　切られちゃった。
　通話画面から、ドライフラワーの写真に設定したロック画面に戻る。
　空野さんの言葉に引っかかりながらも、海の家に戻ってかき氷を食べた。

　日焼け止めを塗(ぬ)り直して、再び炎天下へ。
「おら、拓海、行くぞ」
「おいっ」
　赤坂くんが、黒瀬くんを引っ張って走っていく。
「速い！　待って！」
　そう言いながら走る花音ちゃんも十分速すぎて、わたしだけ残されてしまった。
　仕方ない。
　のんびりと行こう。
　食べたばかりでそんなに思いきり走れないし、急ぐこともない、としっかり砂浜を踏(ふ)みしめて歩く。
　今日は本当に、雲ひとつない青空できれいだなぁ。
　波の音も耳に心地よくて、すごく落ちつく。
　散歩コースには、うってつけだ。

「……あれ？」
　ふと、あることに気づいて足を止める。
　みんなは、どこに行ったんだろう？

いつの間にか見失ってしまった。
みんなが海上アトラクションに向かったことはわかるけど、えっと、これは……。
空や海をボーっと眺めながら歩いていたせいで、迷子になってしまったみたいだ。
アトラクションは予約制だけど、まだ予約の時間にはなってないよね？
もしかして、もう時間なのかな？
海の家を出たときは、けっこう余裕があったはずなんだけど。
スマホは海の家に置いてきてしまったから、連絡はとれない。
とにかく、花音ちゃんたちを見つけなきゃ。
そう思いながら、キョロキョロとあたりを見回して探す。
「どうしたのー？」
「迷っちゃった？」
「案内するよ」
前から歩いてきた、金色とピンク色に染めた派手髪のふたり組の男の人に声をかけられた。
ニコニコと笑っているから、わたしも笑顔で返す。
「大丈夫です。お気づかいありがとうございます」
「そっかー」
「じゃあね」
軽い感じで手を振って、すれ違う。
また花音ちゃんたちを探すけど、見つからない。

「ひとりー？」
「一緒に遊んであげよっか」
海辺にひとりでいると目立つのか、さっきからよく知らない人に声をかけられる。
花音ちゃんたちの姿は見当たらないし、時間はわからないし、知らない人に声をかけられるしで、どんどん焦りがつのっていく。
どうしよう。
なんだか心細い……。
まわりの楽しい雰囲気に押されるように、人気(ひとけ)のないほうへ歩いてきてしまった。
いったん気持ちを落ちつかせよう。
そう思って、思いきり空気を吸い込んだとき。
「みーつけた！」
ふいに、後ろからそんな声が聞こえて、肩がビクッと跳(は)ね上がる。
そのあとすぐに、水着のひらひらしたところをクイッと軽く引っ張られた。
悲鳴を上げそうになったけど、ぐっとのみ込む。
完全に油断していたこともあり、心臓がバクバクと騒ぎ出す。
おそるおそる、相手を確認するために振り返る。
「そ、空野さん!?」
驚きすぎて、のみ込んだはずの大きな声が出た。
だって、こんなところに空野さんがいるなんて思わないもん。
「うわ、ゆきちゃんの水着姿、めっちゃかわいい！　どうしよう！　本気でかわいい!!」
　わたしに負けず、大きな声を出す空野さんを見つめる。
　この状況に思考が追いつかない。
「か、髪が黒い……」
「これは、イメチェンかな」
「ここにはどうして……？」
　プチパニックになりながらも、気になったことを尋ねていく。
　最後に会ったときは明るいミルクティーベージュだった髪色が、今は黒に近い暗い色になっている。
　一瞬、誰かと思った。
　突然の空野さんの登場と大きな変化に、戸惑いを隠せない。
　そんなわたしの心情をよそに、空野さんはニコッと夏の太陽よりも眩しい笑顔を向ける。
「あとでって言ったじゃん」
　さっきの電話で近くにいるとは言っていたけど、本当に来るなんて思わないでしょ。
　からかわれているだけだと、冗談だと、思っていた。
　走ってきたのか、暗く染まった前髪がぴょんと上向きに跳ねて、おでこが出ている。
　めずらしく、メガネもキャップもつけていない空野さん。
　太陽の光に照らされて、いつも以上にかっこよく見える。

なんでか、まだドキドキが治まらない。

でも、今のこの胸の高鳴りはさっきのとは違う。

驚いたことによるドキドキではなく、空野さんが目の前にいることへのドキドキだ。

久しぶりに空野さんと向き合っている。

それだけで、ドキドキが止まらなくなるなんて……。

素顔を見たせいかな？

見慣れない黒髪のせい？

それとも……。

「今日はメガネしてないんですか？」

なんとか平静を保とうと、自然な感じを装って疑問を投げかける。

「あ、やば。キャップはどこだ？」

わたしの言葉にすぐに反応して、白のカッターシャツの胸ポケットからメガネを出して慌ててかける。

そしてキャップを探しているのか、あたりをキョロキョロしだす。

「あー！　波打ち際で暴れてる」

キャップを見つけた空野さんは、すぐに靴と靴下を脱いで取りに行っていた。

キャップについた砂を手で払うと、濡れたままのキャップを深くかぶる。

「ふふっ。空野さん忙しないですね」

「だって、ゆきちゃんに会いたくて急いだもん。近くにいるってわかったら、いてもたってもいられなくて」

　また、トクンと大きく心臓が跳ねる。
　なんだろう……？
　さっきからおかしい。
「ゆきちゃん、ほんとかわいいね！　このまま連れて帰りたい!!」
「空野さんは優しいですね」
　女の子が喜ぶようなセリフを、さらっと言ってしまう。
　後半のセリフで、からかってきているけど。
「本気で言ってるんだけどな」
「わたしも本気で言ってますよ」
「むむっ……伝わってない……」
　眉間(みけん)にしわを寄せて、難しそうな顔をする空野さん。
　そんな空野さんがおもしろくて、思わず声を出して笑ってしまった。
「あーもう、ほんとそういうところだよ！　ねぇ、記念に写真撮(と)っていい？」
　ズボンのポケットからスマホを出して、ニコニコしている空野さん。
「え？　なんの記念ですか!?」
「だって、海で会えることなんてないじゃん」
「でも、わたし水着だから……」
「だからいいんじゃん。せーの、いー」
「なんですか、そのかけ声」
　向けられたカメラよりも、空野さんの言葉のほうが気になってしまった。

その瞬間に、シャッター音が響く。
「ゆきちゃん、ちゃんとカメラ見て。もっかい撮るよ」
横を向いたから、空野さんに指摘(してき)されてしまう。
わたしがちゃんと写真に写るように、自然に肩に手を回し引き寄せられてドキドキする。
空野さんも、そういうところだよ!!
ナチュラルに、そういうことをしてしまうんだから。
直に肌に触れられた部分から熱くなる。
体が緊張して動けないでいるのをいいことに、空野さんは何回もシャッターボタンを押す。
楽しそうに笑っている空野さんを見ると、つられて笑みがこぼれた。
「あー、ゆきちゃんと少しだけでも海で遊びたいな」
「えいっ」
「冷たっ!?」
スマホをポケットにしまいながら何か言っていた空野さんに向かって、手で海水をすくってかける。
見事に当たって驚いている空野さんに、してやったり。
いつもわたしばっかりやられているから、たまには驚かせたいもん。
目を丸くして固まっている空野さんを見ることができて、大満足。
「ひゃっ!」
クスクス笑っていると、いつの間にか空野さんも波打ち際に来ていて海水をかけられた。

「へへん。お返し」
「じゃあ、もっとお返しです」
　波打ち際でふたり、交互(こうご)に海水をかけ合う。
　初めは軽くかけ合うだけだったのが、だんだんとヒートアップしていく。
　空野さんは水着じゃないのに、頭から思いきり濡れてカッターシャツが肌に貼りついている。
「あ、目に入ったかも……」
　前髪から落ちた雫(しずく)が右目に入って、しみる。
　海水が目に入るのは本日２度目。
　学習しないなぁ、と少し反省。
　動きを止めたわたしに、すぐに空野さんは駆(か)け寄ってきてくれた。
「大丈夫？　ちょっと見せて」
「たぶん大丈夫です」
「目は開けられる？」
　空野さんは、少し焦っているように見える。
　海水が目に入っただけで、ここまで真剣な表情で心配してくれるとは思わず、申し訳ない気持ちになった。
　せっかく楽しい時間を過ごしていたのに……。
「大丈夫ですよ」
　言いながら目を開けると、空野さんが確認するために顔をぐっと近づける。
　ほんの少しでも動いたら、唇が触れてしまいそうなほどの距離。

空野さんの息がかかって、くすぐったいのと恥ずかしいのとで体温が急上昇した。

空野さんのきれいな顔が、すぐ目の前にある。

これは、大丈夫じゃない……。

「空野さん……」

「どうしたの？　痛い？」

両手で自分の顔を覆って隠すことで、空野さんと距離をとった。

今日は、ずっとドキドキしている。

いや、今日はじゃなくて、空野さんに会ってからかもしれない。

空野さんに会ってから、ずっとドキドキしている。

せっかく顔を隠して距離をとったのに、その手を掴んでわたしの顔から離す。

再び、至近距離で交わる視線。

これは、やばい。

何ってはっきりとは言えないけど、やばい。

心臓がおかしい。全身が熱い……。

「ゆきちゃん？」

空野さんがわたしの頬を両手で包み込んで、じっと見つめてくる。

ドキドキしすぎて苦しい。

なのに目を逸らすことができなくて、わたしも空野さんを見つめ返す。

空野さんの瞳に吸い込まれそう……。

「何してんの？」

　ふいに、そんな声が聞こえて視線を外す。

　声がしたほうを見ると、黒瀬くんが少し息を切らしながら歩いてきていて、すぐ近くで止まった。

「すごい探したんだけど」

「黒瀬くん。ごめんね。途中でみんなとはぐれちゃった」

「うん。でも、この人は？　店にもいたよね？」

「お店の常連さん。迷ってたところを、たまたま会ったから話してたの」

「ふーん」

　素っ気なく返事をした黒瀬くんは、空野さんに視線を向けた。

　一瞬、空気がピリッとしたように感じる。

「白川は俺らと来てるんで」

　黒瀬くんがわたしの手を引っ張ったことで、空野さんと距離ができる。

　全身の熱が引いていき、おかしかったはずの心拍数もやっと落ちつきを取り戻す。

　さっきのは、いったいなんだったんだろうか。

「行こ。赤坂も桃田も心配してた」

「そうだよね。ごめん」

　みんなを探していたはずなのに、空野さんに会えたことがうれしくて話し込んでしまった。

　こういうのも２回目だね。

　空野さんと話していると楽しくて、時間も目的も忘れてしまう。
「あの、空野さん」
「ん？」
「今日は会えてすごくうれしかったです。ありがとうございます」
「こちらこそ。おれも、ゆきちゃんに会えてよかった。元気出たよ」
　黒瀬くんが来てからは何も言わなかった空野さんだけど、わたしの声に反応してくれる。
　ニコッと微笑む表情を見て、落ちついたはずなのに心臓がまたドキッと音を立てた。
「白川、行くよ」
「うん……」
　やっぱりいつもみたいに名残惜しくなって、空野さんを見る。
　そのとき、空野さんのスマホが鳴った。
　画面を確認すると、苦笑いを浮かべた気がした。
「おれも呼ばれてるから行くね。また連絡するよ」
「はい、待ってます」
「白川」
「あ。うん」
　黒瀬くんは急かすように声をかける。
　まだ空野さんといたかったな、なんて思ってしまうけど我慢。
　そんなわたしに気づいたのかはわからないけど、空野さんが近づいてくる。

　まだ掴んでいた黒瀬くんの手に力が入り後ろに引っ張られるけど、空野さんがわたしの後頭部に手を回して引き寄せた。

　かと思えば、「ちゅっ」と音を立てておでこに触れる柔らかい温もり。

「え……？」

「またね、雪乃」

「っ……!?」

　頭をポンポンとしながら言われたセリフに、声にならない声が出る。

　振り返って歩いていく後ろ姿が小さくなっても、速くなった鼓動(こどう)は治まってくれない。

　ドキドキしっぱなしだった今日の中でも、いちばん強く速く刻まれる。

　体中が熱い。

　これは夏のせいなんかじゃない。

　絶対、きみのせいだ。

　やっとわかったよ。

　今日のドキドキ全部、空野さんのせいだ。

　触れられたおでこを手で押さえながら、空野さんの背中を見つめる。

　初めて、愛称(あいしょう)ではなく名前で呼ばれた。

　その甘い響きが、まだ耳に残って離れない。

「……白川」
「あ、はい」
「何回も呼んだ」
「そ、そうなんだ。ごめんね……」
　まったく聞こえなかった。
　落ちつかなきゃ。
　頭の中が全部、空野さんでいっぱいになっている。
　もう空野さんの姿は見えなくなったのに、まだ空野さんのことを考えてしまう。
　黒瀬くんに申し訳なくて謝ったけど、険しい表情のまま不機嫌なオーラをまとっているように感じる。
　怒らせちゃったかな……？
「本当に、ごめんね？」
「いや……大丈夫。怒ってないから」
「ほんと？」
「ほんと。ただ、ちょっと焦ってる」
「え？」
　それ以上は何も言ってくれなくて、黒瀬くんと一緒に花音ちゃんと赤坂くんのもとへ行き、海上アトラクションで思いきり遊んだ。
　だけど、わたしはまだドキドキしていて、みんなと遊ぶのは楽しいのに、心ここにあらずの状態だった。
　やっぱり、空野さんのせいだよ。
　会えるだけで、こんなにうれしくなると思わなかった。
　名前を呼ばれただけで、こんなにドキドキするとは思ってもみなかった。

　どれだけ遊んでいても、空野さんのことが頭からずっと離れなかった。

Chapter 2

変わらずこのまま

　空野さんから送ってもらった、海でのツーショット写真を見る。
　結局あのとき以来、空野さんとは会えていない。
　連絡はたまに取るけど、忙しいみたいで返信は遅い。
　写真の中のわたし、楽しそうだなぁ。
　空野さんと会えてうれしかった。
　会えると元気をもらえるし、自然と笑顔になれる。
　会いたいな。
　いつから、こんなふうに強く思うようになったんだろう。
　自分でも不思議だ。
　スマホをスカートのポケットに入れて家を出る。
　夏休みは終わり、今日から２学期になる。
　気合い入れていこう。
　まだ夏の暑さが残る中、汗をにじませながら学校までの道のりを歩く。
　やっとついた教室は、すでに冷房(れいぼう)が効いていてすごく涼(すず)しい。
　席について、ふぅ、と一息ついたとき。
「ねぇ見た!?　ソラ主演のドラマ始まるよ！」
「見た見た！　制服やばい！　めっちゃ似合ってる」
「わかる。ビジュ最高」
　学校の女子たちは、相変わらずソラのことで盛り上がっている。

　すると、花音ちゃんが興奮気味に他クラスの女子と話しながら廊下(ろうか)を歩いてきた。

「情報解禁、楽しみすぎる」

「ほんとにそれ。また語ろう」

「ぜひ語ろう。じゃあね」

　そして、教室に入ってきた花音ちゃんは、カバンを自分の席に置いてすぐにわたしのところへ来てくれた。

「おはよう！」

「花音ちゃんおはよう。テンション高いね。いいことあったの？」

「よくぞ聞いてくれました！」

　待ってましたと言わんばかりの満面の笑みで、うれしそうな花音ちゃん。

　雰囲気まですごくキラキラしていて、いつもかわいいのに、もっとかわいく見える。

　何かわからないけど、わたしまで笑顔になる。

「ソラが主演の連続ドラマが始まるの」

「前に言っていたアイドルだよね？」

　アイドルは歌って踊るだけでなく、ドラマに出て演技もするんだ。

「そうそう。雪乃、知らないっけ？」

「テレビ見ないから……。でも、花音ちゃんが夢中になってるアイドルっていうことは知ってるよ」

　わたしは昔から家の手伝いをしているから、あまりテレビを見る習慣がない。

　時間があったとしても、基本的にテレビは見ない。

　そのため、芸能人とか最近の流行りのものには、かなり疎（うと）いほうだ。

「あー！　そういえば、前に詳しく話すって言ったのにできてなかったね」

　思い出したかのように、花音ちゃんは声を上げた。

　今話題のソラが気になりつつも、自分で調べるまでには至（いた）らなくて、わたしはソラの情報をアイドルということしか知らない。

　こくりと頷くと、花音ちゃんはかけてもいないメガネをクイッと上げるような仕草をする。

　先生みたいだ……。

「それでは、今から説明します」

「よろしくお願いします」

「今、人気急上昇中のアイドルのaozora（アオゾラ）」

　花音ちゃんはハキハキと話す。

「aozoraは、アオとソラのふたり組で活動してるの。今回のドラマは、そのひとりであるソラが主演なんだ」

　たしか前に、『アオ』って名前も聞いた気がするけど、ふたり組だったんだね。

　アオとソラだからaozoraなのかな。

　覚えやすくて、いい名前だと思う。

「そうなんだ！　おめでとう!!」

「ありがとう！　あたしの推（お）しはアオなんだけど、でも、もちろん、ふたりそろって好きなの。aozoraが好きなの。これ見て」
　花音ちゃんが興奮気味に、スマホの画面をわたしに見せてくれる。
　全身写真で澄んだ青空をバックに、イメージどおりの爽やかな衣装を着ているかっこいいふたりの男の人。
　このふたりがaozoraなんだ。
「ドラマが決まったのは右ね。この人がソラ」
　そこで、ようやくしっかりとソラの顔を見た。
「へぇ、かっこいい……え？」
　思わず、困惑の声が漏れる。
　だってこの人……もしかして……。
　いや、そんなことってありえるの……。
「どうかした？」
「いや、なんでもない。けど、もっとよく見ていい？」
「いいよいいよ。雪乃が食いつくなんてめずらしいね」
　笑いながらスマホを渡してくれる花音ちゃん。
　それを受け取って、じっとソラの顔を見る。
　アップにしたり引きにしたりして、何度も穴が開くんじゃないかってくらいに見た。
　頭からつま先まで隅々と。
　……この人って、どこからどう見ても……空野さん、だよね……？
　そんなことある？
　たしかに、空野さんはすごくかっこよくてフレンドリーで、顔も整っている。

　笑顔もキラキラしているし、アイドルだったとしても不思議ではない。

　アイドル・ソラの特徴を聞いたときに、空野さんみたいなんだなって思った。

『ソラ』って名前も空野さんに似ているな、空野さんも愛称でそう呼ばれたりするのかな、とも思った。

　けど、まさか本人だと疑うわけがない。

　ありえないって思うから。

　でもよくよく考えてみれば、お店に来るときは、つねにメガネをかけて帽子をかぶっていた。

　帽子やメガネなどの小物使いに、こだわりを持っているおしゃれ好きの人か、ファッションや美容業界で働いている人だと思っていたけど。

　アイドルだから、まわりに気づかれないように顔を隠していたんだ。

　そう思うと、人前で帽子やメガネを外さなかったのもしっくりくる。

　海でつけていないことに気づくと、慌てていたことにも納得がいく。

　わたしの前では外しているときもあったけど、そういうのに疎いから、気づかれないと思っていたからなのかもしれない。

　ソラは、本当に空野さん？

　そっくりなだけ、かな？

ちょっと頭がついていかない。

「他！　他の写真はないの？　もっとアップのとか」

確かめたい。

この写真だと、表情はクールで、わたしはあまり見たことがないから。

どう見ても空野さんな気がするけど、もう８割くらい確信に変わっているけど。

「このかっこいい雰囲気と違うのとか」

「あるある。いつもは元気100パーセントって感じのワンコみたいな笑顔をするんだよ」

スマホを操作して、再びわたしに見せてくれる。

歯を出して元気いっぱいに笑っている写真を見て、完全に確信へと変わった。

これは認めるしかない。

受け入れるしかない。

「めっちゃ見るじゃん。ソラが気になる？」

「うん、すごく気になる」

「かっこいいでしょー！　さすがの雪乃も惹きつけちゃう魅力！　ソラはやっぱりすごいわ」

空野だからソラなんだよね、きっと。

本名は明かしているのかな。

そういえば、以前、花音ちゃんが『空野くん』と聞いたときに『ソラと一緒の名前だ』って言っていたような気もする……。

でも、花音ちゃんなら気づいたら言いそうだし、空野さんがソラであることは気づいていないよね。

記憶をたどれば、常連さんが空野さんのことを『芸能人に似ている』って言っているときもあった。

あまり意識していなかったから、とくに気にせずに流していたけど。

たしかに、かっこいいよねってくらいで。

だけど今になって、あの状況が、今までの状況が、いつバレてもおかしくなかったんだと知りヒヤッとした。

空野さんは、大胆(だいたん)なことをしていたんだな……。

「あとこれも見てよ。めっちゃかっこいいからさ」

わたしからスマホを抜き取り、慣れた手つきで操作すると再び画面を向けられた。

「これが今日解禁されたドラマのキービジュだよ」

早く見たくて、わたしのほうに画面をひっくり返す瞬間も目を離さない。

「あ……」

「ね、かっこいいでしょ？　声も出ないでしょ？　高校生役だから髪も黒くしたんだよ」

きゃっきゃとテンション高めに声を上げる花音ちゃんとは対照的に、固まるわたし。

「制服姿やばいよね！　こんな人が同じ学校にいたら最高なのに」

この服……。

急いで自分のスマホを出して、ある写真を確認する。

そして、花音ちゃんに気づかれないようにこっそりと見比べてみる。

……やっぱりそうだ。

海で会ったとき、空野さんが着ていた服と同じだ。

白いカッターシャツに紺色のズボン。

高校生役だから、この服装だったんだ。

じゃあ、空野さんはあのとき海までドラマの衣装で来たということになる。

なんて大胆なことを。

いや、もしかしたらそれが普通なのかな？

アイドルの普通がわからないから。

「次はこれ。おもしろいから見て」

今度は動画みたいだ。

今日の朝の情報番組らしい。

そこには、ソラこと空野さんが映っている。

隣にいる同年代くらいの女の人は、共演者だと思う。

さっきのキービジュアルは空野さんしか見ていなかったから顔を覚えていたわけではないけど。

「おはようございます。三浦奏汰役のソラです」

「梅田莉子役の福本舞です」

「ぼくたちが主演させていただくドラマ【キミに想いが届くまで。】が、10月からスタートします」

そこで、数十秒くらいのドラマの予告が流れる。

いつもは自分のことを『おれ』って言うのに、テレビでは『ぼく』って言うんだ。

　声も立ち姿も紛れもなく空野さん。

　だけど、画面越しに見る空野さんには違和感しかない。

　不思議な感じだ……。

「福本さんはソラさんに対して撮影（さつえい）中に驚いたことがあったとか」

「はい、そうなんです。撮影の休憩時間に衣装のまま急に飛び出していったと思ったら、戻ってきたときには全身ビショ濡れだったんです。みんなびっくりしていたんですけど、ソラさんだけは満面の笑顔でした。それには、すごく驚きました」

「え、なんで濡れてたんですか？」

「天気がよかったんでどうしても海に行きたくなって、海に行ってはしゃいじゃいました」

「何してるの。大丈夫だった？」

「そのあとは、マネージャーに鬼（おに）の形相（ぎょうそう）で叱られました」

「そりゃそうだ」

「怖かった……」

　空野さん……ソラの話にスタジオが笑いに包まれた。

　それって、やっぱりあのときのことだ。

　そして、あの大胆な行動はアイドルだとしても、やっぱり普通ではないみたい。

　みんなに笑われて、ツッコミも入れられているけど笑顔を崩(くず)さない。
　わたしも知っている笑顔なはずなのに、知らない人みたいに思えて距離を感じる。

「まだ撮影は残っているので、気合い入れてがんばっていきます」
「もう衣装のまま、海に行ったらだめですよ」
「ははっ、気をつけます」
　女優さんに注意されて笑っているソラは、キラキラの素敵な笑顔だ。
　画面越しだとやっぱり違和感だらけだけど、空野さんなんだよね。
「ドラマ【キミに想いが届くまで。】ぜひ、ご覧ください！」
　ソラが両手で手を振っているアップが映ったところで、動画は終わった。

　心臓がバクバクとうるさい。
「やばいでしょ？」
「やばい……ね」
　これは本当にやばい。
　ドラマの主演をするくらいだから、きっとすごく有名なはずだ。
　今まで知らなかったわたしもやばいし、お店の常連さんなのも海で普通に写真を撮ったのもやばい。
　空野さんとソラの共通点は多くあった。

ここまで重なる部分があったのに、気づかなかったなんて……。

「ソラって有名なんだよね？」

「そうだね。前から人気だったけど、最近はますますテレビに出るようになってるよ」

「そうなんだ」

たしかにお店に来てくれたときも、バタバタと出ていくことがあった。

そういえば、通話中に空野さんを急かすような声を聞いたこともある。

カフェに忙しくて来れなくなるっていうのは、時期的にもきっとドラマの撮影が始まるからだったんだ……。

今までの空野さんの気になった言動が、パズルのピースがはまっていくように、すべて腑に落ちていく。

「もともとは子役出身で、小さいころから活躍してたよ。アイドルとしてデビューしたのは一昨年で、今年で２周年だね」

まったく知らなかった。

芸能人の方にとって、知らなかったなんてけっこう失礼だよね……。

しかも、空野さんは子役から活躍していただなんて。

知らなかったことへの罪悪感すら芽生えてくる。

スマホを操作して、空野さんとのトーク画面を開いた。

そして、すぐに文字を打っていく。

前振りもなく勢いだけで送ってしまった。

【空野さんってアイドルのaozoraのソラなんですか？】

確信は得ているけど、確認しないと気が済まない。

本当に、ただのそっくりさんだったりしないかな。

……しないよね。

海で撮った写真の服装が一致していることが、aozoraのソラだという証拠になる。

ソラだと言われたら、こんなふうに連絡を取るのはよくないのかもしれない。

個人的に仲良くせずに、ただの店員とお客様の関係でいなくてはいけないのかな。

お店に来てくれているのだって、奇跡みたいなことだったんだ。

芸能人のことはよくわからないけど、一般人とは違うんだもんね。

いろいろ制約とかがあるんだよね。

頭の整理は何ひとつついていない状態だけど、花音ちゃんがaozoraについてたくさん教えてくれた。

ふたりとも子役時代からある程度の知名度はあって、とにかく今は、アイドルとしても俳優としても大注目のふたり組だということはわかった。

aozoraについての知識が増えたところで、先生が教室に入ってきたから花音ちゃんは自分の席に戻る。

まだ心臓のドキドキが治まらない。

衝撃が大きすぎた。

スマホをこっそりと膝の上に置いて見つめているけど、画面は暗いまま。

諦めてスマホをポケットに入れようとしたときに、画面が明るくなりメッセージが来たことを知らせる。

すぐにロックを解除して、空野さんからのメッセージを確認した。

何度も浅い呼吸を繰り返しながら文字を読む。

【今日、22時くらいになると思うけど会えるかな？　直接会って話したい】

今日は、お店は定休日だ。

でも、むしろそっちのほうが都合がいいかもしれない。

誰かに見られたり、話を聞かれたりしたら大変だから。

【大丈夫です。待ってますね】

【じゃあ、また連絡する】

今度は、すぐに返信がある。

それを読んでから、スマホをポケットにしまった。

直接会って話す。

もしかしたら、これが空野さんと会ってお話しできる最後になるのかな。

アイドルだと知らなかったから、今まで空野さんはお店に来てくれていたのかもしれない。

わたしは、もっとたくさん話したかったけど。

直接会って話すまでの間に、最悪の覚悟は決めておかないと……。

本鈴(ほんれい)が鳴ってからホームルームが始まり、そのあと体育館に移動して始業式を行う。

始業式が終わると、文化祭についての話し合い。

時間はどんどん進んでいくけど、わたしの頭はずっと空野さんのことを考えている。

仲良くしてくれていたカフェの常連さんが、人気急上昇中のアイドルだっていきなり言われたところで、理解はできても実感は湧かない。

本当にそうなのか、写真や動画を見たあとでも疑いたくなってしまう。

夢か妄想(もうそう)か、とも思う。

わたしは、アイドルのソラは知らないから。

カフェに通う空野さんのことしか知らないから。

だけど、そのカフェに通う空野さんがアイドルなんだもんね。

結局、仕事についてもはぐらかされたままだったし。

どうして隠したんだろう？

アイドルだから、言いにくかったのかな。

カフェに来てくれているときも、海で会ったときも、近くにいたはずなのに、本当はすごく遠い存在だったんだ。

もっと知りたい、深く関わりたいって思っていた。

でもそれは、わたしだけだったのかな。

本当はわたしって、空野さんについて全然知らなかったんだね。

仲良くなってどんどん近づいていっている気がしていた

のに、全部勘違いだったってことなのかな。

　仕方ないけど、少し悲しい……。

　それにやっぱり、『付き合って』とか言っていたのはからかっていただけなんだね。

　ファンがいっぱいいる大人気のアイドルと、ただの高校生のわたしが付き合えるわけなんかないもん。

　ずるいね。

　空野さんは、ずるすぎる。

　わたしをたくさんドキドキさせたのに。

　気づけば、空野さんのことばかり考えるようになってしまったのに。

　いきなり、画面越しの遠い存在になるなんて。

　みんなのものだなんて……。

「白川、どうした？」

「あ、黒瀬くん」

　文化祭についての話し合い中にも関わらず、斜(なな)め前の席の黒瀬くんが振り返ってわたしに声をかける。

　そして、イスを動かしわたしのすぐそばに来た。

「夏休みボケか？」

「え？」

「魂抜けたような顔してる」

「んー、そんな感じかな」

　笑って誤魔化(ごまか)すけど、黒瀬くんは怪訝(けげん)な表情。

　それから少し迷ったようにしながらも口を開いた。

「あのさ……海で会った常連って、白川んちのカフェで勉強してたときにドリンクくれたやつだよな？」
「え……？」
「白川が親しげに話してた人だよ」
　ドキッとした。
　今、ちょうど空野さんのことを考えていたから。
「……」
　ふいを突かれたせいで、思わず黙り込んでしまう。
「そうだよな？」
　そんなわたしに、強い言葉と瞳によって逃げ道を塞いでくる。
　誤魔化すことを許してくれなさそうだ。
　黒瀬くんは、空野さんと２回も対面している。
　キャップやメガネで顔を隠していたから、素顔は見られていないとはいえ、気づいている可能性だってある。
　もしかしたら、黒瀬くんは芸能人とか詳しいのかも。
　だから、こんなふうに聞いてきたとか。
　黒瀬くんの真意はわからないけれど、これはまずいんじゃないかな……。
「白川？」
「へ？　あ……そうだよ……」
　もしものことを考えて、ヘラッと曖昧に笑う。
　どうか、これ以上は深く聞いてこないで……。
「あいつと付き合ってんの？」
「……へ？　ないない！」

　恐れていた事態にはならなくてホッとしたけど、想像もしていなかった質問に間抜けな声が出た。
　けど、すぐに否定の言葉を口にする。
　そんなことはありえない。
　だって、空野さんはアイドルなんだから。
「本当に？」
「本当に！」
「そっか」
　黒瀬くんは小さく頷いて、納得してくれた様子。
　だけど、自分で否定したくせに胸がズキッと痛んだ。
　どうしてこんな気持ちになるのか、わからない。
「ねぇ、黒瀬くんって好きな芸能人とかいる？」
「何、急に」
「ちょっと気になって」
「俺、あんまり芸能人とか知らない。バンドは好きでよく聴(き)くけど」
「そうなんだ！」
　っていうことは、アイドルの空野さんのことはきっと知らない。
　もし知っていたとしたら、黒瀬くんのことだし直球でわたしに聞いてくるよね。
　よかったよかった。
「なんかあった？」
「ううん。また黒瀬くんの好きなバンドのこと教えてよ」
「べつにいいけど」

とりあえず安心して、頬が緩む。

緊張した。

一般人のわたしでも、スキャンダルが出ることが危険ってことはわかる。

芸能人はイメージが大事だから。

間違った情報でも、それが真実のように出て広まってしまう可能性だってある。

これからは、気をつけないといけない。

知らなかったときのようにはいられない……。

「黒瀬くんと白川さん。聞いていますか？」

「え、あ、すみません。聞いてなかったです」

いきなり話を振られて戸惑うけど、正直に返す。

まったく聞いていなかった。

せっかくの文化祭なのに。

来年は受験があるから、みんなが文化祭に力を入れるということは難しい。

だから、今年はみんな気合い十分で張りきっている。

「主役のふたりなんだからしっかり聞いててください」

「はい。……え？」

主役……？

文化祭実行委員の言葉に引っかかり、そこで初めて黒板を見た。

そこには、【シンデレラ……白川】と書かれている。

その文字の隣には、【王子……黒瀬】の文字が。

え、ちょっと待って。

「わたしがシンデレラ!?」
「そうだよ。名前的には白雪姫なのにね。白雪がシンデレラ役っておもしろくない？」
「ちょ、ちょっとわたしには荷が重すぎる……」
　それにおもしろい、おもしろくないで大事な文化祭の劇のヒロインを決められても……。
「クラスで話し合って決めたから、もう確定。白川さんって透明感あるし、ぴったりだよ」
「えぇ……」
　そのクラスに、わたしは入っていないの？
　たしかに話を聞いていなかったわたしも悪いけど、そんな勝手に……。
　劇なんて、しかもヒロインなんて、わたしにはできないよ。
「黒瀬くんはいいの？」
　助けを求めるように、黒瀬くんに尋ねる。
　劇とか、そういうの苦手そうだよね。
　黒瀬くんは器用だからできると思うけど、王子様キャラとか人前で演技するのとか嫌がりそう。
　偏見だけど。
　そして、嫌ならここではっきりと断れる人。
　期待を込めて、黒瀬くんを見つめる。
「まぁ、決まったんなら仕方ないんじゃね」
「ほんとに!?」
「本人からも承諾を得たところで、次に進めます」

驚きを隠さずに黒瀬くんを見つめ続けるけど、表情は少しも変えない。

もしかして、本当にただのわたしの偏見で、劇とか演技することが好きなのかな？　興味あるのかな？

だとしたら、申し訳ないことを思ってしまった。

「今後の細かいスケジュールは、明日渡します」

配役がすべて決まり、本日分の話し合いは終わった。

これから、わたしは練習の日々になる。

不安しかない……。

「拓海って劇とか好きなん？」

「いや、べつに好きじゃない」

「でもやるんだな。王子様」

「茶化(ちゃか)すな」

ニヤニヤしながら来た赤坂くんの足を、黒瀬くんが軽く蹴っていた。

大げさに痛がる赤坂くんに苦笑いをしつつ、黒瀬くんを見る。

やっぱり好きじゃないんだ。

じゃあ、どうして断らなかったんだろう？

でも、もう決まったからにはするしかない。

みんなの気合いが入ったクラス出し物で、ヒロインをさせてもらえるんだもん。ありがたいことなんだよね。

文化祭まで時間もないから、今日さっそく採寸をしたり台本作りに参加したりしてから家に帰った。

家につくとすぐにリビングへ行き、習慣づいていないテレビを意識的につけた。

夕方のニュース、教育番組、とチャンネルを変えていく。

そんなタイミングよく、ソラは出ていない。

諦めてテレビを切ってから、自分の部屋に移動してスマホを見る。

【aozora　ソラ】

で、検索をした。

すると、コンマ数秒待つだけでたくさんの画像やプロフィール、ＣＤ情報などが出てくる。

空野さんのことをあまり知らなかったけど、検索したらこんなにもたくさんの情報を得ることができる。

空野さんの小さいころの写真から今の写真まで、成長している姿も見ることができた。

すごく不思議な感じだ。

ざっと目を通してから動画サイトへ移動して、aozoraのＭＶを見る。

小さい画面の中にいる空野さんは、歌もダンスもすごく上手でかっこよくてキラキラしている。

こんなかっこいい人が『ゆきちゃん』って呼んでくれて、ピンチのときは助けてくれて、おもしろい話で笑わせてくれて、肩を抱き寄せて一緒に写真を撮ってくれて……。

すでに、空野さんとはたくさんの思い出がある。

アイドルではない、空野さんとの思い出が。

画面越しで見る空野さんは、なんだかすごく遠い存在だな……。

胸がぎゅっと締めつけられるように感じて、スマホを閉じた。

夕飯を食べてからお風呂に入ってダラダラするけど、心は休まらない。

時間が進むにつれて、緊張しているのかドキドキと鼓動が速くなっていく。

リビングでひとり。

「あ……！」

気を紛らわせようとつけたテレビは、バラエティ番組を放映していて、そこに空野さんはいた。

生放送ではないみたい。

じゃあ、今は別の仕事なのかな？

なんて考えつつ夢中でテレビを見る。

辛い物を食べる企画みたいで、空野さんはおでこに汗をにじませながら、時にふざけて笑いを誘いながら、見事に完食していた。

実際にお店に来ているときと変わらない、笑顔と口調。

空野さんは、素でこんな人なんだ。

夢を見ているみたいで、まだ現実味ないなぁ。

もうすぐ22時になる。

だけど、空野さんから連絡はない。

空野さんが出ていたバラエティ番組が終わったので、自分の部屋に行き、ベッドに寝転んでスマホを見る。

　思わずうとうとしてきたとき、手の中のスマホが着信を知らせた。
　すぐに飛び起きて、ベッドの上で正座をして息をゆっくり吐き、気持ちを落ちつかせてから電話に出る。
「も、もしもしっ」
《もしもし、ゆきちゃん？　ごめん、遅くなった。今タクシーで向かってる》
「わかりました。ゆっくりで大丈夫ですよ。気をつけて来てくださいね」
　少し息が乱れていたように聞こえた。
　走ったのかな？
　それだけで、胸がぎゅっとなる。
　最近のわたし、やっぱりおかしい。
　体調でも悪いのかな。
　それとも、夏の疲れが出たのかな。
　もしかして、これも空野さんのせい。
　……なんて、さすがに今は関係ないよね。
《あと10分くらいでつくよ。こんな時間だし、どうしようか。今日は定休日だったよね？》
「あの、空野さんがよければですが、わたしの部屋でも大丈夫ですか？」
　内容も内容だから、ふたりきりで話せる場所がいい。
　そうなると、わたしの部屋がいちばん安全な気がする。
　お店からも入れるし、裏に玄関（げんかん）もある。
　すでに、お母さんとお父さんには了承を得ている。

空野さんだから、快くＯＫをもらえた。
　お母さんは、少しニヤニヤしていたけど。
《へっ？　いいの？　ゆきちゃんの部屋に入っても……》
「はい。大丈夫です」
《わかった。すぐ行く。運転手さん、できるだけ急ぎめで！》
　空野さんの急かす声が聞こえて、思わず笑ってしまう。
「そんなに急がなくても待ってますから。ご飯は食べましたか？　あるものなら用意しておきますよ」
《あ、じゃあコーヒーお願いします》
「わかりました。用意しときますね」
　そう言って、いったん通話を切る。

　キッチンに行き、コーヒーの準備をする。
　抽出できるまでの間、クッキーがあったからそれをお皿に載せていく。
「空野くんと、もう付き合ってるの？」
「へ？　つ、付き合ってないよ！」
「あらそう。お母さんはいつでも大歓迎（だいかんげい）だからね」
「期待に応（こた）えられなくてごめんね！　ほら、お母さんお風呂まだじゃん。入ってきなよ」
「はいはい」
　お店で明日の準備をしていたお母さんは、いつの間にか戻ってきていたみたい。
　ニヤニヤ笑顔のお母さんの背中を押して、この場から追い出す。

家族そろって基本的にテレビを見ないから、もちろんお母さんも、きっと空野さんが芸能人ということを知らない。

いつか言わなきゃだよね。

でも、まずは空野さんの話を聞いてから。

ちょうどコーヒーの抽出が終わってカップに注いだとき、スマホが鳴った。

すぐに出ると空野さんで、玄関についたみたいだった。

急いで玄関に向かいドアを開けると、目の前にはキャップを深くかぶってマスクをしている空野さんがいた。

「やっほー、ゆきちゃん。こんばんは」

「こんばんは。遅くまでお疲れ様です。どうぞ上がってください」

「ありがとう。お邪魔します」

お決まりの言葉を口にする空野さんを、すぐに家の中へ通す。

キッチンに寄り、コーヒーカップとクッキーを載せたお皿をお盆(ぼん)に置き、を両手で持って空野さんと一緒に２階のわたしの部屋へ向かう。

「そういえば、春乃さんと昌幸さんは？」

「お母さんは今、お風呂で、お父さんは、もう寝室にいます」

「そうなんだね。あー、初めてのゆきちゃんの部屋で、しかもふたりきりってドキドキするね」

階段を上りながら、話しかけてきた空野さんの声は相変わらず明るい。

そんなこと言われたら、わたしももっとドキドキしてしまう。
今日は心臓が、ドキドキしっぱなしだ。
片手でお盆を持ち直して、部屋のドアを開ける。
「狭(せま)いですけどどうぞ」
「わーい。ゆきちゃんの部屋だ！」
いつもと変わらない感じの空野さんは、わたしの部屋に入りまわりをぐるっと見回す。
恥ずかしすぎる……。
それに、誰にも見られたくないからってわたしの部屋にしたけど、やっぱりふたりきりってどうなんだろう。
急に意識してしまい、心臓がドキドキどころかバクバクして口から飛び出そうだ。
「あ、あんまり見ないでくださいよ。ほら、早く座ってください」
ローテーブルにコーヒーとクッキーを置いてから、クッションをその前に置き座るように促す。
空野さんはすんなり座ってくれたけど、まだキョロキョロとまわりを見ている。
「きれいにしてるね。ピンクと白の家具でそろえてあってかわいい部屋だ」
「見ないでくださいってば」
「ゆきちゃんっぽくていいね。この部屋にいるだけで幸せな気分になれるよ」
見ないでって言ってるのに、室内を見回し笑顔を向けてくる空野さん。
　思わず顔を逸らして、正面も隣も恥ずかしいから空野さんの斜め前に座った。
「どうぞ」
　コーヒーを手で示すと、空野さんは「ありがとう。いただきます」と言ってからコーヒーに口をつける。
「……時間も遅いし、さっそく本題に入ったほうがいいかな？」
　コーヒーカップを置くと、急にさっきのおちゃらけた雰囲気が消えた。
　空気が少しピリッとして緊張が走る。
　今日いちばん大きく、心臓が動いた。
　意識的に呼吸をゆっくりにして、気持ちを落ちつかせようとする。
「ゆきちゃん正解。おれはaozoraのソラ。アイドルだよ」
　わたしのほうに体を向けてまっすぐに伝えてくれた空野さんの瞳は、なぜか揺れていた。
　確信はあった。
　それが現実になる。
　わたしの目の前にいるのは、アイドルだ。
　正直今でも、あまりピンときていないけれど。
　一瞬の間が、永遠にも感じられる。
「ごめんね、黙ってて」
　申し訳なさそうに眉を下げる空野さん。
　わたしの様子をうかがうように、顔を覗き込まれた。

　その瞳は、やっぱり揺れている。
「とんでもないです！　わたしこそ、無知ですみません！
空野さんは子役から活躍されていて、今はアイドルとして人気急上昇中で大注目の方だと聞いたのに、まったく知らなくて……」
　知り合ってから、もう3ヶ月がたとうとしている。
　あれだけお店に通ってくれてたくさん話して、素顔も見たのに気づかないだなんて……わたしのほうこそ申し訳なさすぎる。
　失礼にも、ほどがあるよね。
「本当に、すみません!!」
　頭を深く下げて謝罪をする。
　そんなわたしの頭上から降ってきたのは、空野さんの笑い声だった。
　不思議に思い、おそるおそる顔を上げて空野さんを見る。
　けっこう大きな口を開けて笑っていて、目に涙なんかも溜めていた。
　意味がわからなくて首をかしげる。
「ごめんごめん。まさか謝られるとは……気にしないで。おれもまだまだってことだし」
「そ、そんなことないですよ！　空野さんはすごい方だってこと、今日たくさん調べて知りました」
「調べてくれたんだ。ありがとう」
　空野さんの爽やかな笑顔に、思わずまた顔を逸らしてしまった。

　こんなに近くでこの笑顔は、破裂(はれつ)寸前のわたしの心臓がもたない。
「それでなんですけど、これからは……」
「このままでいてくれない？」
「え？」
「アイドルだから、芸能人だからってだけで、ゆきちゃんと距離を置くのは嫌だ。これまでどおり連絡もする。ブロックしたら怒るからね」
　わたしの言葉を遮ると、頬を膨らませて腕を組んで怒っていると表す。
　そんなかわいい仕草(しぐさ)をする空野さんを見て、自然と頬が緩む。
　空野さんは、空野さんだ。
「わかりました」
「絶対だよ？」
「はい」
「約束だから」
「了解です」
　空野さんに念押しされ、笑みがこぼれる。
　本当は、距離をとったほうがいいのではないかと思っていた。
　人気急上昇中の存在ということは、今がすごく大事な時期だということだ。
　空野さんの邪魔になるくらいなら……って少し考えた。
　もう会えないと言われる、最悪な事態の覚悟もした。

だけど、そう言われなくて、心の底から安心しているわたしがたしかにいる。
「あの、空野さん」
「大丈夫。言わなかったおれが悪いんだ。芸能人としてじゃなくて、普通に接してくれるゆきちゃんの存在がうれしかったから、黙ってた」
もう一度謝ろうとしたことに気づいたのか、空野さんによって止められた。
けど、やっぱり申し訳ない気持ちがわたしの中にある。
「いえ、本当に無知ですみません。テレビとかあんまり見ないんで……今でも不思議な感じです」
芸能人がわたしの部屋にいる、ということではなく、空野さんが芸能人だということが。
「謝る必要ないよ。でも、よかった。ゆきちゃんが変わってなくて」
「え？　どういう意味ですか？」
「芸能人だってわかると、よくも悪くも変わる人がいるからさ。でも、やっぱりゆきちゃんはゆきちゃんだね」
そう言うと、ゆっくりと手を伸ばしてわたしの頬に添えられる。
少しひんやりしている手は、緊張していたことを表しているのかもしれない。
わたしの頬の熱に触れて、同じ温度になる。
「空野さんも空野さんです」
「うん、そうだよ。だから、距離を取ろうとかひどいこと言わないでね」

　わたしの考えていたことは、空野さんにはお見通しみたいで、もう一度、釘（くぎ）をさされる。

　よっぽど嫌なのかな。

　でも、それはわたしも同じだ。

　きっと、空野さん以上に思ってる。

　空野さんと距離を置きたくないって。

　わたしのわがままで、空野さんとはこのままがいい。

　この距離がいい。

　だから、同じ気持ちだったことがすごくうれしい。

「はい。これからも空野さんと変わらずお話ししたり、メッセージを送ったりしたいです」

　頬に添えられたままの手を取り、両手で包み込む。

　ドキドキしすぎて息が苦しいけど、この手を離したくない。

　心から、そう思った。

「ゆきちゃん……」

　空いているほうの手がわたしの腰に回されると、ゆっくり引き寄せられた。

　距離がぐっと近くなり、目の前の近すぎる距離に空野さんの顔がある。

　やっぱりすごく整っていて、きれいで見惚（みと）れてしまう。

「おれも、聞きたいことがある」

「なんですか？」

　しゃべるたびにかかる息が、くすぐったい。

腰に回された手に力が入り、そこから全身へと熱が広がっていき体温が急上昇する。

「一緒に勉強したり海に行ったりしてたあの同級生と、もう付き合ってるの？」

赤坂くんは空野さんと直接会ってはいないから、『あの同級生』というのは……。

「もしかして、黒瀬くんのことですか？」

「たぶん、そう」

「前にも聞いてませんでしたっけ？」

「あれから日がたったし。海まで一緒に行く仲だなんて聞いてないし。それに……」

「付き合ってないですよ」

また同じ質問を、こうして真剣な表情でされるとは思っていなかった。

変化があると思ったのかな？

それとも他に何か理由があるのかな？

「そっか」

でも、空野さんが笑顔になるなら細かいことはどうでもいいや。

何回でも同じ質問に答えるよ。

あ、そういえば今日……。

「ふっ……」

「なんで笑うの」

拗ねたように口を尖らせた空野さん。

笑っちゃうに決まってる。

　だって……。
「同じ質問を今日、黒瀬くんにもされました。空野さんと付き合ってるのかって」
「そうなの？」
「はい」
「あー、無理。やっぱりそうじゃんか……」
　どうして同じ質問が出るんだろう。
　そういうことって、なかなかないよね。
　タイミングまで同じだし。
「息ぴったりですね」
「それは違うと思うけど……」
　空野さんが苦笑して目を逸らすけど、すぐにもう一度わたしに視線を戻した。
　じっと見つめる視線は、なんだか熱っぽい。
「ゆきちゃんて、誰にでもこんな距離感なの？」
「え……？」
「キス、できそうだね」
「っ……!?」
「……する？」
「か、からかわないでください……っ」
　手を離して、空いた両手で空野さんの肩を押す。
　だけど、ビクともしない。
　距離は変わらない。
　目を逸らすことができない。
「ねぇ、ゆきちゃん」

「……」
「焦るよ……同じクラスの黒瀬くんがうらやましい……」
「空野さん？」
　だんだんと声が小さくなっていく。
　そのまま倒(たお)れ込むように、わたしの肩に頭を乗せた。
　遅い時間まで仕事をしていたから、疲れているのかな？
　そう思い、空野さんの背中に手を回してポンポンとする。
「ハグしたら、１日のストレスの３分の１が解消されるらしいですよ」
「おれは今、全部解消されてるよ。癒やされる……」
　空野さんもわたしの背中に両手を回して、ぎゅっと抱きしめてくれる。
　わたしが抱きしめていたはずなのに、すっぽり収まってしまった。
　華奢(きゃしゃ)そうに見えて、けっこうがっちりしている。
　やっぱり男の人なんだ、と改めて実感した。
　空野さんの腕の中が心地よくて、目を閉じて温もりだけを感じる。
「ねぇ、ゆきちゃん」
「はい」
「やっぱりさ……おれと付き合ってよ」
　耳元で囁(ささや)かれて、心臓が爆発(ばくはつ)するかと思った。
　息がかかり、より甘さを含んで響いてくる。
　思わず体を離して耳を押さえた。
「も、もう！　からかうのはやめてくださいっ！」

今のは、ずるすぎる。
不意打ちなんてひどい。
ドキドキが加速していく。
それに空野さんはアイドル。
今まで以上に、その言葉は冗談めいて聞こえる。
「……ばか」
「え?」
「ゆきちゃんのばか! 今日は、たくさん癒やしてもらうから!!」
離れた体を再び抱き寄せると、さっきよりも抱きしめる力が強くなる。
胸のあたりが少し苦しいと思ったけど、それは抱きしめられる強さからなのか、別の要因からなのか。
わたしにはやっぱりわからない。
だけど、空野さんに抱きしめられて、うれしさと愛(いと)おしさでいっぱいになっている。
会っていなかった間、連絡は取っていたけど、直接会うのとは全然違うね。
どれくらい抱き合っていたか、わからない。
わたしの心臓が限界に達しそうになったときに、やっと離してくれた。
鼓動が速くなりすぎて、このまま抱き合っていたらきっと壊(こわ)れてしまうと思うほどだったのに、離れていく温もりに寂しさを感じた。

それから、空野さんとたくさん話した。

主演ドラマ決定、おめでとうと伝えて、海でのエピソードを謝って、ネットで見たプロフィールで誕生日が過ぎていたことを知ったから、改めてお祝いする約束を交わす。

空野さんも、お父さんが俳優でそれをきっかけに芸能界に入ったことや、アイドルの仕事について無知なわたしにわかりやすく教えてくれた。

けど、どうしても別世界な話についていけず現実味はなかった。

いつものように、他愛のない話もした。

空野さんと話すことはやっぱり楽しくて、笑顔になれて幸せな時間だった。

「やばい、日付け変わる。遅くまでごめん」

「わたしは全然。むしろすみません。お家は遠いですか？お父さんに頼んで送って……あ」

アイドルに、家を聞くのはだめだよね。

思わず口にした言葉を途中でのみ込むけど、もうほとんど声にしたあと。

空野さんはニコッと微笑み、わたしの頭に手を置きポンポンとする。

「そういうの気にしなくていいよ。ゆきちゃんには、これまでどおり接してほしいから」

改めて言葉にしてくれたことに頷く。

空野さんの言葉が、素直にうれしい。

「ここからけっこう近いよ。大通りにタクシー呼ぶし大丈夫。ひとり暮らししてるから、今度遊びにおいで」

本音か建前かわからないけど、今はそんなことはどうでもいい。

空野さんの言葉がうれしいから。

「はい、ぜひ」

わたしの返事を聞いて、満足そうに笑ってくれる。

その笑顔を見ると、つられてわたしも笑顔になった。

わたしの部屋を出て、玄関までお見送りをする。

真っ暗な夜でも深くキャップをかぶっている空野さんは、ほんとに芸能人なんだね。

「遅くまでありがとう。またね」

「はい。気をつけて帰ってください」

「ね、最後にもういっかい」

「え？」

いきなり引き寄せられて、すっぽりと空野さんの腕に包まれる。

でも、それは一瞬のことで、今回はすぐに解放された。

「充電完了」

ウインクする姿は、まさにアイドルだった。

不意打ちのハグに、きっとわたしの顔は真っ赤だ。

それを笑って誤魔化す。

「体に気をつけて、撮影がんばってくださいね」

「うん、ありがとう」

「ドラマ楽しみにしてます」

「それは、気合い入れないとね」

名残惜しい。

次は、いつ会えるのかな。

そういうことを思うことすら贅沢なのはわかっているけど、空野さんに会いたい気持ちはいつからかずっとある。

アイドルとか関係なく、空野さんだから会いたい。

「おやすみ」

「おやすみなさい」

空野さんは優しく笑いながら手を振ると、マスクを鼻まで上げ、玄関のドアを開けて外に出て歩いていく。

すぐに、闇に包まれて姿が見えなくなる。

アイドルなのは驚いたけど、空野さんは変わらず空野さんだった。

これからも、仲良くしていきたいな。

ふと空を見上げると、深い藍色に浮かぶ三日月がにっこりと笑っていた。

シンデレラにはなれない

「雪乃ちゃん、そこのセリフはすごく感情を込めてほしいから、もっとゆっくりしゃべっていいよ。間を作って」
「ゆっくり……了解です」
　文化祭が近づいてきて、劇の練習も通しや細かい修正などが中心になってきている。
　もともと演技の経験なんて幼稚園のころのお遊戯会くらいしかないわたしは、みんなの足を引っ張ってばかり。
　衣装もすごく素敵なものを作ってくれているのに、着て演技をすると、慣れないドレスのかすかな動きに気を取られてしまう。
「今から10分間、休憩にしましょうか」
　文化祭実行委員兼監督の声に力が一気に抜け、その場にしゃがみ込む。
　……上手にできない。
　はぁー……。
　俯いて深く息を吐いた。
「お疲れ」
　その声に顔を上げると、わたしに視線を合わせるようにしゃがんだ黒瀬くん。
　王子様の衣装が、よく似合っている。
「黒瀬くん、ごめんね……わたし、だめだめだ……」
「全然。白川ががんばってると、俺もがんばろうって思えるし」

　黒瀬くんって、けっこう熱いんだな。

　演技も自然体だし、何より華(はな)がある。

　すごくかっこよくて、絵本から飛び出してきた本物の王子様みたい。

　反対にわたしは、魔法をかけてもらう前のシンデレラのまま。

「黒瀬くんに迷惑かけないようにがんばるね。自主練もしないと」

「俺も付き合うよ」

「え？」

「相手役がいたほうがいいだろ？」

　たしかに、ひとりでするには限界がある。

　黒瀬くんとは、舞踏会(ぶとうかい)での絡みが多い。

　ワルツを踊(おど)るところもある。

　わたしが、いちばん不安なシーンだ。

　だけど、今回の劇のいちばんの見どころでもあるから失敗はできない。

　ここは、黒瀬くんの厚意(こうい)に甘えさせてもらおうかな。

「じゃあ……」

「拓海！　今日このあと大道具手伝ってくれよ。どうせヒマだろ？」

「は？」

「頼む！　間に合いそうにないんだ！」

「やだよ。俺は……」

「あ、わたしはいいよ！　ひとりで自主練するね！　黒瀬くんは赤坂くんを手伝ってあげて」
「え、いや、俺は白川を……」
「休憩終わります！」
　黒瀬くんが何か言おうとしていたけど、タイミング悪く休憩が終わってしまい話せなかった。
　赤坂くんは「まじで頼む！」と言ってから、自分の持ち場に戻った。
　切羽詰まっている様子から、大道具も大変だということがわかる。
　通し練習のときに、まだ背景が塗られていないものがあった。
　サイズも大きいし細かく下書きされているから、時間がかかるのかもしれない。
　みんな大変だけど、がんばっている。
　わたし個人のことは、わたしでがんばらないと。
　だけど、感情を込めてセリフを言うことや動作のぎこちなさを再び細かく指摘され、明日への課題となった。

　大事なセリフはもっとゆっくり、余韻をも持たせるように言ったほうがいいんだ。
　動作も、やりすぎってくらい大きくしないと観客席まで伝わらない。
　ワルツも、もっと軽やかで優雅に踊ることができたら素敵だろうな。

王子様に見つけてもらったシンデレラが、一気に主役になるすごく大切な場面だもん。

そのためには……。

「ゆきちゃん？　足をバタバタさせてどうしたの？」

「バタバタしてました!?」

「え、してたような気がしたけど違うの？」

ステップを踏んでいたつもりだったのに……！

ただ、バタバタしているだけに見えたんだ。

って、今はお仕事中だ。

接客に集中しなきゃ。

幸い、営業時間終了前ということもあり、お客様は空野さんひとりしかいなかったからよかったけど。

せっかく久しぶりに空野さんが来てくれたというのに、わたしは上の空だった。

他に気にかかることがあっても、お店に出ているときは切り替えないといけないよね。

「も、申し訳ありません。ちょっと心ここにあらずな状態でした」

「いや、そんなかしこまらなくてもいいよ。おれとゆきちゃんの仲じゃん」

どういう仲なのだろうか。

少し疑問に思ったけど、口には出さない。

「それで、どうしたの？　何かあった？　最近会えてないし連絡もとれてなかったから、話せてないし」

カウンターに肘(ひじ)をついて、わたしを見上げる。

　その瞳はまっすぐで、吸い込まれそうなほど深くきれいで、心臓がぎゅっとなった。
　空野さんに話すの、なんだか恥ずかしいな。
　自分のできなさを言うなんて。
「おれ、ゆきちゃんのことなら、なんでも知りたいんだけど」
　こうやって微笑みながら優しい声でそんなことを言われて、だまっている人はきっといない。
　それはわたしも例外ではなく、恥ずかしいと思いつつも話し出す。
「文化祭が、２週間後くらいにあるんです……」
「お！　いいね、文化祭。アオハルって感じだ。おれは参加したことないから」
　空野さんの目が、急に輝（かがや）きを増したように見える。
　本当に参加したことがないんだ。
　芸能人だから、学校行事に参加できないこともあるんだなぁ。
　それは、空野さんが売れっ子だということでもあるんだろうけど。
「それで、何するの？」
「……劇、です……シンデレラの……」
　こんなにわくわくした様子の空野さんには、やっぱり言いにくいな。
　恥ずかしすぎる。
　そんなわたしの気持ちに気づかず、ますます目を輝かせた空野さん。

「もしかして、ゆきちゃん主役!?　シンデレラ役なの!?」
「は……はい……」
　頷きながら、そのまま俯く。
　けど、空野さんは興味を持ってくれたみたいでカウンターから身を乗り出した。
「やっぱり！　ゆきちゃん似合うもん！　絶対ヒロインだもん!!」
「そんないいもんじゃないです……演技もワルツも下手くそでみんなに迷惑かけてて……」
「じゃあ、おれと練習する？」
「え……？」
　突然の提案に驚いて顔を上げると、キラキラした表情の空野さん。
　その表情にどんな意図があるのか、わたしにはわからない。
　けど、すごく楽しそうだ。
「劇の練習って文化祭に参加してる感じじゃん。それにこれでもおれ、ドラマや映画、舞台(ぶたい)の経験もあるんだよ」
　その言葉にハッとした。
　空野さんはアイドルだけど、もともとは子役上がり。
　小さいころから演技をしていた。
　空野さんの演技を見たことはないけど、プロだから上手いに違いない。
　空野さんなら……！と思ったけど、すぐに考え直す。
「でも、そんなの迷惑じゃ……」

「おれがしたいって言ってるのに？」
　まっすぐな視線を向けられ、心臓がドキッと大きく音を立てた。
　普段は優しくてほわほわしているのに、こうして強い瞳で有無を言わせない雰囲気を作るのも上手い。
　空野さんは、やっぱりプロだ。
「あの、本当に下手くそなんですけど、ご指導よろしくお願いします……！」
「はい。喜んで」
　にっこりと笑った空野さんの素敵な笑顔に一瞬見惚れてしまったけど、すぐに我に返って気合いを入れる。
　空野さんが、文化祭の劇の練習に付き合ってくれる。
　これは本当に貴重ですごいことだから、わたしはここでなんとかシンデレラを演じられるようになりたい。
　黒瀬くんの王子様と並んでも見劣りしないように、見ている人がいいなって思えるように。
　女子の憧れる、素敵なシンデレラにならなきゃ。

　ちょうど店を閉める時間になり、先に店を閉めてからテーブルを端に寄せてフロアを広くする。
　フロアで練習することは、お母さんが二つ返事で承諾してくれた。
「台本、見せてもらえる？」
「どうぞ」
　今日の仕事中も、カウンターの下で暇さえあればひっそりと見ていた台本を空野さんに渡す。

足を組み、集中して台本を読む空野さんは息をのむほどかっこいい。

それだけで絵になっている。

テレビの裏側では、こんなふうに台本を読んだり真剣に打ち合わせをしたりしているんだな、と想像がついた。

真剣な横顔を見つめること数分。

空野さんは台本をパタンと閉じて、カウンターに置いた。

「よし、始めようか。じゃあ、まず冒頭(ぼうとう)のシーンから」

そして立ち上がりながらそう言うと、席をどけて広くなったフロアの真ん中に立つ。

その瞬間、空野さんの雰囲気がガラッと変わった。

「シンデレラ、遅いわよ。まだ馬小屋の掃除も残ってるんだから」

「ここ、まだ埃(ほこり)が溜まってるわよ。こんなこともできないだなんて、呆(あき)れちゃう」

「あら、あなたたちは、きれいなドレスに着替えなきゃだめじゃない。シンデレラのことはほっといて、早く着替えてらっしゃい」

声色を変えながら、次々とセリフを言い始める空野さんを見て呆然(ぼうぜん)と立ち尽くす。

何も言葉を発さないわたしに、空野さんがチラッと視線をよこした。

「シンデレラ、次セリフ」

そうは言われても、わたしが驚いて固まってしまうのは仕方ないと思う。

だって空野さんが、いきなり３役もするんだもん。お姉さまふたりと継母(ままはは)の役を。

女性の役なのに違和感なく、しかも演じ分けてしまう空野さんに衝撃を受けた。

台本も数分しか見ていないのに、セリフも完璧(かんぺき)。

動きまでつけていたのだから、もう言葉も出ない。

プロの力を目(ま)の当(あ)たりにして圧倒されてしまった。

「あ、えっと……お、お義母さま、わたしも舞踏会に行ってはだめ、ですか……」

「ちょっと止めるね」

手をパンと叩いて、空野さんが空気を戻す。

呆気にとられつつなんとかセリフを口にしたけど、すんなり言うことはできなかった。

冒頭からこの調子なのに、主役なんて恥ずかしい。

「ゆきちゃん、上手くやろうとしなくていいんだよ。ゆきちゃんのシンデレラになればいいんだから」

それでも、空野さんは笑わず、呆れず、優しい笑顔で言葉をくれた。

「わたしの……？」

「そう。演じる人によってキャラは変わる。ゆきちゃんにしかできない、ゆきちゃんのシンデレラが見たいんだよ」

わたしにしかできない、わたしのシンデレラ……。

すごく有名なお話だから、自分の中でシンデレラのイメージはできあがっていた。

　そのイメージに寄せようとばかり思っていたけど、そうじゃないんだ。

　空野さんくらいの演技力があればきっとそれはできるけど、わたしにはできないから。

　等身大の、自分だけのシンデレラをしてみよう。

「ゆきちゃんが主役なんだからね。ゆきちゃんのよさを消さずに、そのままシンデレラになったらいいんだよ」

　難しいけど、そのとおりだ。

　みんな、同じじゃないんだもん。

　わたしはわたしで、わたしにしかできないシンデレラをするだけだ。

「はい、やってみます」

「じゃあもう一度、最初からね」

　そこから空野さんが、シンデレラ以外のすべての役を担当してくれた。

　そして途中で何度か練習を止めて、動作や間の置き方、どんな言い方なのか具体的な例を交えながらわかりやすく教えてくれる。

　空野さんは一度台本を見ただけで、読み返すことはなく、すべてのセリフを完璧に覚えていた。

「美しい姫……私と踊っていただけますか？」

　手を差し出す空野さんが本物の王子様に見えて、ドキッと大きく心臓が跳ねた。

　おかしいな……？

ラフな格好をしているのに、真っ白な王子様の衣装を着ている錯覚を起こす。
ドキドキしながらも、なんとか最後まで通すことができた。

「これで、ひととおりできたね。ゆきちゃん最初に比べてすごくよくなったよ」
「ありがとうございます。空野さんのおかげです」
初めは感情を込めてセリフを言うことや動作のぎこちなさがあったけど、空野さんが丁寧にポイントを教えてくれたおかげで、余裕を持って演じることができた。
自分で演じながらそう感じたんだから、本当に変わったんだと思う。
空野さんって、すごいな。
「来月から始まるドラマの主演の方に直接教えていただけるなんて、わたし幸せ者ですね！」
文化祭にしては贅沢すぎる。
こんな経験、きっと二度とない。
一生のうちに一度あるだけでもすごすぎる。
「贅沢じゃないよ。ゆきちゃんのためならこのくらい、いくらでもするから」
「空野さんは、いつも優しすぎますね。本当にありがとうございます」
感謝してもしきれない。
学校で何度練習しても上手くできなかったのに、空野さんに教えてもらったこの少しの時間で、シンデレラがわかった気がする。

「それに、空野さんの演技を見たのは初めてで……すごく、感動してます……！」

空野さんがアイドルだと知ってＭＶは見たけど、まだドラマや映画は見ることができていない。

今は文化祭とかで学校のほうが忙しいから、時間に余裕ができたときにゆっくりと見る予定。

きっと、来月スタートのドラマが初めて見る空野さんの出演作になる。

「ゆきちゃんにそう言ってもらえてうれしいな」

「ドラマ、すごく楽しみです」

「期待に応えられるよう撮影がんばってるよ！」

柔らかく笑う空野さんは、いつもの空野さんだ。

さっきはお姉さまたちや継母、魔女や王子様だったのに、今は空野さん。

あまりドラマとか見たことないけど、ここまで演じわけられる人はそんなにいないんじゃないかと思う。

「それでなんですけど、あの……ちょっと待っててくださいね！」

「ん？　うん」

わたしの言葉に、不思議そうにしながらも頷いた。

カウンターの奥に行き、冷蔵庫を開けて箱を取り出す。

両手で持って、空野さんの目の前に差し出した。

「これ、どうぞ」

「え？」
「遅くなっちゃったんですけど、お誕生日と連続ドラマ主演のお祝いです」
「あ、開けていい？」
「はい！」
　箱を受け取ってカウンターに置くと、きれいな指が箱を開けていく。
　中身が見えた瞬間、空野さんの「わぁ」という声が聞こえた。
「すごい!!　うれしい!!　これ、もしかして……」
「全部わたしが作りました」
「すごすぎる!!」
　箱の中身はガトーショコラ。
　間にクリームやイチゴを挟(はさ)んでおり、上には【お誕生日おめでとう】と【祝！　連ドラ主演】と書いたチョコプレート。
　あと、アイシングクッキーでデフォルメした空野さんも作った。
　今日はお店に来てくれると聞いていたから、一から全部、わたしが作ってみた。
　けっこう気合いを入れてがんばったから、喜んでもらえよかった。
「めっちゃうれしい。ゆきちゃんありがとう！」
「どういたしまして」
「写真！　写真、撮ってもらっていい？　一緒に撮りたい！」
「わかりました」
　空野さんにスマホを渡されて、カメラを向ける。
　素敵な笑顔でケーキを持っている。
　こんなに喜んでもらえるなら、作ったかいがある。
　今のこの笑顔が、わたしの作ったケーキがきっかけってこともうれしいなぁ。
　何枚か撮って、スマホを空野さんに返す。
「すっごいうれしい。おれ、ドラマ本当にがんばる。ゆきちゃんに『かっこいい』って言ってもらえるようにめちゃめちゃがんばる」
「空野さんは、いつもかっこいいですよ」
「あーもう！　ゆきちゃんはほんとに……ね、おれと付き合おうよ」
　アイドルのジョークには、愛想(あいそ)笑いでしか返せないよ。
　いつもと同じ冗談を言う空野さんにニコッと笑うと、お決まりみたいに「本気なのに！」と、またからかわれた。
「もったいなくて食べられないな」
「ちゃんと食べてくださいね」
「冷凍しとけば持つかな？」
「すぐに食べてください」
　わたしの言葉に口を尖らせながらも、しぶしぶ了承してくれた。
　フォークを入れる手をためらっていたから、その手を押すと、空野さんに軽く怒られてしまう。

　でも、せっかく作ったんだからおいしいうちに食べてもらいたいんだもん。
　空野さんがフォークにケーキを乗せて、ぱくりと大きな一口で食べる。
「おいしい！」
「ならよかったです」
「ゆきちゃん最高！」
　本当に、おいしそうに食べてくれる空野さん。
　うれしいな。
　パクパクと勢いよく食べている笑顔の空野さんから、目が離せない。
「あ、そういえば気になってたんだけど」
　口いっぱいに頬張ったガトーショコラを飲み込んでから、思い出したように話し出す。
「王子様役って、その……男、だよね？」
　上目づかいで見てくる空野さんは、子犬みたいだと思った。
　大きな瞳が揺れている。
「はい、黒瀬くんですよ。勉強会のメンバーで、海でも会った……空野さん!?」
「うぅ……なんとなく嫌な予感はしてたんだ。あの人イケメンだったし……まじか、やっぱり……おれのゆきちゃんが……」
「空野さん？」
「……台本にワルツって書いてあったけど、そいつと……

踊るんだよね？　こう、手と手を取り合って腰を引き寄せてさ……」
「そうですね、王子様なので」
　舞踏会なんてまさに童話って感じで、女の子の憧れが詰まっている。
　シンデレラが王子様に見つけてもらって、幸せいっぱいのシーンだから。
　だけど、わたしは何回も黒瀬くんの足を踏んでしまい、夢と憧れを壊してしまっているんだよね……。
「でも、いつも黒瀬くんの足を踏んじゃって……ダンスとかそういうのも得意ではないので……」
「もっと踏んじゃえ！」
「え？」
「ごほんっ……ごめん、なんでもない。じゃあ、今日は最後にそれを練習しよう」
「さすがに申し訳ないです……」
　仕事で疲れているはずなのに、細かく演技指導をしてもらった。
　それだけで十分すぎるのに、ワルツまでなんて……。
「おれ、今はアイドルをしてるんだよ？　ダンスのレッスンだってがんばっているし、おれの本業をゆきちゃんに見てほしいな」
　そうだ。
　空野さんはアイドル。
　ダンスはＭＶで何度も見たけど、本当に上手なんだ。

　ワルツも、きっと上手なんだろうな。
　人気急上昇中の現役アイドルに演技の次はワルツも教えてもらうなんて……わたし、ほんと恵まれてる。
「でも、もう遅いですよ？　空野さん、今日もお疲れだと思いますし明日もお仕事じゃ……」
「ゆきちゃんといると元気もらえるからさ。それに、おれがゆきちゃんに教えたい」
　残りのガトーショコラを箱に戻して、空野さんは体を伸ばし始める。
　本当に踊る気なんだ……。
「どんなの？　動画とかある？」
「はい、あります」
　空野さんの言葉に、スマホを出した。
　本当にワルツはひどいから、ここは素直に甘えさせてもらうことにしよう。
　見本として、ダンス部の人が踊ってくれた動画を再生して渡す。
　じっと画面を見つめている空野さん。
　音が止まったから終わったのだと思えば、もう一度動画が再生された。
『きゃっ、ごめん……また……』
『大丈夫。ゆっくりしよ』
「あ！　そっちの動画はだめです!!」
　音楽と一緒にバタバタしている足音と声が聞こえてきたから、わたしと黒瀬くんの練習風景の動画だとわかる。

　わたしのワルツは本当にだめだめで、見せられるようなものじゃないから恥ずかしすぎる……。
　わたしが止める声を無視して、無言で見続けている空野さん。
　そんな、まじまじと見ないでほしい……。
　さっきは演技だけで、ワルツは飛ばしていた。
　ここまでひどいとは思っていなくて、呆れているかな？
　内心、笑っているかな？
　だって、おもしろいよね、この動き。
　わたしも、この動画を見て衝撃を受けた。
　初心者が操るマリオネットかと思ったもん。
「ふーん」
「そ、空野さん……？」
「いっぱい練習しようね！　ゆきちゃんっ！」
「は、はいぃ……っ！」
　満面の笑み。だけど影(かげ)を感じる。
　そんなに、わたしのワルツがひどかったのかな。
　これは、がんばらないと……。
「お手をどうぞ」
　なめらかに手を差し出される。
　すごくきれいな手に引き寄せられるかのように、みずから手を重ねた。
　ぎゅっと握られたと思えば、すぐにぐいっと引っ張られる。
「わっ！」

「ほら、リラックス」

　む、無理だよ。

　引っ張られたと同時に腰に手を回され、体が密着する。

　心臓が、ドキドキとうるさく音を立てはじめた。

　素早く空野さんがわたしのスマホをタップして曲をかけたみたいで、曲が流れ始めるけど全然足が動かない。

　心臓の音が、うるさすぎて聞こえない。

「いくよ。右足からね」

　空野さんの息が耳にかかり、ますます動かない。

　緊張してるのがわかる。

　体が硬くなる。

　いつもの練習では、こんなにドキドキしないのに……。

「せーの」

　空野さんが合図を出して踊り始めるけど、さっそく足がもつれてしまう。

　それでも、空野さんがリードしてくれるおかげで、だんだんとスムーズに足が動くようになってきた。

　すごく、踊りやすい。

　ステップとか位置とか意識しなくても、空野さんが押したり引いたりと絶妙な力加減でリードする。

　ふたつめは見本にはならないから、初めの１回しか動画で振りを確認できていないのに。すごすぎる。

　繰り返しとはいえ、一度見ただけで踊れてしまうなんて。

　顔を上げると空野さんがニコッと微笑んでくれて、ドキッと心臓が反応したけど緊張はとける。

いつもは踊れないから、ここまで踊りやすいとだんだん楽しくなってきた。

気がつけば、意識せず自然と踊れていた。

腰に手を回されて密着した体。いつの間にか指を絡められていた手。

ドキドキする。

全身が熱い。

でも、すごく楽しい。

「ゆきちゃん」

踊りながら相手に話しかけられる空野さんは、さすがアイドル。

普段から歌って踊っているアイドルだから、余裕でできることだ。

「すごく、かわいい。本物のシンデレラみたいだよ」

「っ……」

そんな空野さんも本物の王子様みたいでドキドキしすぎて、リズムが崩れてしまった。

足がもつれて前のめりになり、そのまま空野さんに体重を預けてしまう。

「わ、すみません。すぐ離れま……」

離れようと後ろに重心をずらしたけど、腰に回っている空野さんの手に力が入り離れることはできなかった。

そのまま、空野さんの腕の中にすっぽり収まる。

「今日の練習はおしまいにしよっか。今から今日の疲れを癒やします」
「へ？」
「ゆきちゃんには、このまま抱きしめられてもらいます」
「え、あの、えっ……空野さん……」
「……嫌？」
「……嫌、じゃない……です……」
　言い終わると同時に、再び体重を預ける。
　空野さんがしっかりと受け止めてくれている。
　繋（つな）いでいた手は離され、両手でしっかりとわたしを包み込んでくれるから、わたしも両手を空野さんの背中に回した。
　ドキドキが止まらない。
　落ちつかないのに心地いい。
　耳に届く心音が速くて……これは、空野さんの？
　顔を上げると、空野さんの頬が少し赤い気がする。
「空野さん……顔、赤いですよ？」
「……ゆきちゃんのせいだよ」
「え……？」
「どうしてくれるの……？」
「そ、そんなの、わたしだって……」
　どうしてくれるんですか？
　このドキドキはなんですか？
　これは絶対に、空野さんのせいだから。
「ねぇ、ゆきちゃん」
　腰に回っている手が、ゆっくりと背中をなぞって上がってくる。

その感覚にゾクゾクして、緊張が走る。

嫌な感じではないのは、空野さんだから。

空野さんの手に全意識が集中して、おかしくなりそう。

ドキドキが加速していく中、その手が頭まで来ると、ゆっくりと下がっていき、指でわたしの髪を梳いていく。

次に肩まで下りてきた手が鎖骨まで移動して、指先で首筋をツーと上へなぞられた。

「ん……」

思わず声が漏れる。

くすぐったいのとドキドキで苦しい。

今度は、きれいな指がわたしの顎に添えられた。

至近距離で目が合う。

「……雪乃」

海以来、二度目の名前呼び。

ずるい。今はずるい。

もう目が逸らせない。

近づくきれいな顔に、ドキドキなんてかわいいものじゃないくらい心臓が暴れ出す。

空野さんの息が唇にかかる。

動くことなんてできない。

唇まであと、数センチ……。

――ブーッ、ブーッ。

電話……?

ハッと我に返り、空野さんに回していた手を緩める。

少しだけ開いた、ふたりの距離。
だけど、空野さんはわたしから手を離さない。
むしろわたしが緩めた分、力を強めてきた。
「空野さん……電話……」
「知らない。こんな時間にかけてくるなんて非常識」
「で、でも……」
一度切れたかと思えば、すぐにまた空野さんのスマホが鳴り出す。
さすがに無視できないと思ったのか、わたしから離れて、むすっとしながら電話に出た。
「何？　ねぇそれ、今じゃなくてよくない？　……うん、怒ってるよ」
不機嫌を隠さない空野さんに驚く。
きっと仲がいい、心を許している相手からなんだろう。
なんの話をしているのかはわからない。
……電話が鳴ってくれて助かった。
心臓が飛び出しそう。
大暴れ中だ。
わたしに背を向けた状態で電話をする空野さんを見ながら、深く息を吐いて気持ちを整える。
……キス、されるのかと思った。
以前、海でおでこにされたことはある。
部屋で『キスする？』って、からかわれたこともある。
だけど、視線が絡み合い引き寄せられるような感覚になったのは初めてだった。

　だめだよ、こんなの。

　……だめなんだよ。

「じゃ」

　最後まで不機嫌オーラを出したまま電話を切った空野さんが、こちらを向く。

「邪魔が入っちゃったね」

　まだ、むすっとしているのが見ただけでわかる。

　肯定（こうてい）も否定もすることができず、曖昧に笑って流す。

「もう遅いし、そろそろ帰るね。ゆきちゃんのシンデレラ、すごく素敵だったよ。楽しんで」

　不機嫌な表情から、いつものキラキラな笑顔に戻る。

　素でこの笑顔をしてしまう空野さんは、天性（てんせい）の愛される素質を持っている人。

「はい。本当にありがとうございました……っ!?」

「またね、シンデレラ」

　ゆっくり近づいてくると、わたしの前に膝を立ててしゃがんだかと思えば、手を取り「ちゅっ」と音を立てて手の甲（こう）にキスをされた。

　びっくりしすぎて声が出ない。

「ガトーショコラもありがとう。おいしかった。残りは家で食べるね」

「は、はい……」

「じゃあ」

　呆然と立ち尽くすわたしを見ていたずらに笑うと、キャップを深くかぶってマスクをつける。

ケーキの入った箱を持つと、手を振りながらお店を出ていく。

不意打ちだった。

完璧に油断していた……。

空野さんは本当にずるい。

キスされた手の甲に触れると、胸がぎゅっと苦しくなった。

次の日からのクラスの練習では、演技もワルツもよくなったと褒めてもらえた。

空野さんのおかげだ。

黒瀬くんも驚いていて、「どうしたの？」なんて真顔で聞いてきたから、「自主練がんばった」とだけ答えておいた。

それから劇の練習は、すごく順調に進んだ。

「空野さんのおかげです。ありがとうございます」

「どういたしまして」

文化祭も今週末に迫(せま)っている。

少し時間ができたという空野さんが、カフェに顔を出してくれた。

時間ができると、こうして少しでも来てくれるのはすごくうれしい。

あれ以来、なんだか顔をまっすぐ見るのが恥ずかしいけど、空野さんはいつもどおりだ。

他愛ない話をしていると、すぐに時間は過ぎてしまう。

楽しい時間は、いつでも一瞬だ。

空野さんと過ごす時間は、相変わらず短く感じる。

もっと話したいのに、という名残惜しい気持ちは毎回現れる。

「おれ、もう行かなきゃ。また来るね」

「はい。待ってます」

空野さんを見送ってから、残っていたお客様も席を立ち始めて会計を済ませる。

最後のお客様をお見送りをしてから、片づけをしようと食器を持ったときにドアベルが鳴った。

「いらっしゃいませ。何名様ですか？」

名前はわからない、黒のきのこみたいな形の帽子にマスクをしている男性は、しゃべらず人差し指を出して“ひとり”と示す。

「お好きな席へどうぞ」

促すとその人はカウンター席の、さっきまで空野さんがいた席へ座った。

食器を持ってカウンター内に入り、シンクにすべて持っていく。

お水をコップに入れて、おしぼりと一緒に先ほど来店されたお客様のもとへ運ぶ。

おしぼりとコップをカウンターテーブルに置いたときに、お客様がメニュー表をトントンと指で叩いた。

「はい、お決まりですか？」

「……ミックスジュースとフルーツサンド」
ボソッとつぶやくような、抑揚のないぶっきらぼうな声での注文。
だけど、しっかり耳に届いた。
「かしこまりました。ミックスジュースとフルーツサンドですね。少々お待ちください」
注文を復唱してから、会釈をしてカウンター内に入る。
お父さんに注文を伝えて、わたしはミックスジュースの用意。
お父さんがお皿に手早く盛りつけたフルーツサンドをトレーに載せて、わたしが用意したミックスジュースをその横に置き、お客様へお出しする。
「お待たせいたしました。ミックスジュースとフルーツサンドです」
お客様から強い視線を感じたけど、気づかない振りをする。
どうしてこんなに見られているんだろう。
注文した品を目の前に運んだというのに、そちらをチラリとも見ようとしない。
こんなお客様はめずらしい。
まだ感じる強い視線から逃れようと、一歩後ろへ下がる。
「ごゆっくりどうぞ」
「……あんた、名前は？」
「え……？」
早くこの場を離れようとしたけど、声をかけられたことにより動くことができない状況になる。
　いきなり名前を聞かれて驚いた。
　お客様から名前を聞かれることは、滅多にない。
　そして注文のとき同様に素っ気ない言い方だけど、なぜか、すんなりと耳に馴染む。
　強めの口調や態度とは違い、聞き取りやすいきれいな声だと思った。
「あの……」
「名前、聞いてるんだけど」
　思わず警戒してすぐに答えることはできなかった。
　それなのに、威圧的にもう一度聞かれる。
　深く帽子をかぶっていて、まだマスクをつけているからしっかりと顔は見えない。
　ふと顔を大きく上げたおかげで、帽子とマスクの隙間から少しだけ覗いた瞳。
　その瞳は、やっぱり鋭くわたしを捉えていた。
　まるで、ヘビに睨まれたカエル。
　一歩も動けない。
　いろいろ思うことはあるのに、言葉も出てこない。
「……何度も言わせないでくれる？」
「あ、えっと……し、白川雪乃……です」
　いちだんと声が低くなり、焦って名前を口にした。
　これ以上、黙っているほうが怖い。
　どうしてわたしの名前を聞いてくるの？と気になってはいるけど、この状況で聞けるはずもない。

「雪乃、ねぇ。だから“ゆきちゃん”か」
「え……？」
　それって、どういう意味なんだろうか。
　お客様のつぶやきに驚いて、少し目を見開いた。
　納得したように腕を組みながら頷く。
　つい視線が、お客様の頭のてっぺんから靴の先まで何度も往復してしまう。
　だけど、わたしには何もわからない。
「あの、あなたは……」
「あんま大きい声を出さないでくんない？」
「す、すみません……」
　怖いよ……どうしてこんなに威圧的なんだろう。
　意を決してわたしからも質問しようとしたのに、遮られてしまった。
　なぜか敵意が伝わってくる。
　わたし、何かしたかな？
　なんて考えたところで、思い当たることなんかあるわけがない。
　だって今日、初めて見たお客様なんだから。
「これってさ、あんたが作った？」
「え……これ、空野さんにあげた……あれ？」
　向けられたスマホをまじまじと見る。
　そこに写っているのは、この前わたしが空野さんのスマホで撮影した空野さんとケーキの写真だった。
　どうしてこの人が、この写真を持っているんだろう？

「やっぱりこのケーキ、あんたが用意したやつなんだな」
「はい……」
「ちなみにこれは、ソラがファンブログに載せた写真」
　そうなんだ。
　載せてくれたんだ。
　知らなかったから、向けられたスマホの画面を隅々まで見る。
【うれしいサプライズ！　すごすぎ!!　ハッピーな日☆撮影がんばるぞ!!】
　写真の下にはそんな文章。
　喜んでもらえてよかったと改めて思う。
　写真をよく見れば、トリミングされていて背景もぼかしてあり、内装がわからないように配慮（はいりょ）してくれている。
　ケーキは写っているけど、わたしの手作りだからお店で出していないメニューだし気づかれることはない。
　空野さんの配慮があるおかげで、ソラのファンの方が押し寄せるということはなかったんだ。
　ブログに載せたら、そこに人が集まって混乱するかもしれないもんね。
　人気者の空野さんなら余計に。
　……待って。じゃあ、この人は？
　どうしてこのお店だと気づき、来ることができたの？
「あの……」
「それで、ソラのことどう思ってんの？」
「え？」

「答えろ」

　急に命令口調になって、より威圧感を感じる。

　ドクンと大きく心臓が動いた。

　空野さんのこと、どう思っているかなんて……。

「その前に、あなたはいったい……」

　何者なんだろうか。

　空野さんのことがバレてしまっているのは、けっこうまずいんじゃ……。

「まだわかんねぇの？」

「はい……え、もしかして有名な方……ですか？　空野さんのことを聞くってことは芸能関係の方……」

　考えていると、わざとらしく大きなため息をついた。

　さっきから、態度が大きくて偉そうなことはこの際どうでもいい。

　じっと見ていると、やっとマスクを外してミックスジュースに口をつけた。

　帽子は深くかぶったままだけど、さっきよりも顔がよく見える。

　この顔、見覚えあるような……？

　どこで見たんだっけ？

「えっと……あなたは……」

　考えても出てきそうで出てこない。

　記憶を呼び起こしているけど、やっぱり思い出せないから知らない人なのかも。

「まじかよ。本気か？」

「見たことあるような気はしたんですけど……わからないです。すみません」
「はぁ……青山海成（あおやまかいせい）」
「青山海成、さん……？」
「aozoraのアオ。わかれよ」
「aozoraのアオ？って、あのaozoraのアオですか？」
「他に何があんだよ」
　イライラを隠さず、舌打ちをされる。
　どそこまで言われて、やっとわかった。
　そっか、aozoraはふたり組。
　アオとソラでaozoraなんだ。
　aozoraのＭＶは何度も見たけど、空野さん……ソラばかり見ていて、申し訳ないけどアオのほうはあまり印象に残っていない。
　この人が、空野さんと一緒に組んでいるんだ。
　そして花音ちゃんの推しは、アオだと言っていた。
「わたしの仲のいい友達が、アオさんのファンらしいです」
「そう」
　わたしの言葉に冷たく返される。
　この人は、テレビでもそうなのかな？
　空野さんとは対照的なタイプだ。
　アイドルだからって、みんなが空野さんみたいに、つねに笑顔で元気いっぱいではないみたい。
　空野さんが特別に裏表がないだけかもしれないけど。
「アオさんは……」

「海成」
「え？」
「海成って呼んで。そっちで呼ばれたら、まわりに気づかれるかもしんねぇから」
　今は誰もいないけど、アイドルはそうしてまわりをつねに気にしないといけないんだ。
　aozoraはすごく人気だから、余計気にするよね。
　空野さんはあまり気にしていないように見えるけど、気にする人もいて当然だ。
　よく知らないけど、気にしている人のほうが多いイメージはあるし。
「あ、すみません。気がきかなくて……海成、さんは……」
「"さん"づけ、きもい。やめて」
　えぇ……もう、どうしたらいいんだろう。
　この人、本当に怖い。
　空野さんとふたり組でアイドル活動をしているのに、こんなにふたりのタイプが違うなんて……。
　だからこそ、いいのかな？
　でも、ここまで違ったらケンカとかしそうだけど。
　空野さんと上手くやっていけているのかな？
　ちょっと心配になる。
　わたしの中で、あまりよくないアオのイメージができあがっていく。
「……海成くんは、どうしてここに来られたんですか？」
「最近、颯の様子がおかしいからつけてきた。今、原因がわかった」

　質問に答えてくれたってことは、呼び方はさっきので合格みたいだ。

　とりあえずよかった。

　海成くんも、空野さんのことを名前で呼んでいる。

　本名を公開しているとはいえ、基本的には『アオ』と『ソラ』で活動しているから、名前だとすぐには気づかれないということなんだろう。

　納得した。

　けど、もうひとつ気になることができた。

「空野さんの様子がおかしいって、何かあったんですか？」

　体調でも悪いのかな？

　今日、話したときはそんな感じしなかったけど。

「まわりくどいのは嫌いだから単刀直入（たんとうちょくにゅう）に言うわ。もう颯に関わんないでくんない？」

「っ……!?」

　声のトーンを変えずに淡々と言った海成くんの言葉に、息が詰まる。

　何も声が出ない。言葉が出ない。

　頭が真っ白になった。

「俺らは今、大事な時期なんだよ。一時の感情で、この大事な時期を潰すわけにはいかない」

　そんなのわかってる。

　芸能界やテレビの世界とは縁（えん）のないわたしだけど、人気急上昇中で大注目のアイドル空野さんにとって、今が大事な時期であることはわかる。
「あんたはそれを潰す可能性がある。颯のためを考えたら、どうすればいいか……わかるよな？」
　空野さんのために、わたしがすべきこと……。
「……空野さんは、わたしが距離を置こうとすることを止めてくれました」
「それ、本気にしてんの？」
「わたしは、空野さんが言ってくれたことだけを信じます。だから、海成くんの言うことは……」
「何、あんたって颯のことが好きなわけ？」
「……え？」
　怖くて目を合わせられなかったけど、思いがけない言葉に顔を上げて海成くんを見る。
「もちろん恋愛的な、付き合いたいとかそっちの意味の“好き”な」
　恋愛的な……好き？
　わたしが、恋愛的な意味で空野さんのことを好きかってこと？
　そんなこと……あるわけないじゃん。
　だって、空野さんはお客様でアイドル。
　好きになっても報(むく)われない人。
　報われたら、だめな人。
「ちがっ……」
　違う。
　そう言いたいのに、言うことができない。

心が止めた。

否定を拒んでいる。

わたし、空野さんのこと……？

「もしそうなら、今のうちに諦めろ。苦しむのは、あんたになるんだから」

ドクドクと激しく脈を打ち、鼻の奥がツーンとしてなぜか泣きそうになった。

わたし、空野さんのことが好きなんだ。

顔が熱い。鼓動が速い。

もう、こんなに苦しい。

「言いたいのはそんだけ。颯の未来を潰すようなことだけは絶対にすんなよ」

胸が痛い。

ズキズキする。

こんな痛みは初めてで、わたしの力じゃどうすることもできない。

「あんたはシンデレラでもなんでもない。村人にもなれない。まず、住む世界が違うんだから」

『住む世界が違う』

言い返す言葉なんてない。

悔しいけど何も言えなくて、拳を強く握りしめる。

「颯にも、ここには来ないように言っとくから、連絡も取るなよ」

空野さんがここに来なくなったら、本当に接点はなくなってしまう。

連絡も取り合うことはできない。
想像しただけで、胸が張り裂(さ)けそうになる。
だけど、それが正しい選択(せんたく)だ。
そうしなくちゃいけない。
今まで、わたしは夢を見ていたんだ。
空野さんのために、海成くんのために、ふたりを応援(おうえん)するファンの方のために。
終わらせなくてはいけない。
もう、前みたいにはできない。
「……これ、持って帰るから包んで」
ミックスジュースを飲み干(ほ)すと、立ち上がる海成くん。
複雑にあふれ出す感情を押し殺し、わたしは平静を保ちながら、言われたとおりフルーツサンドを包んで海成くんに渡してお会計をした。

海成くんが出ていったあとも、頭の中で繰り返される。
『颯の未来を潰すようなことだけは絶対にすんなよ』
空野さんのためを思っての言葉。
わかってる。
わたしが潰していいわけがないんだから。
わたしだって潰したくない。
そして、わたしに空野さんの積み上げてきたものを潰す可能性があることはわかっていた。
カフェに通う常連さんで、連絡を取り合う仲というだけ。
でも、一般人の女子高生とアイドルが個人的に仲良くしていることを話題性として、あることないこと言われるかもしれない。

わたしは、その膨らませるネタになりかねない存在。

人急上昇中のアイドルに、少しでも女の影があるのはよくない。

事実と違っても、広まってしまうことがあるのだから。

そうなれば、空野さんに迷惑をかけてしまう。

空野さんを悲しませてしまう。

本当の本当は、空野さんの言ってくれた言葉を信じたかった。

『ゆきちゃんと距離を置くのは嫌だ』って言葉を。

うれしかった。

すごくうれしかったんだよ。

わたしも距離を置くつもりなんてなかった。

今でも、そんなことはしたくない。

だけど気づいてしまった。自分の恋心（こいごころ）に。

そうなると話は別だ。

この気持ちは止めないといけない。

辛（つら）いだけのものだから。

苦しむだけのものだから。

空野さんを困らせてしまうものだから。

もう……今までどおりでなんかいられないよ……。

その日の夜、空野さんからメッセージが来たけど、初めて未読無視をした。

笑顔にさせたい人

【颯side】
おかしいな……？
何回もスマホを開いて、ある人とのトーク画面を確認する。
返信は……ない。
既読も、ついていない……。
何かあったのかな？
忙しい？
いつもはすぐに返信があって、むしろおれが寝落ちしてしまうこともあるくらい。
昨日の夜だって、遅い時間に送っていない。
なのに今回は、今朝になっても返事どころか既読すらつかない。
もしかして、やっぱり何かあった!?
電話！　電話しようかな!?
あ、でも、まだ電話するには時間が早いかな……。
もう少し待ってみるか。
うーん……。
「ソラさん、目を閉じてもらっていいですか？」
「あ、はい」
言われてすぐに目を閉じる。
今は、朝の情報番組に出演するためにメイク中だ。

少しして「いいですよ」と声が聞こえて、目を開けると同時にスマホを見た。
「すごいスマホ気にしてますね」
「ははっ、ちょっといろいろありまして」
「目も、たまには休ませてくださいね」
「はい」
鏡越しにメイクさんを見て返事をしてから、もう一度視線をスマホに戻して確認するけどやっぱり返信はない。
ゆきちゃん……。
メイクが終わり、出番まで楽屋で待機する。
その間もスマホから目が離せずにいた。
だけど待っても待っても、ゆきちゃんから連絡が来ることはなかった。
収録中は気持ちを切り替えていつもどおりに振る舞うけど、収録が終わって誰もいない場所に行くと、へこむ。
おれって、いつからこんなにゆきちゃんばっかりだったっけ……？
ゆきちゃんと出会ってからは、プライベートはゆきちゃんばかりだったけど。
少しでも時間ができたらゆきちゃんに会いに行って、ゆきちゃんにもらったパワーで、より仕事をがんばることができていた。
そのバランスがいい感じで、プライベートが充実すると、すべての仕事がけっこう順調に進んでいたと思う。
だけど今は、仕事に支障出そうなくらいゆきちゃんが気になって仕方がない。

　返事がないだけで、おれはこんなにだめになってしまう。

　ゆきちゃんのせいだよ、ほんと。

　早く返事ちょうだいよ。

　そう思いながら、時間は過ぎて夜になる。

　返事は、まだない。

　へこむ……。

　おれ、何かしちゃったかな？

　まったく思い当たる節がないんだけど……。

「うわっ、暗い暗い。これから生放送だぞ？　新曲の初披露だぞ？」

　歌番組の生放送前。

　衣装に着替えメイクもヘアセットも終えて楽屋でうなだれていると、海成が入ってくる。

　おれの様子を見た海成は、驚いて怪訝な表情を見せるけど、それに対して元気をとりつくろう力はない。

「うん、そうなんだけどさ……」

「そんなんで、今日の仕事できたのか？」

「がんばったけど、もうそろそろ充電が切れる……」

　昨日はゆきちゃんと少ししか話せなかったし、今日は空きがなくて行けてないし。

　もう一度、メッセージ送る？

　でも、どうでもいいような内容を、返信がないのにもう１回送るのってどうなんだろうか。

嫌がるかな？

ゆきちゃんはそんな子じゃないってわかってるけど、気にしてしまう。

メッセージを送るか送らないかで、おれをここまで悩ませる人はゆきちゃんだけだ。

カメラロールを開き、ゆきちゃんとのツーショット写真を見る。

海で撮った写真。

かわいいなぁ。水着めっちゃ似合ってるし。

本当に天使みたいだ。

今まで何回も、この写真を見返している。

ゆきちゃんとの写真は、これしかないからなんだけど。

もっと撮っておけばよかったな。

「あと少し、がんばれよ」

「もうおれ、がんばれない……海成ソロでがんばって……」

「いや、お前のドラマの曲だろ」

「今日は無理な日……」

「らしくねぇな」

「おれだって、毎日元気いっぱいのポジティブハイテンションなわけないんだよ……」

ゆきちゃんに会いたいなぁ。

ゆきちゃんの声が聞きたいなぁ。

ゆきちゃんに「がんばって」って言われたら、それだけですごくがんばれるのに。

おれのことを知らなくて、笑顔で優しくしてくれて、温かくて、おれがアイドルだと知ったあとも、何ひとつ変わらなくて。

　そんな人、今までいなかった。

　小さいころからこの世界にいて、いろんな人をたくさん見てきた。

　でも、純粋な優しさに触れたのは、あのときが初めてだったんだ。

　雨の日にたまたま入ったカフェで、ゆきちゃんに出会ったあのときが。

「何があったんだよ」

「……べつに」

「そんな感じには見えないけど」

　言いたくない。

　海成に言ったら、どうなるかわかったもんじゃない。

　海成と恋バナなんてしたことないし、したくもない。

「……メッセージ送ったのに返信ないんだ」

　けど、ひとりでかかえるには限界を超えていて、すぐに話してしまった。

「そういうことは普通にあるだろ」

「いつもはすぐ来るんだよ！　何かあったのかな!?」

「振られたんじゃね？」

「おれ、女って言ってない！」

「それで、バレてないつもりだったのか？　電話とかしてたじゃん。お前わかりやすすぎ」

　まじか……たしかに、海成の前でゆきちゃんと電話をしたことはある。

　逆に、ゆきちゃんの前で海成と電話をしたこともある。

　他の人にはバレてないよな？

　マネージャーにも隠してるけど、何も言われてないし。

　気づかれてはいないと思うけど、今後はもっと気をつけないと。

「諦めろって。どうせ片想い(かたおも)だろ？」

「『どうせ』ってやめろ。たしかにそうだけど……」

　今まで何回も『付き合って』って言ったけど、見事に流されている。

　全然、伝わらないんだ。

　本気なのにな……。

「諦めたくない」

　こんな気持ちになったのは、ゆきちゃんが初めてなんだよ。

　照れくさいけど、おれの初恋なんだよ。

　だから、そんな簡単に諦められるわけがない。

　ゆきちゃんを、他の誰にも取られたくない。

　おれだけのゆきちゃんにしたい。

「お前、アイドルだぞ？」

「その前に、ひとりの男だけど」

「それでも、お前はアイドルなんだ」

　……わかってるよ。

　アイドルだから、恋愛(れんあい)はご法度(はっと)ってことくらい。

　うちの事務所は恋愛禁止という決まりはないけど、それは恋愛が自由という意味ではない。

それが当たり前だから、わざわざ言わないだけだ。

アイドルが誰か個人に対して恋をしていたら、少なくとも傷ついて悲しんで去っていくファンは必ずいる。

みんなを楽しませ夢を与(あた)えることが、おれたちアイドルの仕事だ。

応援してくれている人を笑顔にさせなきゃいけないアイドルが、ファンを悲しませるようなことをしていいはずがない。

どんな理由があろうと絶対に。

「諦めろ、お前のためだよ」

「……嫌だ」

「ブログに載せてたカフェだろ？　もう行くな」

「嫌だ、行く」

なんなら、本当に今すぐ行きたいくらい。

今すぐゆきちゃんに会いたい。

海成の言っていることは、もちろんわかっている。

おれのために言ってくれていることも。

それでも、諦めたくないものがあるんだよ。

「行くなって。雪乃から返信ないんだろ？」

……え？

「それが答えだろ。お前に興味ないんだって。さっさと目を覚ませ。お前はアイドルなんだよ。スーパーアイドルになるんだろ？」

……ちょっと待って。

「今がいちばん大事な時期なんだから、他のことに気をとられてる場合じゃ……」
「ちょっと待って!!」
海成が話している途中だけど、大きな声で止める。
思ったよりも大きい声で、楽屋内に反響(はんきょう)した。
「なんだよ」
「なんで……」
「は？」
「なんで、ゆきちゃんの名前が雪乃って知ってるの？」
おれの問いに、一瞬“やばい”って感じの顔をした海成を見逃さなかった。
心臓がドクドクと嫌な音を立てはじめる。
「もしかして……会った？」
まっすぐに海成を見る。
気まずそうにおれからパッと目を逸らしたけど、少し考えた素振(そぶ)りをして再び視線を戻した。
「……前に颯が言ってたよ」
「嘘。おれはいつもゆきちゃんって呼んでる。名前で呼んだのは本人の前で２回だけ」
しっかり覚えてる。
だって、すごく勇気を振り絞(しぼ)ったから。
好きな人を名前で呼ぶのって、すごく緊張するんだよ。
いつか呼びたいって思っているのに、まだ自然に呼ぶことはできない。
それくらい勇気が必要で、特別なことなのに。

　そんなゆきちゃんの名前を、海成がすんなり口にするなんて……。
「会ったでしょ？」
「……」
「むかつく。おれでもまだ気軽に呼べないのに……」
　すごくむかつくよ。
　腹立たしい。
　おかしくなりそうなくらい、むかつく。
「いつ、会ったの？」
　おれの言葉に、海成が明らかに動揺する。
　海成をまっすぐに見て、言葉を待つ。
　逃げることなんて許さない。
　誤魔化すことなんて許さない。
　そんな空気をつくる。
「……昨日」
　長い沈黙のあと、観念したのか蚊の鳴くような小さな音で声を出す。
　昨日……ってことは、もしかしなくてもこれは……。
「ゆきちゃんに、何を言った？」
　自分で思っていたより怒気を含んだ低い声が出た。
　けど、それが今のおれの気持ちなんだと思う。
　睨むように海成を見れば怯んだみたいで、海成は少し体を引いた。
「べつに……」
「言ったよね？　だから、ゆきちゃんは返事をくれないんじゃないの？」
　俯きがちだった顔をゆっくりと上げた海成は、鋭くおれを睨み返してきた。
「……言ったよ。颯と会うなって、連絡するなって。颯の未来を潰すなって。住む世界が違うんだって！　だけど、それで返事しないならそれまでってことだろ!?」
「ふざけんなよ！」
　開き直って逆ギレしてきた海成の胸倉（むなぐら）を、思いきり掴む。
　ふざけんな。
「ゆきちゃんは優しい子なんだよ。おれのこと知らなかったけどすごく優しくしてくれて、知ったあとも変わらない態度で接してくれた」
　そのことが、おれにとってどれだけうれしかったか。
　どんなに救われたか。
　ゆきちゃんの純粋な気持ちに触れることが、どれだけあったかくて幸せな気持ちになれるか。
「やっと見つけたのに。安らぎをくれる人を、癒やしを与えてくれる人を」
　おれが、今までどんな気持ちでゆきちゃんといたと思ってるんだよ。
　ゆきちゃんの優しさと笑顔にたくさん救われて、元気をもらったのに。
　宝物のように特別で、何より大事にしたい人なのに。
　そんな大切なゆきちゃんを、こんな形で傷つけたくなかった。

どう思ったんだろうか。
悲しんでいないかな。
泣いていないかな。
ゆきちゃんが苦しんでしまうのは嫌だ。
「ゆきちゃんを傷つけることは、たとえ海成だとしても許さない」
思いきり掴んだ胸倉を、今度は勢いよく引っ張る。
絶対に許さない。
至近距離で睨んでから、手をパッと少し乱暴に放す。
アイドルじゃなかったら、殴(なぐ)っていたかもしれないほど今は腹が立っている。
「……掴んで悪かった。けど、海成のこと許さないから」
もう、目を合わせることはできなかった。
イライラを静めるために楽屋から出た。

トイレに入り、スマホを見る。
やっぱりゆきちゃんからのメッセージはない。
電話をかけてみるけど出ない。
仕事中かもしれない。
【海成がひどいこと言ったみたいでごめん。気にしなくていいよ】
一度送ってから、またメッセージを打ち込む。
【ゆきちゃんと話したいから、返事してほしい。電話が嫌ならメッセージでもいいよ】
お願いだから返事をして……。

スマホを両手で強く握りしめる。

そろそろ戻らないといけない時間になり、気持ちはスッキリしないまま一度楽屋に戻った。

「颯、あの……」

「大丈夫。本番はちゃんとするから」

「……うん」

今は海成と話したくない。

今年で結成2周年になるけど、なんだかんだ小さな言い合いはあっても大きなケンカはなかった。

でも、ゆきちゃんのことに関しては、おれも引きたくないんだよ。

おれはアイドルで、まだ19歳。

ありがたいことに子役時代からたくさんのドラマや映画、舞台に出させてもらっていて、アイドルとしても求めてもらっている。

本来アイドルなら、どうすべきかわかってる。それでも止められない気持ちがあることを、おれは知ってしまった。

今がアイドルとして大事な時期。

だけど、このあふれる気持ちも、きっと今が大事な時期なんだ。

だからおれは、あふれさせたままにしない。

絶対に諦めない。

欲しいもの全部、自分のものにして上へ行く。

それでこそ、おれの目指すスーパーアイドルだと思うから。

仕事も海成も事務所も同業者もファンの子も、みんな好きだよ。
大好きだよ。
だから、選ぶことなんてできない。
する必要もない。
どれがいちばんかなんて、決めない。
全部がいちばんだから。
「aozoraさん、スタンバイお願いします」
「はい」
楽屋まで呼びに来てくれたスタッフさんに返事をして、歩き出す。
チラッと見えた海成の表情は暗い。
こんな海成は、ユニットを組んでから見たことがない。
「アオ」
おれの声に、海成をまとう空気がピリッとした。
後ろを歩いていた海成を振り返ると、俯きがちだった顔をゆっくりと上げる。
「この生放送が終わったら、ふたりで話そう」
「……うん」
「おれも、ちゃんと話すから」
正直まだ怒ってる。むかついている。
だけど、おれも反省すべきところはあるから。
「だから、今は楽しもう」
まだ暗い顔をしている海成の肩を、グーで軽く殴る。
軽く、なつもりだったけど、思ったよりも力が入ってしまったみたいで海成が後ろによろけた。
　それを見て薄く笑い、また前を向いて歩き出した。
　ライトに照らされるステージに立つ。
　この空間は、おれをアイドルにする。
「今日はソラさん主演の10月スタートのドラマの主題歌として話題の新曲、テレビ初パフォーマンスです！　aozoraで『虹』、どうぞ!!」
　ＭＣの曲振りで、すぐにカメラがおれを映す。
　イントロが流れ、そこからは練習どおり。
　いつもどおり。
　アイドルユニット、aozoraのソラとして歌って踊った。
　約３分のパフォーマンスに集中する。
「ありがとうございました!!」
　終わってすぐに、ＭＣの言葉が耳に入る。
　おれとアオは笑顔で、画面に向かって手を振る。
　そしてaozoraの出番は終わり、楽屋に戻った。
　このあと雑誌の取材を少しだけ受けて、今日の仕事はすべて終わる。

　取材を終えて、楽屋のイスに大きくもたれかかり、体の力を抜く。
　気持ち的にいろいろ疲れた。
　けど、まだやらなくてはいけないことがある。
　ゆっくりと気持ちを落ちつかせながら、着替えたり荷物をまとめたりする。

気にしないようにしてもどうしても気になり、期待するなよ、と心の中で言い聞かせながらスマホを確認した。
「っ!?」
1件のメッセージ。
画面を顔にぐっと近づけて、食い入るように見た。
顔を近づけたことにより、ロックが解除されてメッセージが見られる。
画面には【白川雪乃】の文字。
きれいな漢字が並ぶ名前に、心臓が大きく動いた。
ドキドキしながらタップして、トーク画面に移動する。
【生放送見ました。とてもかっこよかったです。でも少し疲れていませんか？　なんだかいつもと違うように感じたので……。お体には気をつけてくださいね。海成くんのことは大丈夫です。けど、連絡はこれきりにしましょう。勝手で、すみません。空野さんのこと、陰ながらずっと応援しています】
ゆきちゃんのメッセージに気持ちがぐわっと上がったけど、すぐにジェットコースターのように落ちていく。
思うところがたくさんある。
送られてきたのは、aozoraの出番が終わってすぐの時間。
ちゃんと切り替えてパフォーマンスできていた。
マネージャーも褒めてくれたし。
誰にも気づかれていないはずなのに、どうしてゆきちゃんは、おれがいつもと違うことに気づくんだろうか。

いつもどおりにしたけど、気持ちはどこかざわついていたままだった。

生放送を見てくれていたことも、少しの感情の機微に気づいてくれることも、うれしいしドキッとした。

だけど、連絡はこれきりって……どういうこと？

さっきから何回も電話をかけるけど、長いコール音が聞こえるだけ。

ブロックはされていないみたいだけど、出てくれなきゃ変わらない。

コール音を聞きながら海成を見る。

海成は、おれの視線に気づいて一瞬ビクッと肩を揺らした。

「……ど、どうした？」

おそるおそる、といった様子で聞いてきた海成は、まださっきのことで落ち込んでいることがうかがえる。

でも今は、悪いけどそんなことは気にしていられない。

「なんで……」

「うん……」

ふつふつと怒りのような感情が湧き上がってくる。

「なんで、ゆきちゃんに名前で呼ばれてんの？」

「は……？」

キョトンとする海成のすぐ目の前まで移動する。

顔を近づけると、嫌そうに体を後ろに反って距離を取ってきた。

「海成くんって呼ばれてんの？」

「え、あ、まぁ……」
「なんで!?」
「なんでって、俺がそう呼んでって言ったからだろ」
「はぁ!?」
　昨日、初めて会ってゆきちゃんを傷つけるようなこと言ったくせに、自分はちゃっかり名前で呼んでもらってんの？
　なんだよ、それ。
　すごいむかつく……！
　海成、お前はほんとにひどいやつだよ。鬼だよ。
「え、泣いてる……？」
「おれだって、ゆきちゃんに名前で呼んでほしいのに……１回も呼んでもらったことないのに……」
　悔しい。
　海成がうらやましい。
　むかつく。
　いろいろな感情があふれてきて、泣きそうだ。
　てか、ほぼ泣いている。
「お、落ちつけ……な？　雪乃に頼めばいいだろ？」
「……気安くゆきちゃんの名前を呼ぶなよ。それに、誰かさんのせいで連絡も切られるし、もう会ってもらえない状況なんですけど？」
「それは……うん……そうだよな……」
「むかつく。ほんとむかつく」
　おれとゆきちゃんの仲を引き裂いておいて、自分だけ名前呼びしてもらってるとかふざけんなよ。
　ちゃんと話そうと思ったけど、やっぱり話したくない。
　おれはもう、本気で怒った。
「絶交だ！」
「おいっ……ほんと、それは勘弁（かんべん）して……」
　海成なんて知るか。
　絶交だ。本当に絶交してやる。
　海成を見ると、傷ついたような表情をして泣きそうになっている。
　なんで、お前まで泣きそうな顔をしてるんだよ。
　おれは泣いちゃってるけどさ。
「ソラ、アオ、入るぞ。送るからそろそろ帰って……何してんの？　ふたりで向き合って泣いて……」
「俺は泣いてない！」
「おれは泣いてる……」
「まぁいいけどさ。ほら、早く車に行くぞ」
　泣いててもいいってか？
　さすがマネージャー。おれはそんなドライなところ、嫌いじゃない。
　カバンを持ってマネージャーについて車に行き、海成と後部座席に乗ってマンションまで送ってもらう。
　おれは高校卒業と同時に家を出た。
　ちなみに、海成も家を出ておれと同じマンションに住んでいる。
　仲良しかよってな。

マネージャーと車の中で簡単に明日のスケジュールを確認してから、車を降りてマンションに入る。

「じゃあな」

「いや、颯、待て！　話！」

「おれはむかついてる。話すことなんて何もない」

「わかったからさ、頼む。俺の部屋でいいから」

そして有無を言わさず、海成の部屋に連れていかれる。

同じマンションでも、さすがに階までは違う。

海成の部屋に行くのは、久しぶりだ。

なんだかんだ仕事で会うくらいで、プライベートはそこまで一緒じゃない。

海成は大学に通っているし、おれは仕事一本だしで、時間も合わないから。

久しぶりでも関係なく、部屋に入ってくつろぐ。

そんなおれにとくに何も言わず、冷蔵庫からいかにも体に悪そうな色の飲み物を出してゴクゴク飲んでいる。

海成は甘党(あまとう)すぎるんだよ。

見てるだけで胸焼けしそう。

そう思って視線を逸らすと、あるものが視界に入った。

「あれ？　この箱……ゆきちゃんのお店のじゃん。え？なんで？」

「昨日、行ったときに頼んだ」

「おいしかったでしょ？」

「めっちゃめちゃうまかった」

「ちなみに？」
「フルーツサンド。ミックスジュースも飲んだけど過去一だった」
ゆきちゃんのとこは、なんでもおいしいんだよ。
昌幸さんと春乃さんが、こだわりをもって作っているんだから。
それを受け継いでいるゆきちゃん手作りのケーキも、おいしかったし。
またゆきちゃんの手作りのものを食べたいなぁ。
「正直、もう一度行きたい」
「は？　おれには行くなって言ったくせに、自分は行くつもりだったわけ？」
「だって、俺は客として行くんだし」
「おれも客として行ってるよ」
半分、いやそれ以上にゆきちゃん目当てで客としてお店に通っているところはあるけど……。
「おれはまだ海成を許してないよ。むかついてるよ。おれのことなのに、ゆきちゃんにひどいこと言うのはおかしいと思う」
悲しいけど、おれが一方的にゆきちゃんを追いかけているんだ。
だから、ゆきちゃんに文句を言いに行くのは違う。
言うなら、最初からおれに言うべきだ。
「おれが勝手に好きになったんだ。一方的に恋してるんだ。だから、ゆきちゃんを傷つけるのは許さない。思うことがあるなら全部おれに言って」
　海成を、まっすぐに見つめる。
　海成も、おれをまっすぐに見ていた。
　その表情は真剣そのもので、おれも真剣に話さないといけないと思った。
「とはいっても、おれはアイドルだし、海成とこれからもやっていきたいと思ってる。このことで、おれは落ちたりしない」
「……」
「むしろ、もっとかっこよくなってやるよ。魅力あふれるスーパーアイドルのソラになるよ。約束する」
　子役でデビューしたし、役者一本でいくんだと漠然(ばくぜん)に思っていた。
　でも、アイドルを初めてちゃんと見たとき、アイドルってかっこいいなって憧れたんだ。
　おれは欲張りだから欲しいものは全部手に入れたい。
　そこからおれの夢は、演技も歌もダンスも、なんでもできるスーパーアイドルなんだ。
　たくさんの場面で輝ける人になりたい。
　たくさんの人に笑顔を届けたい。
　夢は変わらない。
　もっと、高みへ行きたい。
「すべてを、おれの糧(かて)にする。だから、一緒に歩んでよ。海成にしか、おれと同じ夢は見られないだろ？」
「颯……」

「心配かけたんだよな。言わなくてごめん。海成、おれのこと大好きだもんね。おれが何も言わないから拗ねちゃったんだよね」
「……うるさい」
　唇を尖らせる海成の表情は、さっきよりも柔らかい。
　おれも、ちゃんと言えばよかったんだ。
　海成になら、言ってもよかったんだ。
　でも、恥ずかしいじゃんか。
　海成とこんな話するなんて、照れるじゃん。
「これからは、ちゃんと相談するから」
「いらない。絶対にめんどくさい」
「え？」
「……嘘だって。全部俺に話せよ」
「うん」
「俺も……悪かった。颯の片想いだって知ってたのに、颯に言うのが怖かったから、雪乃に言った」
「おい。片想い言うな」
　たしかにそうなんだけど、改めてはっきり言葉にされると傷つく。
　がんばってるんだけどな。
　ゆきちゃんって、なかなか手強(てごわ)いんだよ。
　鈍感(どんかん)だし。
　そんなところも、かわいくてたまらないんだけどね。
「でも、いけると思うよ」
「何が？」

「引き離そうとした俺が言うのもなんだけどさ、颯、いけるよ。あの感じ、雪乃は……」

そこで言葉を止める海成。

気になるところで止めるなよ。

そう思って海成を見つめて続きの言葉を待つけど、海成は曖昧に笑うだけだった。

「とにかく、ごめん。本当にごめん。ケンカしたいわけじゃなかった。颯に絶交って言われてけっこうきた……」

「それはごめん。軽々しく口にしない」

言っていいことと悪いことがある。

冗談でも本気じゃなくても、腹が立っていても言うべきではなかった。

「でも、元はと言えば俺が悪かった。だから、今のままじゃ後味（あとあじ）悪いし、がんばれよ。俺は颯を信じることにする」

「そうか」

「そういえば雪乃も、颯の言ったことを信じるって言ってたんだよな……」

ぽつりと思い出したように言った海成の言葉に、ドキッとした。

頭に浮かぶのは、ゆきちゃんの笑顔ばかり。

どういう思いであのメッセージを送ったのか、おれにはわからない。

確かめてみないと真意はわからない。

本当に、おれと距離を置きたいだけなのかもしれない。

そうだとしたら受け入れたくないけど、受け入れてまたがんばるだけだ。

おれは、全部を諦めない。

ゆきちゃんと、もう一度話がしたい。

会いたい。

あんな寂しいことは、もう言わせない。

おれがゆきちゃんを、笑顔にさせるんだ。

きみがいないとだめみたい

「雪乃、緊張してる？」
「うん……」
「ここ数日、なんか元気ないよね」
「……劇が不安で、ね」
「文化祭なんだし、そんな気張らず楽しめばいいんだよ。雪乃のシンデレラ、めっちゃいいし」
　いよいよ文化祭当日の朝。
　だけど、気持ちは晴れない。
　その理由は劇が不安なのももちろんあるけど、いちばんはそれじゃない。
　……空野さんに会いたい。
　自分から【連絡はこれきりにしましょう】ってメッセージを送ったのに、ずっとその気持ちが消えない。
　空野さんは、お店にも来ていない。
　これでいいんだ。
　これが普通なんだ。
　空野さんは人気者。
　ファンがたくさんいて、これからもっとたくさんの人を喜ばせ、笑顔にしていく存在。
　今思えば一瞬だったけど、いい夢を見せてもらえた。
　まるで、シンデレラの魔法が解けたみたいだ。
　だけど、王子様が迎えに来てくれることはない。

海成くんの言ったとおり、わたしはシンデレラにはなれない。

住む世界が違ったんだ。

「花音ちゃん、ありがとう……がんばるね」

「うん。応援してるよ！　最後のシーン、今からドキドキする〜!!」

「わたしもだよ……怖いなぁ……」

「大丈夫！　雪乃が、いっちばんかわいいよ！　今日の主役だからね!!」

花音ちゃんの励ましに笑顔を向ける。

がんばらなきゃ。

あと１時間で開演だ。

「じゃあ、メイクするね」

花音ちゃんは、メイクとヘアアレンジを担当してくれている。

花音ちゃんこそ劇に出るべきだと思うけど、おしゃれな花音ちゃんは立候補して裏方に回った。

シンデレラが魔法でかわいくなるときも、手早くメイクをほどこし、髪型もきれいにアップにしてくれる。

花音ちゃんは、本当にすごいんだ。

それこそ魔法みたいに手際がよくて。

初めは素朴(そぼく)な感じだから下地を塗るくらいで、すぐにヘアメイクも終わってしまう。

「桃田さん、次こっち！」

「はーい！」

メイク担当の花音ちゃんは大忙しでわたしのメイクが終わるとすぐ次に呼ばれる。

限られた時間の中だから、バタバタしてしまうのも仕方がない。

体育館に少しずつ、お客さんが入ってきている。

ドキドキしてきた。

緊張で体が硬くなる。

でも、今日は朝一に一度演じたら終わり。

明日は２回も公演がある。

だからまずは今日、成功させなきゃ。

「白川、すごい顔」

笑いまじりの声が聞こえて顔を上げると、すでに王子様衣装の黒瀬くんが立っていた。

髪型がいつもと違い、前髪を横に流しふわっとセットされており雰囲気が変わって、すごくかっこいい。

本物の王子様みたいだ。

「黒瀬くんは、すごく王子様だね」

わたしとは大違い。

「白川もシンデレラだよ」

「今、わたしの顔を見て笑ったくせに」

「魔法にかけてもらう前のシンデレラのことな」

「何それ」

口を尖らせるも黒瀬くんがあまりにも楽しそうに笑うから、なんだかつられて笑ってしまった。

黒瀬くんも、こんなふうに楽しそうに笑うんだ。

笑顔は見れても、どこかクールで思いきり笑った姿はあまり見たことがないから少しうれしい。

「笑ったな」

「黒瀬くんが笑ったから」

「俺が笑うと笑うの？」

「え……」

急に真剣な顔をするから、黒瀬くんの目を見つめる。

手がゆっくりと伸びてきて、わたしの頬に触れた。

まだ外は暑いのに、その手は少しひんやりとしていた。

「ねぇ、白川」

「はい……」

「この公演が終わったら、ふたりで文化祭回らない？」

「……え？」

驚いて思考が止まる。

文化祭を、黒瀬くんとわたしのふたりで……？

「えっと……あの……」

「黒瀬くん！　ちょっと来て！　確認したいことがある」

答えに迷っていると、黒瀬くんを呼ぶ声が聞こえた。

その声に反応して、黒瀬くんはわたしから体の向きを変える。

「またあとで」

そして、わたしの頭をポンとしてから背中を向けて歩き出した。

その背中は、大きくてとてもかっこよくてやっぱり王子様みたい……。

本当は一緒に回ってもいいんだ。

断る理由はない。

だけど、即答できなかった。

他に好きな人がいるとか、気にすることではない。

気にしてはいけない。

忘れなきゃいけない人だから。

諦めなきゃいけない人だから。

それなのに、一瞬でも頭に浮かぶと離れてくれない。

首を振って、頭に浮かんだ人物を追い払おうとする。

あとで、黒瀬くんに言おう。

一緒に回るって。

わたしは純粋に、文化祭を楽しもう。

深く息を吐いて、気持ちを落ちつかせる。

もうすぐ開演30分前になる。

緊張が高まっていく。

スマホをマナーモードにしていないことに気づき、いちおうしておこうとカバンからスマホを取り出した。

あれ？

メッセージが来ている。

誰からだろう？

とくに意識することなく、ロックを解除してメッセージを確認する。

【空野颯】の名前にも驚いたけど、その下——。

【見てるから、自信をもって。楽しんでね】

息が止まるかと思った。

どういうこと？

このタイミングでメッセージが来るなんて。

わたしは前に、文化祭の日も劇の始まる時間も伝えていた。

だから、それに合わせて送ってくれたのかもしれない。

わたしがひどいメッセージを送ったあとの返信はなかったのに。

電話はかかってきていたけど、全部無視した。

胸が痛かった。

でも、わたしにはそうするしかなかったんだよ。

空野さんの連絡先を消すことはできなくて、そのままにしてあった。

本当は消さなきゃって思ってたのに、どこかでつながりをもっていたかったんだと思う。

空野さんからのメッセージを何度も読み返す。

涙が出そうになる。

視界が歪(ゆが)んでくるけど、ぐっとこらえた。

どんな言葉よりも、空野さんのメッセージがいちばん胸に染みる。

自分の気持ちを奮い立たせてくれる。

ひどいメッセージを送って、電話も無視したのにこんなに優しい。

空野さんに教えてもらったこと、しっかりとわたしの身になっている。

今だけわたしは、シンデレラになる。

あっという間に、開演の時間になった。
アナウンスが流れてから、独特な緊張感のある開演ブザーが鳴ると同時に幕が上がる。
わたしはシンデレラだ——。

「シンデレラ、遅いわよ。まだ馬小屋の掃除も残ってるんだから」
「ここ、まだ埃が溜まってるわよ。こんなこともできないだなんて、呆れちゃう」
「あら、あなたたちは、きれいなドレスに着替えなきゃだめじゃない。シンデレラのことはほっといて、早く着替えてらっしゃい」
いつもどおり。
わたしのシンデレラを演じるだけだ。
「お義母(かあ)さま、わたしも舞踏会に行ってはだめですか？」
「だめに決まっているでしょう。そんなこと考える暇があるなら、さっさと掃除してちょうだい」
始まりは、いい感じ。
思ったよりも緊張しすぎずに演じることができている。
それから話はどんどん進んでいく。

魔法使いによってきれいに変身させてもらったシンデレラは、舞踏会で王子様と出会う。

本当は手の届かない相手。

まるで、空野さんみたいだ。

こんなふうに触れられるくらい近くにいるのに、本当はすごく遠い存在。

でも、今だけは夢を見させてもらえる。

黒瀬くんは、まさに王子様な表情を浮かべ、踊っている間も目を合わせて優しく微笑んでくれた。

わたしも微笑み返す。

シンデレラはきっと今、楽しくて仕方がないよね。

幸せだよね。

このまま時間が止まればいいのに、と思ったりしているのかな。

大好きな人と触れあえて同じ時間を共有できる、幸せな気持ちをずっと感じていたいよね。

そんなことを考えながらワルツも大きな失敗なく、踊りきることができた。

そして0時。

シンデレラにかけられた魔法が解けてしまう。

タイムリミットだ。

「きみは誰なんだ。せめて、名前だけでも！」

「ねずみにかぼちゃに、説明はできない。けど、今日は楽しい夜だったわ」

王子様の質問には答えず、階段を駆けおりる。

「……さようなら」

　もっと夢を見ていたかった。
　シンデレラは王子様から離れたくないけど、もう行かなくてはいけない。
　なんか、前よりシンデレラの気持ちがよくわかる気がするな……。
　自分の気持ちと重なってしまう。
　感情移入した自分のものなのか、シンデレラになりきっているからなのか、リアルな胸の苦しさを感じながら逃げるように走り去る。
　ガラスの靴を落として……。

　そして、日常に戻る。
　そんなある日、王子様がガラスの靴を持ってシンデレラの住む家へやってきた。
　お姉さまたちには、入らない。
　シンデレラは屋根裏部屋にいるように言われていたけど希望を諦めきれず、自分の存在をアピールする。
　王子様に気づいてもらえてガラスの靴を履くと、もちろんぴったり。
「あなただったのですね。名前は？」
「シンデレラ」
「シンデレラ、私と結婚(けっこん)していただけますか？」
「っ……喜んで」
　シンデレラの喜びと希望に満ちあふれたシーン。

そしてラストシーンはガラスの靴を履き、きれいなドレスを身にまとう。

王子様との結婚式。

新しく追加されたシーンだ。

「シンデレラ、きみを必ず幸せにするよ」

「はい」

王子様と見つめ合い、甘いキスを交わしてハッピーエンドで終わる。

最後の見せ場のシーン。

黒瀬くんがわたしの頬に優しく手を添え、顔を少し傾けてゆっくり近づける。

みんなに祝福されながら幸せなキス。

目を閉じる瞬間、黒瀬くんの後ろに見慣れた黒いキャップを深くかぶる人が見えた。

驚いてもう一度目を開けそうになったけど、ありえないことだとすぐに思い、そのまま目を閉じた。

息がかかるほどの近い距離で止まる。

恥ずかしくて、目を開けることはできない。

体育館が拍手に包まれる。

そして、幕が下がり始めたときだった。

「っと……」

「え……」

後ろにいた結婚式のゲスト役の人がふらついたのか、背中に小さな衝撃があり、押されるように体が数センチ前に出た。

「っ……!?」

ふいに、唇の横に柔らかな感触が訪れる。

初めて感じる温かさと柔らかさに驚いて目を開けると、黒瀬くんとばっちり目が合った。

もともと至近距離だったから、数センチも前に出たらぶつかってしまうわけで……。

え、これ……当たって……いや、唇ではないけど……。

突然のことで頭が真っ白になる。

でも今、動くわけにもいかなくて、幕が閉まるのをじっと待った。

幕が完全におりてから、すぐに黒瀬くんから離れる。

「ごめん、白川。ぶつかっちゃった……」

「あ、う、うん……大丈夫だよ」

わたしの後ろで祝福してくれていた、ねずみ役の男の子が申し訳なさそうに謝る。

それに返事をしてから黒瀬くんのほうに体の向きを戻した。

「あの、黒瀬くん……その……ごめん、ね……」

気まずくて、顔を見ることができない。

まわりのみんなは、何も言ってこなかったからさっきのは見ていなかったのかもしれない。

もしそうなら、まだよかった。

不幸中の幸いだ。

唇の横とはいえ、本当に触れてしまった。

黒瀬くんみたいなモテる人に、そんなことをしてしまうなんて……。

「……大丈夫」

普段と変わらない声。

黒瀬くんは、あまり気にしていないのかな。

モテるし、これくらいどうってことないのかも。

それなら、まだ気はラクだ。

なんて少し安堵しながら、顔を上げて黒瀬くんの表情を確認する。

「え……？」

「……着替える」

まわりのざわついた物音や声に紛れるように黒瀬くんはボソッとつぶいてすぐにわたしから顔を逸らしたけど、しっかり見てしまった。

黒瀬くんの顔が、今まで見たこともないくらい赤く染まっていた。

やっぱり気にしちゃうよね。

気にしないわけがないよね。

事故とはいえ……やってしまった……。

今日の出番は終わりで、大道具などをステージからおろして衣装から制服に着替えれば、今から自由時間に入る。

「雪乃、赤坂がみんなで文化祭回ろうって誘ってきてるんだけど……」

「花音ちゃんごめん。ちょっと用事！」

「え、あ、うん！　わかった！」

わたしの勢いに一瞬驚いた様子の花音ちゃんだけど、説明もせずにその場を離れる。

今すぐ、黒瀬くんにちゃんと謝らなきゃ。

あたりをキョロキョロして黒瀬くんを探す。

黒瀬くん、どこだろう？

いちおうステージ発表のクラスは、体育館横の剣道場(けんどうじょう)が男子、柔道場(じゅうどうじょう)が女子の更衣室兼控室(こういしつけんひかえしつ)となっている。

まだ近くにいると思うんだけど……。

「……白川」

後ろから声をかけられて、勢いよく振り返る。

そこにはいつもどおりだけど、視線を合わせてくれない制服姿の黒瀬くん。

「黒瀬くん……ちょっといいかな？」

「うん」

頷いた黒瀬くんと、そのまま体育館裏に向かう。

文化祭で学校全体が賑(にぎ)やかだけど、体育館裏は使わないから誰もいない。

遠くで賑やかな声が聞こえてくる。

「あの……さっきは本当にごめんなさい!!」

謝罪の言葉を伝えてから深く頭を下げる。

嫌だったよね。

普通は嫌だよね。

事故だし唇ではなかったものの、クラスメイトにキスなんて……。

　申し訳なさすぎて頭を上げられない。

「いや、べつに。後ろにいたやつがふらついて、押された感じになったんだろ？　大丈夫。気にしてない」

　気づいてたんだ。

　わたしがいきなり黒瀬くんにぶつかりに行ったと思われていたら、さすがに変な人だと勘違いされそうだから少し助かった。

「それならよかった！　安心した！　嫌な気持ちにさせてごめんね」

「……べつに嫌じゃないけど」

「え？」

「白川は気にしてないの？」

　急に真剣な瞳を向けられて困惑する。

　どういう意味のある瞳なのかわからないけど。

　こんなに真剣に見つめられると戸惑ってしまう。

「……気にしろよ」

「黒瀬くん？」

「もっと意識しろよ。それじゃ、俺のことなんとも思ってないって思い知らされる……」

　黒瀬くんの瞳が大きく揺れた。

　いつもはクールで余裕がある感じなのに、今はなぜだか焦っているみたい。

　どうしたのかな？

　いつもと違う雰囲気が、ちょっと怖い……。

「唇に当たっていれば、意識してくれた？」
　黒瀬くんがわたしに一歩近づき、頬に手が添えられる。
　これって……。
「白川」
　体が固まって動かない。
　劇のラストシーンと同じだ。
　それだけで、次にどんなことがあるのかわかる。
　わかっている。
　だから、動かなきゃ……。
「俺、白川のこと……」
　ゆっくりと近づいてくる黒瀬くんのきれいな顔。
　その表情が苦しそうで、今にも泣き出しそうで、わたしまで苦しくなる。
　唇まであと数センチ。
　手を黒瀬くんの肩に置き、押し返そうと力を入れた瞬間、背後からわたしのお腹に手が回ってきて強く後ろに引き寄せられた。
　黒瀬くんの手ではない。
　驚いたように目を丸くする黒瀬くんの顔が、数メートルくらい離れて見えるから。
　じゃあ、この手は……。
「……だめ」
　耳元で聞こえたのは、少しかすれたか細い声。
　もう片方の手もわたしの首元に回り、ぎゅっと後ろから強く抱きしめられる。

「雪乃はだめ」

顔を見なくても、わかってしまった。

この声で、温もりで、力強い腕で、誰かなんてわかる。

こんなに安心できて愛しい気持ちになる人は、世界でただひとりしかない。

鼻の奥がつーんとして、下から視界が歪んでいく。

「っ……」

「雪乃だけは、だめなんだ。ごめんね」

首元に回された手に自分の手を重ねる。

ぎゅっとされて近づいたせいで、キャップの先が頭にぶつかった。

いろいろ聞きたいことがあるのに、言葉が出ない。声が出ない。

感情があふれて、涙がこぼれる。

重ねた手に力を込めた。

「……白川」

戸惑っているような声で呼ばれたけど、もう涙で黒瀬くんの顔がしっかりと見えない。

瞬きを数回くり返して涙を落とし、少しクリアになった視界で黒瀬くんを見ると、下唇を噛みしめていた。

「……ごめん、黒瀬くん……ごめんね……っ」

呼吸を整えて声にするけど、それしか言うことができない。

他の言葉は見つからなかった。

わたしの言葉を聞いて、黒瀬くんは何も言わずに背を向けて歩き出す。

　すぐに角を曲がり、その背中は見えなくなった。

　けど、わたしの背中の温もりは消えない。

「……空野さん」

　次にあふれる涙をこらえながら、名前を呼ぶとビクッと体が動いた。

　だけど、力強い腕は離れない。

「空野さん、離してください……」

「……嫌だ」

「顔を、見せてください」

「……嫌だ」

「空野さん……」

　どうしたらいいのかわからなくて、考えるけど答えなんて出ない。

　空野さんに抱きしめられたまま。

　夢かと思うけど、力強い腕の感覚がたしかに現実だと教えてくれている。

「なんで離してくれないんですか……」

「だって……ゆきちゃん、逃げるかもじゃん」

「逃げないですよ……今は……」

「ほら、どうせすぐ逃げるじゃん。電話もメッセージも無視するし……」

　それを言われてしまったら、言い返す言葉なんかない。

　たしかに、わたしは逃げていた。

「そ、それは……」

「いいもん。ゆきちゃんがおれから逃げようとするなら、ずっとこうやって捕(つか)まえとくもんね」

もう、だめだよ。

胸が、ぎゅっとなって痛い。

心臓が、ドキドキとうるさい。

こんなの、空野さんだけだよ。

「わたしだって、離れたくなんかないですよ。……ずっと一緒にいたいです」

「え……？」

顔を後ろに向けると、驚いたような表情の空野さんと至近距離で目が合う。

ドキッとして、そのまま加速する鼓動。

すごく恥ずかしい。

ドキドキしすぎて苦しい。

でも、目を逸らしたくない。

「ゆきちゃん、それ、告白……だったりする？」

「……しません」

「え!?　違うの!?　嘘……」

告白なんかできないよ。

だって、空野さんは住む世界が違う人なんだから……。

「っ……告白なんて……できるわけっ……」

「ゆきちゃん」

なんで、このタイミングで離すんだろう。

顔を見せてくれるんだろう。

いつもいつも、ずるすぎるんだよ……。

わたしの前に回り込んだ空野さんが、涙で歪んだ視界に映る。

「もし、おれの立場のことでこんなに悩んで苦しんでいるなら、本当にごめんって思う。申し訳なく思う」

わたしの目に浮かぶ涙を、きれいな指で優しくすくってくれる。

少しかがんでわたしに目線を合わせてくれるのは、空野さんの優しさ。

まるで、住む世界が違うはずの、わたしの世界に入り込んできてくれているみたい。

「でも、こうして泣くほどおれのことを考えてくれていることが、それ以上にすごくうれしいんだ」

「っ……」

「ごめん。でも、本音」

軽く睨んだわたしに、柔らかく微笑む。

その表情がやっぱりわたしには眩しくて、どうしても焦（こ）がれてしまう。

膨らみすぎたこの想いに、気づかないふりはできない。

なかったことになんて、できるわけがない。

「好きだよ、ゆきちゃんのことが」

空野さんの優しい表情と、同じくらい優しい声。

でも、真剣にまっすぐ伝えてくれた初めての言葉は、強くて爆弾みたいな衝撃がある。

「すごくすごく大好きだよ」

いつもからかわれていると思っていたけど、これがそうじゃないことはわかる。
「おれも、ゆきちゃんとずっと一緒にいたい」
「……」
「何回も言ってるけどさ、おれと付き合ってよ」
「でも……」
「おれが芸能人とか、世界が違うとか、そんなの考えなくていいよ。いつでもおれが気になるのは、ゆきちゃんの気持ちだけ」
　涙が、あふれて止まらない。
　そんなの、わたしの気持ちは初めから決まってる。
　でも、口にしていいのかわからない。
　叶(かな)ってはいけない。
　報われてはいけない。
　伝えてはいけない。
「教えてよ、雪乃」
　……ずるい。
　空野さんはずるいよ。
　ずるすぎる。
　いつもはニコニコと子犬みたいなかわいい笑顔なのに、こういうときは、すごく真剣で男らしい顔をする。
　呼び捨てもずるい。
　全部がずるい。
　空野さんのせいだ。
　全部、空野さんのせいだ。
「……好き、です」

「うん」
言うつもりなんてなかったのに、言わないようにしていたのに。
もう止められない。
自分の気持ちを抑えられない。
「空野さんのことが、大好きです……ひゃっ」
言い終わると同時に、正面から抱きしめられた。
空野さんの胸板に顔をぶつけ、そのまま密着する。
「おれも！　ゆきちゃんが大好き!!」
もう一度、伝えてくれる空野さんの言葉はあまりにもまっすぐで眩しくて胸が苦しくなる。
空野さんに体重を傾け服をぎゅっと握りしめた。
やっぱり、隠すことなんてできない。
この気持ちを止めることなんてできない。
諦めることなんて、できない。
こんなにも、空野さんのことが好きだから。
こんなにも、心の中は空野さんでいっぱいだから。
初めて素直に想いを言葉にすると、同じように空野さんが返してくれて、あふれる涙が止まらなくなる。
「ゆきちゃん、泣かないで……」
そんなわたしに困ったような声を出して、戸惑いながらも優しく何度もわたしの頭を撫でる。
空野さんに触れられると心地いい。
安心できて、心があったかくなる。
「……電話、無視してごめんなさい。ひどいメッセージ送ってごめんなさい……」

「それは怒ってるかな」

「う……ごめんなさい……」

「すごく寂しかった。悲しかった。泣いた」

　な、泣いた!?

　いや、大げさに言っているだけなんだろうけど、わたしのメッセージひとつで、空野さんがそこまで感情を揺さぶられるなんて驚きだ。

「おれは、ゆきちゃんがいないとだめみたいだ」

　頬に手を添えられ、わたしの顔を上に向かせる。

　こぼれる涙を指で拭ってくれた空野さんは、寂しげに笑っていた。

　あぁ、わたしは空野さんにこんな表情をさせてしまっていたんだ。

　空野さんの笑顔が大好きなのに、悲しい顔をさせて傷つけた。

　胸がぎゅっと締めつけられる。

　痛い、ね。

「本気だよ。ゆきちゃん、おれと付き合ってほしい」

　もう止められるわけがないんだ。

　こんなの、止められるほうがおかしい。

　わたしは空野さんのそばにいたい。

　いちばん近くにいる特別な存在になりたい。

「……空野さんを、ひとりじめしてもいいんですか？」

「してよ。おれも、ゆきちゃんをひとりじめしたい」

「みんなの空野さんじゃないですか？」
「アイドルのソラは求めてくれるみんなのものだけど、おれ自身は、全部ゆきちゃんが独占(どくせん)して」
　空野さんのすべてにドキドキする。
　もう抑えられない。
　どうしても空野さんが欲しい。
　空野さんの、いちばんになりたい。
「……はい。したいです」
「ゆきちゃん……おれも……」
「……ひとりじめ、してください」
　恥ずかしすぎる。
　きっと顔は真っ赤だ。
　恥ずかしすぎて目を合わせられなかったけど、ゆっくりと空野さんを見る。
　視線が熱く絡み合う。
　まっすぐできれいな瞳が捕らえられて離してくれない。
　両手で頬を挟まれ、空野さんしか見えない。
　いつの間にか涙は止まっていた。
「ゆきちゃん……それは反則だよ」
「え……？」
「好きだよ」
「わたしも……んっ」
「わたしも好き」と返事をしようとしたのに、空野さんの唇によって続きが言えなかった。
　唇同士が当たっている。

　これは紛れもなくキス、だよね……。
　初めての感覚に、心臓が爆発しそうなくらい脈打ち始めている。
　触れるだけの優しいキス。
　だけど、わたしにはそれでもいっぱいいっぱいで……。
　唇が離れると、空野さんは舌をペロッと出して自分の唇を舐めた。
　その仕草がすごく色っぽくて、見ているだけでドキドキしてしまう。
「ゆきちゃんは、もうおれの」
　笑顔の空野さんだけど、その笑顔に、言葉に、フリーズしてしまい何も言えない。
　そんなわたしの頬を、彼の優しい手がそっと撫でてくれる。
　初めての空野さんの温もりと柔らかい感触が、ずっと残っていて顔が熱い。
　鼓動が、どんどん加速している。

「劇、キスシーンあるなんて聞いてなかった」
　空野さんとの初めてのキスで頭がいっぱいのわたしに、拗ねたように劇のキスシーンの話を始める。
「それは……いきなり追加されて……」
「しかも、ほんとにしてたでしょ……」
「事故です！　ほんとは寸止め（すんど）めです。ふらついた子に背中を押される形でぶつかられたというか……」

って、本当に空野さんは劇を見ていたんだ。

今、ここにいるのもまだ夢みたい……。

「今さらですけど、どうしてここに……？」

「話を逸らさないの。事故でもしたんでしょ？」

「でも、唇じゃないです……だから……」

「それでもだめ。ゆきちゃんはおれの彼女なんだから。どこに当たったの？」

「唇の横の……っ!?」

場所を教えると、すぐに同じ場所に唇で触れられた。

びっくりして目を見開くと、空野さんが上目づかいで見つめてくる。

「上書き。でも足りない」

「っ……」

わたしを包み込むように抱きしめると、ちゅっと音を立てて何度も唇を落とす。

もう、空野さんの唇の感触しかわからない。

こんなに甘いとは思わなかった……。

「ね、もっとしていい？」

「もう……いっぱいいっぱいです」

「何それ。むしろうれしいからする」

「ちょっ……んっ……」

再び、唇にキスをされる。

ついばむようなキスに力が抜けていく。

「そら、のさ……んんっ」

肩を押しても離してくれない。

ちょっぴり強引なキスで、空野さんのイメージとは違うけど、新たな一面だ。

空野さんにされるがままになり、恥ずかしいけど受け入れる。

何度も繰り返されるキスに息をするタイミングがわからなくて、力が抜け空野さんに体重を預ける。

離れた瞬間に、酸素を思いきり吸い込んだ。

「ねぇ、かわいすぎ」

「……ここ、学校です」

「ドキドキするね」

「そうじゃないです！」

わたしの言いたいことがわかっているはずなのに、ニヤニヤ笑っている。

空野さんって、いじわるだ。

「初めてなんですよ……」

「おれはうれしい。けど、ゆきちゃんは嫌だった？」

「嫌じゃないですけど、もうパンクしそうです……」

「ゆきちゃんはそれくらいでいてよ。おれのこと以外、考えなくていいから」

たしかに今は、空野さんのことしか考えられなかった。

場所とか、アイドルとか、そんなことを考えている余裕はなかった。

目の前にいる空野さんしか見えていなかった。

「でも、それじゃ……」

だめだと思う。

アイドルと付き合うって、もっといろいろ慎重（しんちょう）にならなきゃいけないんじゃないかな。

覚悟もしなきゃいけない。

もう、この気持ちは抑えられないから。

自分で決めたから。

「おれに任せてよ」

優しい笑顔で、頭をポンポンとしてくれる。

空野さんなら、本当になんでもできてしまう気がする。

わたしは、空野さんの言うようにしたほうがいいのかもしれない。

でも……。

「空野さんだけが背負わないでください。わたしも一緒に背負います」

もう戻れない。

自分の気持ちに嘘はつけないから。

空野さんだけに背負わせるなんてことはしたくない。

これからも空野さんと、一緒にいたいから。

どんなことも、ふたりで分け合っていきたい。

「ゆきちゃん、ありがとう。すごくうれしい」

「いえ。わたしこそ、たくさんごめんなさい」

「もういいよ。ゆきちゃんの気持ちが聞けて付き合えただけでめちゃめちゃ幸せだから」

本当にうれしそうな顔をするから、照れてしまう。

恥ずかしくなって両手で顔を隠す。

「それで、今日はどうして……」

さっきは答えてもらえなかった質問を、もう一度する。

やっぱり気になってしまう。

文化祭に来るなんて、聞いていなかったから。

「ゆきちゃんの晴れ姿を見たくて、スケジュールを調整したんだ。まだ時間あるし、学校案内してよ」

「え？　でも……」

「文化祭、参加してみたかったんだ」

そうだった。

空野さんは学生時代も仕事で、文化祭に参加したことがないと言っていた。

「わかりました」

空野さんがあまりにも目を輝かせるから、承諾するしかない。

それにわたしも、まだ空野さんと一緒にいたいから。

文化祭だからいろんな格好をしている学生であふれていて、一般のお客さんも入れているから空野さんがいてもきっと気づかれにくいよね。

だって、こんな場所にいるなんて思わないもん。

アイドルのソラがいるなんて。

「ゆきちゃん、行こう」

「はい！」

手を差し出され、自然に手を重ねるとぎゅっと握られる。

空野さんはエスコートしてくれる王子様みたいで、いつも以上にかっこよく見えて、胸がきゅんとなった。

いろんなドキドキを感じながら、空野さんと文化祭を回る。

高校の文化祭クオリティにしてはリアルで怖いお化け屋敷に入ったり、ミニドラマの上映を見たり、焼きそばやチュロスなどおいしいものを食べたり。

空野さんと学校にいるのは不思議な感じだったけど、すごく楽しかった。

ここ最近はたくさん悩んで苦しんで、気持ちも落ち込み気味だった。

だけど空野さんといるだけですべて消えて幸せであふれる。

これからだって、幸せなことばかりではない。

楽しいこともいっぱいあるだろうけど、きっと、それだけじゃない。

どちらかといえば苦労のほうが多くて、また悩んで苦しむのかもしれない。

それでも、わたしは空野さんと一緒にいたいって強く願っている。

空野さんを傷つけたくない。

アイドルとしての輝く未来を壊したくない。

邪魔したくない。

だけど、どうしても空野さんを手放したくない。

「初めての文化祭、ゆきちゃんと回れて幸せ」

また胸が、きゅんと音を立てる。

わたしも、もう空野さんがいないとだめみたいだ。

Chapter 3

誰にも秘密の関係

「雪乃」
「はい」
「ミックスジュースとフルーツサンドふたつで、ひとつは持ち帰りにして」
「かしこまりました」
　注文を受けて、わたしひとりで準備をする。
　今は閉店したあとで、お客様は他にいない。
　お父さんとお母さんは、片づけと明日に向けての準備をしている。
　その横を通りすぎて冷蔵庫を開けた。
「空野くんもかっこいいけど、もうひとりの人もかっこいいね。ふたりでアイドル？」
「そうだよ。でも内緒だからね。あと閉店後に使わせてくれてありがとう」
「わかってるわよ。でも、アイドルが通うカフェなんて素敵ね。空野くんなら閉店後でも大歓迎よ。いろいろあるものね」
「助かるよ」
「準備は終わったから、お母さんとお父さんは家に戻るね。ふたりにはゆっくりしててもらっていいから」
「うん、ありがとう」
　お母さんにお礼を言いながらフルーツサンドを出して、

ひとつはお皿に、ひとつは箱に入れる。

ミックスジュースを注ぎ、カウンター席に座る海成くんの前へ運んだ。

「お待たせしました」

「もう閉店してんだろ？　気楽にしなよ」

「あ、はい……」

「海成!!」

わたしの返事と、いきなり大きな声を出した空野さんの声が重なる。

さっきまでは、コーヒーを飲みながら、まったりしていると思っていたけれど。

「な、なんだよ」

「店員さんに対しての口のきき方がひどすぎ。もっと丁寧に！　感謝して！」

「それは、雪乃だから言ってんの？」

「それもだめ！　ゆきちゃんのこと、名前で呼ぶの禁止」

「お前なぁ……」

「おれの彼女だもん」

唇を尖らせながら、むすっとした表情で言う空野さんにドキッとした。

彼女……。

わたし、空野さんの彼女になったんだよね……。

改めて言葉にされると照れてしまい、顔が熱くなる。

「あと今日は、なんのために来たの？」

「あ、わたしも気になってました。ふたりそろって用事でした？」

空野さんの言葉に、わたしは頷く。

今日は空野さんから、『閉店後になっちゃうけど、海成とふたりでお店に行っていい？』と確認があった。

むしろ、わたしも閉店後のほうが他のお客様に見られることもなく安心できるし、何より空野さんに会いたかったからふたつ返事で了承した。

今後は、もっと気をつけなければいけないから。

「ほら、海成」

すると、空野さんが海成くんの肩をポンと押した。

不思議に思い見ていると、海成くんがイスから立ち上がりわたしの目の前まで来る。

「……た」

「え？」

「……傷つけるようなひどいことを言って、すみませんでした」

頭を深く下げるから、わたしより背の高い海成くんの頭頂部を初めて見る。

突然の謝罪にびっくりして少し固まってしまったけど、すぐに両手を横に振る。

「大丈夫ですから、顔を上げてください！　海成くんが空野さんのことや夢のことを、大切に思っているからこそですよね！」

わかってる。

空野さんは誰かひとりのためではなく、ファンひとりひとりのためにいる。

　みんなを笑顔にするためにいる人。

　海成くんも必要としている人。

　たくさんの人が空野さんを求めている。

　みんなから愛されていて、みんなのものでなくてはいけない存在。

　これからトップアイドルになっていく存在。

　そんな人を、わたしだけのものにしたいって言っているんだ。

　ひとりじめしたいって思っているんだ。

　だから、言われて当然なんだ。

「海成くんが、空野さんのことを大好きだってこともわかってます」

「ゆきちゃん、そうなんだよ」

「おい……」

「海成くんに言われたことは実行できないこともありますけど、わたしも空野さんのことが大切なので、わたしなりに守っていきます」

「ゆきちゃん……！」

　一緒にいたいから、一緒にいるために考える。

　わたしも空野さんのことを守っていく。

　夢も未来も全部ひっくるめて、空野さんのことを大切にしたい。

「そうか。応援してる」

　そう言いながら再び空野さんの隣のイスに座り、ミックスジュースを飲んだ海成くん。
「あ、ありがとうございます……！」
　ちょっと、驚いた。
　あっさりと、そう言ってくれるなんて。
　空野さんに言われて、謝りに来てくれたってこともあるのかもしれないけど。
「でも！　絶対にバレんなよ。隠し通せよ。アイドルと付き合うって、そういうことだからな」
「はい、もちろんです」
　隠す覚悟は、もうした。
　誰にも言えないのも、堂々と会えないのも寂しいけど、それでも空野さんと一緒にいると決めたから。
　空野さんと一緒にいられないことより辛くて苦しいことはないと、わたしはもう知っている。
「雪乃と付き合ってから颯は絶好調だし、仕方ないけど、まぁ認めてやるよ」
「上からすぎ。そんで、呼び捨てやめろって」
「べつにいいよな、雪乃？」
「え、はい。それは大丈夫ですけど」
「ゆきちゃん……」
　呼び方にはとくにこだわりはないから、わたしのことは好きに呼んでもらっていいのだけど、空野さんはあからさまにむっとしている。
　不思議に思い空野さんを見つめると、わたしの視線に気づき、じっと見つめ返された。

「……雪乃」

「っ……はい」

真剣な顔で名前を呼ばれ、心臓がぎゅん、となった。

呼び方はなんでもいいと思っていたけど、空野さんに名前で呼び捨てにされるとだめだ。

心臓がおかしくなる。

顔がいっきに熱くなった。

恥ずかしくて両手で顔を覆う。

「照れてやんの。俺のときは照れないのに」

「からかわないでください……」

「照れてる照れてる。雪乃が照れてる」

「海成くんっ!!」

ふざけ始める海成くんに、恥ずかしさが倍増するから止めようとする。

でも、海成くんは気にした様子もなく、ニヤニヤ顔でわたしを見て反応を楽しんでいるみたい。

海成くんって、こんな性格なんだね。

初めて会ったときはすごく威圧的で怖かったから、怖い人という印象だったけど。

本当は明るくて楽しい性格なのに、空野さんのアイドル人生のことを思って、あそこまで本気で伝えてくれていたんだな。

やっぱり、空野さんは愛されている。

強く求められている。

「……おれも、名前で呼んでほしいな」

　そんなことを考えていると、ボソッと呟くような空野さんの声が聞こえて動きが止まる。
　名前で……？
「……いじわるする海成が名前で呼んでもらえてるの、嫌だな。彼氏はおれなのに」
「え、えっと……」
「雪乃が困ってんぞ」
「初めに困らせたのは海成でしょ」
「べっつに〜？」
　空野さんと海成くんがふたりで話しているけど、会話の内容は頭に入ってきていない。
　名前で呼ぶの？
　出会ってからずっと、『空野さん』だったのに？
　今まで一度も、空野さんのことを名前で呼んだことはない。
　改めて呼び方を変えるとなると、ちょっと恥ずかしいかも……。
「ねぇ、ゆきちゃん」
「はい……」
「と、その前に……海成は帰っていいよ」
「は？」
「もう用事済んだじゃん」
「でもまだ……」
「ふたりきりにさせてって言ってんの」
　直球で伝える空野さんに、海成くんは呆れ気味に大きなため息をついた。

そして残りのミックスジュースを一気飲みして、フルーツサンドを手に持つ。

「もっとゆっくり飲んで食べたかったのに。仕方ねぇな」

「うん。悪いね」

「思ってねぇだろ。じゃあな、雪乃。また来るわ」

「待ってます。あ、これお持ち帰り用です」

「さんきゅ」

片手にフルーツサンド、もう片方にフルーツサンドが入った箱を持ってお店を出ていった。

よかったのかな？

海成くんの後ろ姿が見えなくなるまで見送っていると、ふいに手を握られた。

フロアには空野さんとわたしのふたりきり。

驚いて、イスに座ったままの空野さんを見る。

いつもは見上げている空野さんに見上げられるのが、新鮮でドキッとした。

まん丸な瞳を向けられて、胸がきゅんとなる。

「ずっと、ふたりきりになりたかった」

空野さんは、わたしを喜ばせる天才だ。

アイドルをしているだけあって、目の前にいる人を必ず幸せにしてくれる。

わたしが幸せな気分になれるのは、アイドルだからではなく空野さんだからだけど。

「はい」
「海成のこと、しばいてもよかったんだよ？」
「ふふっ。空野さんの大切な人にそんなことしませんよ。海成くんは、空野さんへの愛が強いがゆえのことですし」
「そう。海成は、おれのことが大好きなんだよね」
ちょっとうれしそうに、でもふてくされたような表情をしている。
「おれも海成のこと好きだけどさ。でも、ゆきちゃんと距離が近いのは妬くよ？」
「お会いしたのは、今日で２回目ですよ？」
「お互い、名前呼びじゃん」
むすっと拗ねている様子の空野さん。
そんなに名前で呼んでほしいんだ。
そこまで言われると、変に意識して緊張しちゃう……。
けど、空野さんが呼んでほしいというなら呼びたい。
「は……」
「は？」
「……」
握られている手に力が入り、緊張が増す。
その手を、ぎゅっと握り返す。
好きな人を名前で呼ぶって、こんなに緊張するの……？
「雪乃」
「っ……」
ここで、名前を呼ぶのはずるい。
空野さんは、本当にいつもずるいことをする。

「……颯、くん……」

　俯きがちに顔を逸らして、初めて名前を呼ぶ。

　心臓が爆発しそう。

　ドキドキとうるさい。

　顔が熱いから、絶対に真っ赤になっている。

　今、顔を見られたくないな。

　そう思って空野さんを見ないようにしていたのに、わたしの顔を覗き込んできた空野さんが、強制的に目を合わせてくる。

　視線が絡み合い、恥ずかしさで体温が急上昇する。

「だ、だめです……」

　目を強くつむると、繋いでいる手を軽く引っ張られて前かがみになる。

　その瞬間、触れた柔らかい温もりは、文化祭の日以来。

　びっくりしてすぐに目を開けると、すでに温もりは離れていて至近距離で目が合う。

「……思ってた以上にやばかった」

　目を逸らさない空野さんだけど、照れたように頬は赤く染まっていた。

　こんな空野さんは、初めて見たかもしれない。

　……照れてる、よね？

　こんなふうに照れてくれるんだ。

「ね、もっかい呼んで」

「……颯くん」

「やばいね」

　言われたとおり呼べば、顔を真っ赤にしてはにかんでくれる。

　本当に、わたしのことを好きでいてくれているんだなって伝わってきた。

　空野さんが赤い顔のまま照れを隠すように視線を逸らしたから、うれしくなって調子に乗ってしまう。

「颯くん」

「……ん？」

「颯くん」

「どうしたの？」

「颯くんって呼びたいだけ」

「ねぇ、かわいすぎるんだけど」

　もう一度、視線をわたしに合わせると、片手をわたしの後頭部に回す。

　そのまま引き寄せられ、再び感じる柔らかい温もり。

「……これからも、そう呼んで」

「はい……」

「ほんとやばい……めっちゃ好き」

「わたしも、めっちゃ好きです……」

『空野さん』じゃなくて『颯くん』って呼ぶだけで、一気に距離が縮まった気がする。

　呼び方が変わるだけあって、それ以上でもそれ以下でもないと思っていた。

　でも呼び方ひとつで、こんなにもドキドキして恥ずかしくなって胸が熱くなる。

　そんなの、きっと、颯くんだけだ。
「キス、しよっか」
「さっきもしましたよ？」
「足りないじゃん。もっとしたいじゃん」
「付き合ったばかりですし」
「おれはずっとしたかったの。我慢してたの」
「……おかしくなっちゃいそう」
「おかしくなってよ。おれでいっぱいにしたい」
　妖艶(ようえん)に笑った颯くんは立ち上がると、わたしをイスに座らせ、覆いかぶさるようにキスをした。
　初めは触れるだけのキスだったのが、吸うようなキスに変わり少しずつ深くなっていく。
　恥ずかしくて顎を引くも、逃がしてくれない。
　慣れていないのに、何度も繰り返されるキスに頭がぼーっとしてくる。
「ゆきちゃんかわいい」
　くてっと颯くんにもたれかかるわたしを、ぎゅっと優しく抱きしめてくれる。
　颯くんは、すごく余裕だ。
「……慣れてますね？」
「ううん。役でしかしたことないよ。だから、おれとキスするのはゆきちゃんが初めて」
　胸がキリッと痛んだ。
　役とはいえ、体は颯くんだ。
　そっか。

ドラマや映画でキスシーンとかあるよね。

颯くんは俳優としても活躍しているんだもん。

これからも、きっとある。

わたし以外の人と、そういうことをしている場面を見ることになるんだ。

「……役でも嫉妬(しっと)します。でも、応援します」

颯くんを、ぎゅっと強く抱きしめ返す。

付き合ってるのに他の人とキスをするなんて、普通じゃ浮気だけど芸能人なら仕方がない。

それも覚悟の上で、付き合っていかなければいけない。

それを覚悟してでも、颯くんと一緒にいたい。

離れたくない。そばにいたい。

「ゆきちゃんが、嫉妬してくれるのはうれしいよ。けど、嫌な思いをさせちゃうのはごめんね」

「……事前に教えてもらえれば覚悟します。あと、役でした倍以上、わたしにもしてくれたらうれしいです」

「わかった。……で、さっそくで申し訳ないけど、10月のドラマの最終回にキスシーンがある……」

苦笑まじりの颯くん。

仕事だから仕方がないのはわかっているけど、やっぱりモヤッとした。

役以外で、プライベートではわたしだけって、それだけでもすごいことなのに、うれしいのに、颯くんのすべてをわたしのものにしたくなっている。

颯くんのことが本当に好きなんだと、思い知らされる。

どんどん欲張りになっていく。
「……覚悟して見ます」
「じゃあ、役じゃない空野颯として、ゆきちゃんにたっぷりキスします」
「ふ……んっ……」
ちょっぴりしょぼくれていたけど、再び唇を重ねられ、すぐにまた颯くんのことしか考えられなくなる。
ここまでしてくれるのだって、普通のファンじゃありえない。
特別だよね。
夢みたいなことなんだ。
だからこれ以上、わがままは言えない。
夢中で颯くんの甘いキスを受け入れる。
今だけは、ひとりじめだ。
唇を離すと、ペロッと舌で自分の唇を舐める。
前もしていたその仕草はやっぱり色っぽくて、ドキドキが止まらなくなってしまう。
「会えない日が続いて、ゆきちゃんには寂しい思いをさせるかもしれないけど、またこうして、たくさんゆきちゃんに触れさせてね」
「はい」
「ゆきちゃんに会えないときは、おれも寂しくてたまらないんだからね」
そう言いながらわたしを強く抱きしめる颯くんを、笑いながら抱きしめ返した。

わたしたちの関係は秘密にしなければならないけど、堂々とはできないけど、それでも幸せは十分すぎるほどにある。

颯くんがいるだけで幸せに思えるよ。

颯くんと海成くんがふたりでお店に来てくれた日から、1週間と少し。

10月の2週目。

颯くんの主演ドラマが、ついに昨日からスタートした。

テレビの前で10分前から待機して、初めてドラマをリアルタイムで見る"リアタイ"というものをした。

「雪乃、ソラのドラマ見た？」

「見たよ」

「最初からやばかったよね。3年ぶりに再会したと思ったら奏汰の記憶がないなんて……ソラの鋭い視線もよかった。めっちゃかっこよかったわ」

「ソラって、あんな表情もできるんだね」

冷たく睨みをきかせて笑顔を見せない。普段の颯くんとは真逆の役。

「そうなの！　もう、本当に演技力が高くてすごいから、またオススメまとめてくる」

「ありがとう。楽しみ！」

花音ちゃんと、昨日のドラマについて語り合う。

本当に颯くんの表情や仕草が、いつもの颯くんじゃなくて、ドラマの中に颯くんはいなかった。

役柄(やくがら)の三浦奏汰くんが、そこに存在していた。
劇の練習に付き合ってくれたときも思ったけど、やっぱり颯くんは、すごい人なんだと改めて思い知らされた。
プロの演技は本物で、颯くんの本気の演技は感動するレベルだった。
１時間が、あっという間に過ぎてしまったもん。
ドラマにここまですんなり入り込むことができたのは初めて。
「あとさ、藍原凌馬(あいはらりょうま)もすっごくかっこよかった。あの人はシンプルにお顔がいいよね」
「誰？」
「深田順平(ふかだじゅんぺい)役の人だよ。ほら」
花音ちゃんが、すかさずスマホの画面を見せてくれる。
颯くんのことも最近まで知らなかったから、他の俳優さんの名前を言われても、すぐにピンとこない。
花音ちゃんのスマホにはドラマのホームページが開かれていて、顔写真で相関図が作られているページだった。
顔と名前も一致しやすく、関係性もわかりやすい。
「あ、この人。たしかにかっこいいね。元気な感じで見てて楽しかった」
「俺は、やっぱり福本舞だな。超かわいい」
「透明感あるよね」
赤坂くんが急に会話に割り込んできたけど、花音ちゃんは気にせず話を続ける。
わたしが芸能人に疎いのは女優さんでも変わりなく、名前を言われてもすぐに顔は浮かばない。

　ふたりとも詳しいなぁ。

　そう思いながら、わたしは花音ちゃんのスマホを見て誰なのかを確認する。

「あ、福本舞は、ヒロインの莉子役の女優さんね。おさげにしてる子」

　花音ちゃんの説明と同時に、相関図でも見つけた。

「わかった！　雰囲気からすっごくかわいかった。たしかに透明感あるね」

「今、俺がいちばん好きな女優だわ。あれを嫌いな男はいねぇよ」

　花音ちゃんの言うとおり透明感があって、清純派なかわいい系の女の子だと思った。

　赤坂くんが、そう言う気持ちもわかる。

　けど……もしかしなくても、颯くんのキスシーンの相手は、そのヒロイン役の福本舞さん、だよね？

　あんなかわいい女優さんとなんて……演技とはいっても不安になる。

　不安になってもいいことないのはわかっているけど。

　今から想像するだけで、嫉妬しちゃいそう……。

　わたし、颯くんのことが大好きなんだなぁ。

　と、こういうところでも気づかされる。

「それ、おもしろいの？」

　ふいに黒瀬くんの声が聞こえて、ドキッとした。

　文化祭以来、黒瀬くんはいつもどおりだけど、わたしは近くにいると緊張してしまう。

劇ではキス未遂(みすい)みたいなことをしたし、終わったあとに言おうとしていたこともまだわからないし、颯くんとのことも見られているし、結局は文化祭も一緒に回らなかったし。

とにかく、引っかかることがたくさんある。

ちゃんと話さないと、って思うけど、今さら……とも感じてしまい、何もできないまま今に至る。

黒瀬くんの顔を見ることができなくて、俯いて視線が合わないようにする。

「まだ1話だけど、おもしろそうだよ。キャストに今話題の人を使ってるし」

「ほら、この子かわいいだろ？　福本舞ちゃん」

花音ちゃんと赤坂くんは、興味を持った黒瀬くんにドラマの説明を始める。

近くのイスに座り、赤坂くんが持っているスマホの画面を見た。

「福本舞ちゃんは、このおさげの子なんだけどさ」

「え、この人……」

黒瀬くんの驚いたような声が聞こえてチラッと彼を見ると、目を丸くしていた。

次の瞬間、赤坂くんから素早くスマホを奪い取りじっと画面を見つめる。

そして、勢いよく顔を動かしてわたしのほうを向いた。

なんだろう……？

　不思議に思い、首をかしげる。
「白川、この人ってさ……」
「ソラだよ！　かっこいいよね!!」
　わたしより早く花音ちゃんが反応して興奮気味に答える。
　その名前を聞いてドキッとなり、気まずさも忘れて黒瀬くんを見つめる。
　黒瀬くんは、すでにわたしから視線を花音ちゃんへと移していた。
「ソラ？」
「今ねaozoraっていうアイドルユニットがすっごい人気なんだけど、そのひとりだよ」
「……そうなんだ」
「何、黒瀬もソラが気になるの？」
「まぁ……」
「え〜そっちかよ！　福本舞ちゃんは？」
　３人が話している中、わたしの心臓は破裂しそうなほどにドキドキしている。
　もしかして気づかれた……？
　黒瀬くんは、颯くんに３回も会っている。
　キャップやメガネをしていたとはいえ、距離も近かったし、顔を見られている可能性は十分にある。
　どうしよう……。
「わたし、ちょっとお手洗いに行ってくるね」
　ガタッと音を立てて、イスから立ち上がった。

「おっけ」

花音ちゃんの返事を背中に、逃げるようにこの場から離れる。

逆に、怪しかったかもしれない。

でも、あの場で聞かれたらボロが出そう。

考えよう。

いったん落ち着いて考えよう。

トイレに向かいながら思考をめぐらせるけど、何も浮かばない。

颯くんに相談しようかな。

いや、まだドラマの撮影が忙しいみたいだし、他にも仕事があって大変そうだ。

連絡は取り合っているけど、最近は返信が前より遅めだから、スマホを見る余裕すらないのかもしれない。

余計な心配はかけられないね。

こんなことで相談するわけにはいかない。

わたしがなんとかしなくちゃ……。

別人って言えば信じてくれるかな？

だって、普通に考えたらありえないことだもんね。

自分でも信じられないようなことが起こっているんだもん。

当事者のわたしですら、夢でも見ているのかと思うような出来事を、他の人は信じたりしないでしょ。

颯くんとの関係は、絶対に秘密。

嘘をついてでも、隠し通さなくてはいけないことだ。

聞かれたら否定しよう。

うん、そうしよう。

颯くんに教わった演技力で、疑われたときはどうにか誤魔化すぞ。

よし。

「白川」

「きゃあ！」

「ちょ、声……びっくりした」

「あ、ごめん。わたしも驚いちゃって……」

トイレから出てすぐに名前を呼ばれるから、思わず悲鳴を上げてしまった。

驚いて早くなった鼓動を落ちつかせるように深呼吸をしながら、黒瀬くんをじーっと見つめる。

すると、わたし以上に焦り出した黒瀬くん。

「あ、いや、その……女子のトイレ終わりを待ち伏せなんて変なやつだけど、変な感じじゃなくて……話。話がしたいから！　だから、待ち伏せしてたんだけど、あの……」

黒瀬くんが、ここまで取り乱しているのはめずらしい。

現状を考えてみると、たしかに黒瀬くんが自分で言っているような感じで、普段のクールな黒瀬くんならしないような行動だ。

だから、取り乱してもおかしくないのかも。

わたしはそこまで頭が回っていないから、黒瀬くんの声に、ただ純粋に驚いただけだったけど……。

「白川に確認したいことがある」

落ちついたのか、まっすぐな視線を向けられる。

それだけで、もう何を言われるのかわかった。

「場所、変えよう」

黒瀬くんの言葉に頷く。

場所を変えて話すということは、黒瀬くんも気をつかってくれているんだ。

気をつかわなければいけない話なんだ。

何を確認したいかが確信に変わる。

黒瀬くんの後ろをついていき、中庭のほうへ出た。

外に出るのは、声が響かないから助かる。

誰にも聞かれるわけにはいかないから。

何を聞かれるかわかっていれば、答える内容もあらかじめ考えられる。

──違うよ。

そう言ったらいい。

すぐに否定しよう。

心の中で何度も練習をする。

黒瀬くんは立ち止まり、振り返ってわたしを見た。

「単刀直入に聞くけど、文化祭のときに一緒にいたやつって、さっきのアイドルのソラでしょ?」

「違うよ」

やっぱりきた。

そう思いながら、すぐに否定の言葉を口にする。

声のトーンも問題なかった。

何を言われるか勘づいていたから、動揺も見せなかったはず。

これでこの話は終わりに……。

「即答なのが、逆に肯定してるみたいだよな」

間か。

文化祭の演劇のときも言われた。

間が大事だって。

しまった……！

そう思ったところで、もう遅い。

黒瀬くんは、すでに確信しているみたいだ。

「勉強会のときに会ったのも、海で会ったのも、この前の文化祭のときのも、全部ソラでしょ。アイドルでしょ」

さっきドラマの話をしている時点で、黒瀬くんが会話に入ってきた時点で気づくべきだった。

可能性を考えるべきだった。

けど、もうそこを悔やんだところでどうにもならない。

「……違うよ」

用意した否定の言葉しか言えない。

他に、誤魔化すようなセリフが思いつかない。

本人に直接３回も会っている黒瀬くんが、気づかないわけがないよね。

でも、認めるわけにもいかないから。

「もう付き合ってる？」

「……」

「文化祭のあのとき以来、白川の雰囲気が変わった気がするし、そうなのかなって思ってた。でも相手が、まさかアイドルとは思わなかった……」
「違うよ……違うから、ね」
　焦って黒瀬くんの口を両手で塞ぎ、言葉を無理やりに止める。
　それしか言うことができない。
　ボロが出ないように、みずから確信的な言葉を口にしてしまわないように、下唇を噛んで、黒瀬くんを見つめる。
　黒瀬くんは驚いたような表情をしていたけどそれは一瞬で、いつもの表情に戻ると、わたしの手を掴んで口から離す。
「……言えないよな」
　ボソッと何かを言ってから、わたしの頭を数回ポンポンとした。
「大丈夫。誰にも言わない。俺は何も知らないから。だから、そんな顔すんなよ」
　切なげに笑って、わたしの下唇を指でなぞる。
　予想していなかった行動に驚き、噛んでいた唇を緩ませた。
「噛みすぎると傷になる」
「あ、うん……」
「……ここだけの秘密だから」
　耳元で囁かれた声にドキッとして、急いで距離を置き耳を押さえる。
　黒瀬くんは薄く笑ってから、「教室に戻るぞ」と言って歩き出した。
　その後ろをついて歩く。
　黒瀬くんは、不用意に誰かに言いふらすような人ではない。
　でも、こんなふうに他の人に気づかれる可能性はこれからもあるのかもしれない。
　気をつけよう。
　軽率な行動は避(さ)けないと。
　今は颯くんの仕事が忙しくて会える時間がないから、バレるリスクも少ない。
　颯くんとは、今みたいな感じで付き合っていったほうがいいのかもしれないね……。
　胸が、ぎゅっとなる。
　当然だけど、普通の恋人みたいにできない。
　悪いことをしているわけではないはずだけど、コソコソと隠れて付き合っていく。
　これが、アイドルと付き合うってことなんだ。
　……寂しいなぁ。
　覚悟はしたはずなのに、気持ちはなかなかついてきてくれない。

　夜、颯くんが出演する番組を見る。
　彼氏がアイドルって、すごいね。
　会えなくてもこうして画面越しに見ることができて、様子を確認できる。

バラエティ番組に出て楽しそうに笑っている颯くんを、目に焼きつける。

会えなくても、テレビや動画サイトでたくさん見られるからうれしい。

でも、やっぱり寂しさは残る。

見ると、どうしても会いたくなってしまうから。

わがまますぎだ。欲張りすぎだ。

頭をぶんぶんと左右に振って寂しさを追い払い、颯くんにバラエティ番組を見ていることをメッセージで報告する。

番組が終わってから見た感想を簡単に伝え、お風呂に入った。

寝る準備を完璧に済ませ、そろそろ寝ようかなと思っていたころにスマホが鳴る。

すぐに確認すると、颯くんからだった。

【今、仕事終わって家に帰るところ。疲れてたけど、ゆきちゃんのメッセージに癒やされたよ。見てくれてありがとう！　うれしいよ！　ゆきちゃんに会いたいな……】

泣き顔のスタンプも送られてくる。

わたしも会いたいよ……。

さっきまで寝ようかなって思っていたくらいなのに、目が覚めて、颯くんの送ってくれた文章を何度も読み返す。

同じ気持ちでいてくれることが、うれしい。

【わたしもすごく元気もらえました。おもしろくて声出して笑っちゃいました。お疲れ様です】

お気に入りのパンダのスタンプを押す。

仕事終わりの颯くんと、こうやってやりとりできるだけで満足しなきゃ。

それから颯くんが家につくまでの間、メッセージのやりとりをする。

遅い時間まで、仕事をがんばっている颯くん。

わたしもがんばらなきゃ、寂しくても我慢しなきゃって思う。

心配かけるわけにはいかないからね。

黒瀬くんのことは何も言わず、他愛ないやりとりだけをした。

颯くんが、家についたらやりとりはおしまい。

人気者で忙しい颯くんは、遅い時間に仕事が終わることが多いけど。

今日はいっぱい、やりとりできたな。

このくらいの時間なら、たくさんお話できるんだ。

今みたいに、颯くんとメッセージのやりとりだけでもできる時間を増やしていきたいな。

次の日からも、颯くんの仕事が終わったあとに連絡を取り合う。

遅くまでがんばっているから颯くんは疲れていて、そんなに話せないときもあるけど、少しでも会話がトントンと進むとうれしかった。

リアルタイムで話せることがすごく幸せに感じる。

　少しの時間だけど、電話できることも多くなった。
《最近、ゆきちゃんと毎日こうして連絡が取れてうれしい。だから、仕事もめっちゃがんばれてる》
「わたしもうれしいです。がんばってる颯くんのことを毎日テレビで見ますよ。雑誌も買っちゃいました」
《いいなぁ。おれはゆきちゃんを見られないからさ……ねぇ、写真送ってよ》
「恥ずかしいので嫌です」
《むぅ……今すぐ会いに行きたい》
「明日も早いんですよね？　ゆっくり休んでください」
《ゆきちゃんに会ったほうが、おれは癒やされて元気になるけど》
　わたしだって会いたいよ。
　声を聞くだけじゃ、画面越しで見るだけじゃ、全然足りないんだよ。
　でも、負担になりたくない。
　がんばっている颯くんの邪魔をしたくない。
　他の人にも気づかれてはいけない。
　だから、今のままがいちばんいいはずだよね。
「颯くん……好き」
　思わずあふれる。
　今、伝えたくなった。
　大好きなんだよ。
　もう、言葉では伝えきれないくらいに、好きが積もってるんだよ。

このあふれる気持ちが止まらなくていつも、持て余しちゃってるんだよ。

《え、ゆきちゃ……うわっ、いったー……ちょ、ゆきちゃん！今のもっかい！》

「その前に、すごい音しましたけど大丈夫ですか？」

《ソファでだらっとしてたんだけど、びっくりして落ちた。けど、そんなことより今のきゅんってきた!!》

「それより、わたしは颯くんの体のほうが心配です」

《ほんと大丈夫。おれはそっちより、ゆきちゃんの不意打ちのほうにやられた》

本当に大丈夫かな？

と、思いつつも、自分で言ったセリフに今さら恥ずかしくなり顔が熱くなる。

眠たくて、おかしくなったかな……。

いつもなら、言わずにのみ込めるのに。

《もっかい聞かせて》

「いっかいだけです……」

《お願い、雪乃》

また、ずるいことをする。

そうやって、甘い響きで名前を呼ぶなんてさ。

颯くんはずるい。

そんな颯くんが愛しい。

「……大好き」

《……やばい、おれ、幸せすぎておかしくなりそう》

今、颯くんがどんな顔をしているのか気になる。

　けど顔を合わせたら、きっとこんなことを自分からは言えないし顔を見られるのは恥ずかしいから、電話越しでよかった。
《おれも、雪乃が大好きだよ》
　颯くんは恥ずかしがる様子はなく、すんなりと言葉にしてくれる。
　だから、むしろわたしのほうが恥ずかしくなってしまうくらい。
《もうすぐドラマもクランクアップだし、会える時間もつくれるよ。寂しい思いさせちゃっててごめんね》
「大丈夫ですよ。テレビ見たり、雑誌見たりしてます」
《うれしいけど、それで満足されてたらおれが寂しいな》
　拗ねたように言う颯くんに、曖昧に笑う。
　満足できたらいいんだけどね。
　それだけじゃ全然足りてないんだよ。
　颯くんは知らないだろうけど、わたしってすごく欲張りみたい。
　きっと、颯くんよりわたしのほうが寂しいと思ってる。
　必死で隠してるんだよ。
　それからまた少し話をしてから、電話を切った。
　すでに、日付は変わっている。
　最近はこんな状態で、寝るのが遅くなってしまうけどすごい幸せな気分なんだ。
　スマホを充電器に差し込んで、目覚ましをセットしてからすぐに眠りについた。

　こんな日が、何日も続いている。

　まだ頭がボーっとする中、朝の情報番組を見ると颯くんが出ていた。
　それだけで笑顔になれるけど、隣にいる福本舞ちゃんと楽しげに話す姿に胸がざわっとする。
　テレビだもん。
　それに、颯くんだもん。
　心配はいらない。
　不安になる必要もない。
　そんなことくらいわかっているけど、どうしても慣れないな……。
　今日はいつもより頭がガンガンするけど、気合いで支度を済ませて学校に行った。
「雪乃、おはよう」
「……おはよ」
「あれ？　なんか顔色悪くない？」
「大丈夫だよ……」
　花音ちゃんに笑顔を向けたところで後ろ向きにフラッとしたけど、誰かに肩を抱かれてなんとか踏ん張れた。
「そうは見えないけど」
「あ、黒瀬くん。ごめんね。ありがとう」
　ちょうど教室に入ってきて、わたしの後ろにいた黒瀬くんが肩を支えてくれたらしい。
　お礼を言いながら体の重心を戻し、黒瀬くんから離れる。

「どうした？　大丈夫か？」
「黒瀬、保健室まで連れてってあげてよ。雪乃、顔色がめっちゃ悪いし、ふらふらしてるの」
「いや、大丈夫だよ！　ただの睡眠不足だし」
　たしかに、最近ちょっと無理してるかも。
　でも、そのおかげで颯くんとたくさん話せているからいいんだ。
　黒瀬くんに再び「本当に大丈夫だよ」と伝えてから、その場を離れて自分の席に向かう。
　支えがなくても、もうふらつかない。
　大丈夫だ。
　だけど、一度ふらついたせいで黒瀬くんはすごく心配してくる。
「白川、大丈夫か？」
「もう心配しすぎだよ。一瞬ふらついただけなのに」
「今日だけじゃなくて、最近ずっと顔色悪いだろ。このままじゃ本気で倒れるぞ」
「大丈夫！　元気いっぱいだもん」
　ことあるごとに聞いてきて、なぜだか気づけばずっとわたしの近くにいる。
　たしかに最近少しだけ調子が悪いけど、黒瀬くんは前から気づいていたんだ。
　黒瀬くんって、まわりをよく見ているな。
　それに、とっても心配性なんだね。
　でも、体育でしたドッジボールも白熱したし、本当に大丈夫なんだけどな。

授業中は頭がガンガンして、ちょっとウトウトするときもあったけど、なんとか乗り越えて放課後。
「花音ちゃん、わたし帰るね。また明日」
「うん、また明日ね」
花音ちゃんに声をかけてから教室を出るけど、やっぱり近くには黒瀬くんがいる。
「あの、黒瀬くん」
「何？」
「ほんと大丈夫だから」
「だったらいいよな」
「……」
信じていない様子で、わたしの隣に並ぶ。
クールな黒瀬くんが、ここまで心配性だったとはびっくりだな。
過保護すぎるお父さんみたい。
「あ、黒瀬、ちょっといいか？　手伝い頼みたいんだけど」
「いや、今は……」
「じゃあね、黒瀬くん」
黒瀬くんが前から来た担任に声をかけられたタイミングで、わたしは小走りで昇降口まで行った。
素早く靴を履き替えて校門に向かう。
本当に大丈夫なのに、心配されすぎると逆に申し訳なくなる。

少し歩くとスマホが鳴ったから、ポケットからスマホを出してすぐに確認すると颯くんだった。

この時間にめずらしい。

ドキドキしながらトーク画面を開こうと指を動かした。

「危ない！」

「よけて!!」

「え……？」

大きな声に反応して、そちらを向いた。

瞬間に、頭に強い衝撃。

「白川っ!!」

黒瀬くんのわたしを呼ぶ声を聞きながら、世界がぐらっと動き反転する。

頭の次は背中や腰、手や足も……？

どこの部位からとかそんなのわからないけど、体中に衝撃がきた。

痛い、と感じるけど、それもだんだんわからなくなる。

「白川!!　おい、白川!!」

黒瀬くんの焦ったような声。

霞(かす)んでいく視界に映り込んだ顔も、今まで見たことないくらい焦っている。

クールな黒瀬くんも、慌てることがあるんだね。

どんなときも、クールなわけではないらしい。

「大丈夫か!?」

「やばい、先生呼んで!!」

まわりの声が頭に響く。

手が何かに触れ、視線を向けるとサッカーボール。

これが頭に直撃したんだ。

運が悪いな。

体はジンジンするし、視界には地面と誰かの靴ばかり映っているから、わたしはサッカーボールが当たった衝撃で倒れたんだ。

今の状況は簡単に理解できた。

体幹(たいかん)弱いな……。

「白川！　しっかりしろ!!　白川……しら……」

黒瀬くんの声も、だんだんと遠のいていく。

口は大きく動いているのに、声が聞こえない。

そういえば、颯くんはどんな内容のメッセージをくれたのかな？

気になっていたから聞きたかったけど、確認はできずにそのまま意識を手放した。

きみがいると幸せ

【颯side】

あれ？

なんか今日……。

「このままいけば、今日は予定より早めに終わりそうだな」

だよね！

マネージャーの言葉に目を輝かせる。

「おれ、がんばる！」

「おう、がんばってくれ！」

なんだか、いつもよりスムーズに現場が動いている。

今日は、このあと仕事は入っていない。

ゆきちゃんに会えるチャンスだ！

真っ先に、ゆきちゃんが頭に浮かぶ。

順調に進むとキャストさんもスタッフさんも楽しそうで、おれもより楽しくなってノッてくる。

全員がいい感じになっているときって、何もかも上手くいきそう。

運が最高に上がって、無敵状態になる。

今が、そのときみたいだ。

楽しいまま順調に仕事が進んでいき、巻きで終えることができた。

「お疲れ様です！」

声をかけながら控え室に行き、着替えるよりも先にスマホを手に取る。

　すぐにゆきちゃんとのトーク画面を開き、ゆきちゃんにメッセージを作成して送信。

【ゆきちゃん！　時間できたから、カフェ行くね！　久しぶりだから楽しみ〜!!】

　ゆきちゃんとのトーク画面を開いたまま、思わずニヤけてしまう。

　早く会いたいなぁ。

　はやる気持ちを抑えられず、急いで着替えた。

　マネージャーと軽く打ち合わせをしてから、車で送ってもらう。

　コンビニに寄るから、と適当な理由をつけてSnow Whiteの近くで降ろしてもらった。

　そこからは歩いていくけど、ドキドキしている。

　さっきスマホを確認したら既読はついていなかったから、まだ見ていないみたい。

　じゃあ、おれが来たらびっくりするかな？

　顔を見たらすぐ、ゆきちゃんをぎゅーってしたくなりそうだな。

　もしかしたら、ぎゅーだけじゃ済まないかも。

　がんばれ、おれ。

　ちゃんと我慢するんだぞ。

　とりえあえず、おれの理性のことは置いといて早くゆきちゃんに会いたいな。

　いつものかわいい笑顔を見たい。

もうすぐ会えると思うと、どんどん気持ちも上がってきて、それに比例するように歩くスピードも上がってくる。

頬が緩んでしまうけど、マスクをしているから誰にもバレないだろう。

緩む頬を引きしめることもせず歩いていると、やっと目的地が見えた。

けど、電気がついていない。

看板も出ていなかった。

あれ……？

今日って定休日じゃないよね？

不思議に思って小走りで店の前まで行くと、ドアに貼り紙があった。

近づいてそれを読む。

心臓が止まるかと思った。

【お知らせ。娘がピンチのため、本日は臨時休業します。パパが行くから、待ってろよ!!】

……どういうことだ？

ゆきちゃんがピンチ？

え、だから既読がつかないのか？

その場で呆然として立ち尽くす。

体が動かない。

でも、こんなふうにピンチと書けるくらいなら、そこまで大事でもないのか？

……いやいや！　ピンチだぞ!?

店を臨時休業にするほどのピンチだぞ!?

よっぽどのことがあったに違いないだろ!!

動け、おれ。

とりあえず電話をかけて……いや、学校に行ってみるか？

その前に、もっかいメッセージを……。

「おや、空野くんかい？」

「っ……あ、田中(たなか)さん」

突然後ろから声をかけられてびっくりして振り返ったら、おれより長く通う常連の田中さんだった。

ニコニコと、いつもどおりの表情で立っている。

軽くパニックになっていたけど、田中さんを見て少し冷静さを取り戻した。

田中さんなら知ってるかな？

「今日ってお店……」

「そうなんじゃよ。雪乃ちゃんが学校で倒れたって連絡があったみたいでな」

「え……それ、いつですか!?」

「さぁ、いつじゃったかのう……」

首をかしげる田中さん。

ゆきちゃんが倒れた!?

それは大問題だ。

本当にピンチじゃんか。

心臓が嫌な感じで脈打ち始める。

「目を覚まさない、とか言ってたような……」

「目を覚まさない!?」

「はて？　屋上から落ちたんだっけ？」
「お、屋上からぁ!?」
「もう出てから２時間たつのか」
　明後日（あさって）のほうを見ながらぽつりとつぶやいた田中さんに、焦りがつのっていく。
　どうしようどうしよう。
　状況はうまく伝わってこなかったけど、本当にやばいのかもしれない。
　とにかく、ゆきちゃんがピンチだ。
　電話！
　ゆきちゃんの連絡先しか知らないけど、もしかしたら春乃さんが出てくれるかも。
「田中さん、また！」
「あいよ」
　田中さんに手を振りながらこの場から離れ、人気のない路地に入る。
　ポケットからスマホを出したとき、自分の手が震（ふる）えていることに気づいた。
　けど、抑えることもせず、そのまま震える手でスマホを操作する。
　早く早く……！
　焦りながらなんとかゆきちゃんに電話をかけたけど、コール音が続くだけで繋がらない。
　それでも何回もかけ直す。
　お願いだから早く出てよ。

「大丈夫」って笑ってよ。

一生のお願いを今使うから。

ゆきちゃん、無事でいて……。

《……はい》

「その声……黒瀬くん……だね。どうしてゆきちゃんの電話にでるの？」

やっと繋がったと思えば、黒瀬くんの声でむっとする。

なんで、ゆきちゃんのスマホに出るんだよ。

不意打ちで登場した黒瀬くんに、大人げなく不機嫌さを隠しきれずに尋ねてしまった。

《俺が白川のスマホを持ってたんで》

「その理由を聞きたいんだけど。ゆきちゃんが倒れたことに関係してる？　ゆきちゃんは無事なの？」

《へぇ、知ってるんだ》

ばかにしたように鼻で笑った黒瀬くんにむかっとするけど、今は黒瀬くんにしか聞けない。

ゆきちゃんの状況を知るためには、電話を切られないようにするしかない。

だから怒らせないようにするのが賢明（けんめい）だ。

「まあね」

《……で、なんでそんなこと聞いてくるんですか？　白川と付き合ってるから？》

おれの質問には答えず、質問で返してくる黒瀬くん。

こんな話なんかより、一刻も早くゆきちゃんの状況を知りたいのに！

「うん。で、ゆきちゃんは今どんな状態なの!?」
《あんた、アイドルなんだろ？》
　まだ、ゆきちゃんの状況を教えてくれない。
　だんだんとイライラがたまってきた。
　怒らせないようにと思っていたけど、そうも言っていられない。
　だって、今はそれどころじゃないだろ。
　いちばん大事なのは、ゆきちゃんの安否だろ。
「だったらなんだよ。まず、ゆきちゃんの状況を教えて。今どこにいるのかも。そこに、ご両親はいるのか、詳しく」
《……どうして？》
　なんなんだこの人は！
　ゆきちゃんの……まぁ、仲のいい友達っぽい感じだからあんまり悪くは言いたくなかったけど。
　正直むかつく……！
　おれからしたら、ゆきちゃんのまわりにいる男は全員ライバルみたいなものなんだよ。
　それに、なんで？　どうして？　ばっかりの“ハテナマン”の質問に答えている時間はない。
「いいから教えろ！」
　思わず荒い口調で大きな声を出してしまう。
　さすがに驚いたのか、黒瀬くんは戸惑いながらも《サッカーボールが頭に当たって倒れた》と教えてくれた。
　サッカーボール!?
　そんな硬くて大きなものがゆきちゃんの頭に……!?

想像しただけで、おれまでふらっとめまいがする。

かわいいゆきちゃんに当たるなんて、おれに当たればよかったのに。

「……痛かっただろうな。代わってあげたいな……あ、ケガは!? てか、ゆきちゃんはどこにいるの!?」

《うるさ……電話口で大声やめてほしい》

「わかった!! それで、どこなの!?」

おれの言葉のあとに電話の向こうからため息が聞こえるけど、気にしている場合ではない。

ゆきちゃんのことしか気にならない。

《まずさ、あんたのせいじゃないの？》

「え……？」

やっぱり質問にすんなり答えてくれない黒瀬くんだけど、今回はすぐに言い返せるような内容じゃなかった。

おれのせい……？

それって、どういう意味なんだろうか……。

《白川が最近、顔色悪かったの知ってる？ 授業中もあくびしたりボーっとしたり。今までそんなことなかった。今日だって顔色が悪くてふらついてた》

「……」

最近、ゆきちゃんとは、メッセージと電話でのやりとりしかしていない。

だから、ゆきちゃんの体調やリアルタイムの様子をおれは見ることができない。

ずっと体調が悪かったのかな？

もしかして、最近毎日のように連絡を取り合えていたのは、ゆきちゃんがおれに合わせてくれていたから？

……十分にありえる。

優しいゆきちゃんのことだ。

おれの時間に合わせて、眠いのを我慢して起きていてくれたのかもしれない。

おれのために生活リズムを変えていたのかも。

それなのに、おれはゆきちゃんと話せることがうれしくて気にかけなかった。

悔しさから下唇を噛みしめる。

《アイドルだかなんだか知らないけど、白川のことを苦しめて悩ませるだけで幸せにできないなら、俺がもらう。あんたは、テレビ越しでキャーキャー言ってくれるやつを幸せにしとけ》

……ふがいない。

情けない。

恥ずかしい。

黒瀬くんに言い返す言葉がない。

おれは、好きな女の子を幸せにできないのか。

ファンの子たちとは違うんだぞ。

ゆきちゃんは、ファンの子と違う。

ゆきちゃんだけが無理して、気をつかうような関係じゃだめだ。

おれが幸せにしたいんだ。

他の誰かじゃなく、おれが。

そう強く願ってしまう唯一の女の子なんだ。

「……わかった。教えてくれてありがとう」

《そういうことだから……》

「でも、それでも雪乃を幸せにするのはおれだから。他の誰にも、渡さない」

言い終わって、すぐ電話を切る。

宣戦布告。

受けてやるよ。

ゆきちゃんは絶対に渡さない。

タクシーを拾って、この近くでいちばん大きな総合病院に向かう。

海成に連絡して、もらったアドバイスだ。

頭を打ったなら、精密検査を受けるだろうって。

まずそこに行ってみて、いなければ倒れた拍子にどこか捻挫でもしてるかもしれないから整形外科に行ってみろって。

海成は、すぐにいろいろなことを思いついてすごいな。

頭の回転が早くて、おれよりも断然賢い。

海成がいてくれて助かった。

病院について、海成から言われたとおりにしようと電話で聞いた説明を思い返す。

まず案内板を見て、向かう場所を確認する。

「……あれ、空野くん……よね？」

突然後ろから聞き慣れた声で名前を呼ばれ、勢いよく振り返る。
「春乃さん！」
「あら、どうしたの？　空野くんもどこか……」
「ゆきちゃんは？　ゆきちゃんは大丈夫ですか!?」
　春乃さんの目の前まで行き、動揺を隠さずに質問すると、春乃さんは目を見開いて驚いた表情をしてから、いつもの優しいゆきちゃんと同じ笑顔になった。
　本当に、春乃さんとゆきちゃんの笑顔はよく似ている。
　その笑顔を見ると安心できて、気が動転していたけど落ちついていく。
「もしかして雪乃を心配して来てくれたの？　雪乃は幸せ者ね」
　上品に笑った春乃さんは、本当に美人だ。
　ゆきちゃんも同じ年になったらきっとこんな感じになるのだと、簡単に想像ができる。
「雪乃は大丈夫よ。ちょっと不便だけど……今、診察（しんさつ）も終えてあとは帰るだけだから、空野くんも一緒に行きましょう？」
「はい」
　春乃さんと話しながら、ゆきちゃんのもとへ行く。
　春乃さんの様子からも、そこまで重傷ではないようでひとまず安心する。
　だけど春乃さん、『不便』って言ったよね？
　ホッとしたのは一瞬で、心配しながらついていくと、制服姿の黒瀬くんが見えた。

　まだいる……。
　黒瀬くんの存在にむっとしながら視線を隣へ移すと、昌幸さんがいた。
「お、空野」
「昌幸さん。貼り紙かっこよかったです。ゆきちゃんのピンチに駆けつけるヒーローですね」
「照れるじゃねぇか。１杯いこうか」
「おれ、まだ未成年です」
　昌幸さんもフレンドリーに話しかけてくれる。
　久しぶりに話せてうれしく思った。
　でも、肝心のゆきちゃんがいない。
「あの、ゆきちゃんは……」
「ごめんね、お待たせ……え？」
「えっ!?」
　ぽかんとするゆきちゃんを見て思わず大きな声を出してしまい、まわりから見られる。
　すぐに「すみません」とぺこっと頭を下げてから、もう一度ゆきちゃんを見た。
　左手が、白い三角巾で吊られている。
　歩き方もなんだかひょこひょことしていて、誰がどう見てもいつもと違った。
　おれと目が合い、驚いたように足を止めて立ち尽くすゆきちゃん。
「白川」
　黒瀬くんが名前を呼びながら支えようと手を伸ばしたけ

ど、それよりも早くゆきちゃんに近づいて、彼女の腰に手を回す。
「おれが支えるから」
　他の男に、ゆきちゃんを触らせたくない。
　敵対心むき出しのまま黒瀬くんを見るけど、表情をいっさい変えない。
　ゆきちゃんの同級生だからおれより２個も年下なはずなのに、見上げるほどの身長差や余裕ある顔にやっぱりむっとする。
　ゆきちゃんはまだ、おれがここにいることに混乱しているようで、目を丸くして瞬きを繰り返している。
　けど、おれの服の裾をぎゅっと握ってくれたから、それによって少し安心した。
「ゆきちゃんに付き添ってくれてありがとう」
「……べつに」
　相変わらず、おれには愛想がない。
　たぶん、ゆきちゃんにだけ愛想あるんだろうな。
　ゆきちゃんを好きになるなんて見る目はあるけど、もうおれのだもんね。
　心の中で、あっかんべーをする。
　年下相手に大人げないかもだけど、正直おれだって焦っている。
「薬を受け取ってから帰りましょう。黒瀬くんも、ずっとついててくれてありがとうね」
「いえ」

春乃さんがニコニコしながら声をかけると、優しげに微笑む黒瀬くん。

むぅ……。

いい顔してる……。

もともとイケメンなんだよ。

そんで、好きな子とその親にだけ優しいっていうのも特別感あるんだよ。

少女マンガのヒーローみたいなんだよな。

「それじゃあ、俺は帰りますね」

「え、送るわよ。ずっと付き添ってもらって、学校でもすぐ対応してくれたみたいで感謝してるの。お礼をさせてほしいわ」

「ここから家が近いんで大丈夫です。それに、当然のことをしただけですし。大ケガにならずに済んでよかったです。お大事にしてください」

春乃さんが引き止めるも、ぺこっと頭を下げて丁重(ていちょう)に断る黒瀬くん。

なんだよ、それ。

すると、黒瀬くんはゆきちゃんに向き直ってポケットからスマホを取り出す。

「白川のスマホ、拾ってたのに返すの遅くなった。ごめん」

「あ、ありがとう。倒れたときも付き添ってくれて、先生も呼んでくれて、いろいろ……」

「ううん。お大事に。また学校でな」

おれが見ているのも気にせず、ゆきちゃんの頭をポンポンとする。

　それからまた春乃さんに引き止められるけど、さっきと同じで丁重に断って帰っていった。

　なんだよ。

　なんなんだよ。

　……どっちが彼氏か、わかんないじゃん。

　黒瀬くんのほうがかっこよくて、ゆきちゃんのピンチにずっとそばにいて、ヒーローみたいじゃん……。

　悔しい。

　悔しいなぁ。

　それからゆきちゃんとは、春乃さんと昌幸さんがいることもあり、多くは会話せず一緒の車に乗って帰る。

　車の中で詳しく状況は聞けた。

　帰ろうとして歩いていると、サッカーボールが飛んできて頭に当たった。

　もともと睡眠不足など疲れが溜まっていたこともあり、気を失ったこと。

　倒れるときに手をついたため、筋(すじ)を痛めたこと。

　倒れ方も足を変にひねって、軽い捻挫をしたこと。

　他にも、擦(す)り傷とかできてしまっている。

「重傷じゃん」

「見た目だけですよ。全部軽いケガで、コンクリートで頭を打ったわけでもないですし」

「それはそうだけど……」

「わたしは、颯くんが来てくれたことにびっくりです」

「時間ができてカフェに行ったら、閉まってて貼り紙あったから」

それを知らないゆきちゃんは驚いていたけど、おれは気が気じゃない。

心臓が壊れるかと思った。

不安で押しつぶされそうだったよ。

「スマホを確認したら、着信すごかったです」

「心配だったから」

「ふふっ、空野くんは過保護のお兄さんみたいね」

「旦那(だんな)さんでお願いします。お義母さん……！」

「きゃあ、空野くんが息子なんて最高！　大歓迎よ！」

いつもの雰囲気に戻り、話しながら白川家へ帰る。

おれも一緒に家に入れてもらえた。

白川家でご飯もいただいてしまう。

すごく温かく迎えてくれてうれしい。

幸せな気持ちになれる。

テレビをつけるとおれが映っていて、ちょっと恥ずかしかった。

「じゃあ、ママとパパはお店のほう行くわね。空野くんはゆっくりしてってね」

「『ママとパパ』って……」

ゆきちゃんは苦笑いしている。

春乃さんが自分のことをそう呼ぶのは、たしかに聞いたことないから。

明るくておもしろくて、あったかい人だ。

だから、ゆきちゃんみたいにかわいくて素直な子が育ったんだなぁ。

「はい。ありがとうございます」

こんなに楽しいご飯の時間は、久しぶりでうれしい。

いつも家でひとりや、仕事仲間とだから、こんなアットホームな食事は心が安らぐ。

ゆきちゃんと知り合ってから、こんな気持ちをたくさん知ることができた。

リビングで、ゆきちゃんとふたりきり。

突然の待ちに待ったふたりきりの空間と時間に、ドキドキしてくる。

「颯くん、わたしの部屋……行きますか？」

「うっ……」

「颯くん!?」

「だ、大丈夫。ゆきちゃんのかわいさに撃(う)たれただけ」

おれの言葉にオロオロしているけど、今のはやばすぎだよね？

上目づかいであのセリフ。

破壊力抜群(はかいりょくばつぐん)だった。

ゆきちゃんがかわいすぎて、おれの心臓は大暴れ。

ほんと、こんなのゆきちゃんだけだ。

「ゆきちゃんの部屋、行こっか」

「はい……ひゃあっ！　お、重いので下ろしてください……」

「重くないよ。シンデレラ」

　ゆきちゃんの両脇と膝の裏に腕を通して持ち上げ、お姫様抱っこをする。

　足も軽いとはいえ捻挫もしてるし、腕も不自由だ。

　そんなゆきちゃんに負担をかけたくない。

「痛くない？」

「大丈夫、ですけど……」

「ならよかった」

　言ってすぐに、ゆきちゃんの唇に「ちゅっ」と音を立ててキスを落とす。

　久しぶりの温もりに胸がいっぱいになる。

　やばい。

　もっとしたい。

　けど、まずはゆきちゃんの部屋に行かなきゃ。

　いや、部屋に行ったほうが止まらないかも。

　話をしたいこと、しなきゃいけないこと、たくさんあるのに。

　ゆきちゃんを前にすると、好きがあふれてそれどころじゃなくなる。

　お姫様抱っこをしたまま、２階のゆきちゃんの部屋まで行く。

　中に入って、あぐらをかいて座った。

　そして、その上にゆきちゃんを座らせる。

「颯くん……恥ずかしいです」

「恥ずかしがってるゆきちゃん、すごくかわいい」

「もうっ……！」
「ゆきちゃんにくっついてたいの。だめ？」
「だめ……じゃないです……」
「好きっ!!」
「ちょっ……んっ」
　ゆきちゃんのかわいさに我慢できなかった。
　久しぶりにこんな間近で顔を見て、声を聞いて、ゆきちゃんの部屋でふたりきりなんて、我慢しろって言われても無理に決まっている。
　本当に、かわいいんだもん。
　天使みたいにかわいいんだもん。
　ゆきちゃんのかわいいピンク色の艶（つや）っぽい唇を、食べるように自分の唇を重ねた。
　柔らかくて甘くて、やみつきになる。
　角度を変えながら何度も重ねる唇の隙間から、時折ゆきちゃんの甘い声が漏れて、それが余計におれの理性を壊していく。
　この感触も甘さも声も、全部おれしか知らない。
　そのことがこんなにうれしい。
「颯く……ん、ふっ……」
　ほら、それ逆効果だから。
　今おれの名前を呼ぶなんてさ。
　薄く開いた唇の隙間から舌を滑（すべ）り込ませると、ゆきちゃんの肩がびくっと上がる。
　けど、それも受け入れてくれて深く絡み合う。

ふたりの吐息（といき）と服の擦（こす）れる音と時計の針の音だけが、響く部屋。

あ、もうやばい。

そう思って、ゆっくりと唇を離す。

ゆきちゃんはとろんとした潤んだ瞳でおれを上目づかいで見ていて、また心臓が射抜（いぬ）かれる。

こんなかわいい表情、女優さんでもできないよ！

「かわいすぎて我慢できなかった」

ゆきちゃんを、ぎゅっと包み込むように抱きしめる。

今、おれの腕の中にいることが夢みたい。

「ん……」

短く返事をしたゆきちゃんは、照れたようにおれの服を握って顔を隠す。

そんなひとつひとつの行動すべてがかわいくて、おれのツボに入る。

ゆきちゃんのかわいさにきゅんとしたから、痛くない程度に抱きしめる力を強めた。

「ゆきちゃん、あのね、今までおれ、ゆきちゃんのことを考えられてなかったよね」

「え？」

ゆきちゃんは驚いた声を出して顔を上げたけど、顔を見られたくなくて頭ごと抱きしめる。

「ゆきちゃんと毎日連絡を取り合えるの、たまたまだと思ってた。でも、ゆきちゃんが無理しておれに合わせてくれてたんだよね」

「……それ、黒瀬くんが言ってたんですか？」
「え？」
「スマホ……たくさん着信があったけど、最後だけ通話されてたから……話したのかなって……」
　そんなところまで見てたんだ。
　名探偵(めいたんてい)みたいだ。
「うん。ゆきちゃんの顔色が最近よくなかったって聞いた。おれは気づけないのに、黒瀬くんは気づいてた」
「黒瀬くんは学校で会うからで仕方ないです。それに、わたしが颯くんと話したくて勝手にしてたことなので」
　ゆきちゃんの気持ちはうれしい。
　おれと話したいからって無理しちゃう、その気持ち。
　すごくすごくうれしい。
　でもね……。
「うれしいんだけど、ゆきちゃんの体調をいちばんに考えてほしい」
「……」
「今回の件、心臓が止まるかと思った。心配でおかしくなりそうだった。もうこんなの、二度と嫌だ」
　大げさかもしれないけど、それくらいの大事件だった。
　大切なゆきちゃん。
　失うなんて絶対に嫌だ。
「おれがアイドルだから、たくさんしんどい思い、苦しい思い、我慢もさせているかもしれない。本当は、黒瀬くんといるほうが幸せになれるのかもしれない」

「そんなことっ……」
「でもおれは、それでもゆきちゃんと一緒にいたい。おれのせいで辛い思いをさせるかもしれないのに、ゆきちゃんを手放したくないんだ」
　ゆきちゃんが苦しんでいたとしても離れたくないなんて、わがまま+すぎるけど。
　それでも、離れたくない。
　誰にも渡せない。
　ゆきちゃんのことは絶対に譲れない。
「……今、怒ろうとしたけど止めてよかったです」
「おれ、ゆきちゃんになら怒られてもいいよ」
「もうっ！」
　冗談だけど。いや、半分は本気だけど。
「ゆきちゃんにだけ無理させてごめん。片方が無理してがんばるんじゃなくて、ふたりで支え合いながら一緒にがんばっていけるような関係になりたい」
「でも、颯くんは忙しくて今でも十分無理してます」
「仕事は別。それを言い訳にして、ゆきちゃんが気づかってくれることに甘えてた。もらうだけじゃなくて、おれがゆきちゃんを幸せにしたい」
　おれしか与えられないような幸せを、ゆきちゃんへあげたい。
　おれも、がんばる。
　ゆきちゃんと一緒にいられるために。
　どれも、手を抜いたり気を抜いたりしない。

　欲しいもの全部おれのものにして、上にいくって決めたから。

「だから、ゆきちゃんも隠さないで。体調も、今日何があったとか些細（ささい）なことも。会えない分は、ちゃんと言葉にして伝えていこう。おれも伝えるからさ」

　そこで少し腕を緩めて、ゆきちゃんの顔を見る。

　瞳いっぱいに涙を溜めながらこくこくと頷いているから、今にもこぼれそう。

　そんなゆきちゃんが愛しくて、瞼（まぶた）にキスを落とす。

「わがまま言ってよ。彼女なんだからさ」

　俺の言葉に微笑んだゆきちゃんの瞳から、ついに涙があふれてこぼれ落ちる。

　まるで、今まで溜まっていたものが全部こぼれるように。

　あぁ、おれはゆきちゃんにこんなに我慢させてたんだなって胸が痛くなる。

「っと、あ……った……ずっと、会いた……かった」

「うん」

「颯くんに、会いたくて仕方なかった……」

「うん」

　嗚咽（おえつ）まじりに本音をこぼしてくれる、ゆきちゃん。

　寂しい思いをさせてたんだな。

　ひとりで、かかえ込ませてしまっていたんだな。

　自分の至らなさを痛感しながら、ゆきちゃんの頭を優しく撫でる。

「寂しかった……テレビでも、雑誌でも我慢できないくらい……うー……」

「うん」

おれに会いたかった気持ちを、こんなにもあふれさせてくれるゆきちゃんに、どうして今まで気づいてあげられなかったんだろう。

ゆきちゃんの本心を知り、切なさと申し訳なさとうれしさと愛しさがこみあげてくる。

「颯くんが大好きで、好きだから……好きすぎて……どうしたらいい？」

上目づかいで、困ったようにおれを見るゆきちゃん。

あーもう、ずるいって！

反則だ。

それは反則級にかわいすぎる!!

「雪乃のこと、好きすぎるわ」

「っ」

「もう絶対に不安にさせない、なんて正直まだ言えないけど、不安にさせないくらいたくさん伝える」

「ん」

「じゃあ、今度デートしよっか」

「……へ？」

ワンテンポ遅れて間の抜けた声を上げるゆきちゃん。

すごく驚いているみたいだ。

おれは、正直ずっと考えてたけど。

「スケジュールを調整してもらって、１日オフを作ったんだ。だからデートしよ？」

　それで、忙しかったのもある。

　秘密にして、サプライズで驚かせようとした。

　でも、そのせいでゆきちゃんが無理したり不安になったりしてたんじゃ意味がなかった。

　けど、それを意味のあるものにするためにも、デートではめちゃくちゃ尽くすよ？

　絶対に楽しませるし、笑顔にさせる。

　最高な１日にするから。

「はい！　します！」

「やった！　とりあえず、ゆきちゃんが万全(ばんぜん)の状態になってからね」

　無理はさせられないし。

　気兼(きが)ねなく全力で楽しめるデートにしたいから。

　ゆきちゃんは小さく頷く。

「すみません、ケガして……」

「代われるなら代わってあげたい」

「それはだめですよ。颯くんの体は、みんなを笑顔にしてあげる大切なものなんですから」

「ゆきちゃんも、おれを笑顔にするための大切な体だよ。だから早く治してね」

「はい！　楽しみなので、すぐに治します！」

「雪乃」

　かわいすぎて名前を呼ぶと、笑顔でおれを見てくる。

　もう、かわいくて仕方がない。

　知れば知るほど好きになる。

想いはつのっていくばかりだ。
本当に出会えてよかった。
おれのこと、好きになってもらえてよかった。
「雪乃、好きだよ」
「わたしも、颯くんが大好きです」
『好き』を言い合って、照れたように笑い合う。
この関係は秘密で堂々とはできないけど、いつも幸せはあふれるほどにある。
おれらはおれらのペースで、これからも進んでいく。
この恋を大切に守っていく。
「じゃあ、さっそくですけど、やっぱり颯くんはアイドルなので、気づかれないような意識を持って行動しなくちゃいけないですよね。そのためには……」
突然、話し出すゆきちゃん。
ここまで悩んでくれていたんだ。
会えない間もおれのために、おれのことを想ってたくさん調べて考えてくれていた。
その事実が、うれしすぎるんだよ。
真剣な表情で話しているゆきちゃんが、愛しすぎて目が離せない。
やっぱり、おれの彼女は世界一かわいい。

「……聞いてますか!?」
「聞いてるよ、ゆきちゃんの声は聞き逃さないから」
「っ！　ならいいですけど、守ってくださいね」

　ゆきちゃんなりのおれとの付き合い方、まわりへ気づかれない工夫など意見を言ってくれている。
　おれと一緒にいるための方法。
　ゆきちゃんがたくさんの時間をかけて、前向きに真剣に考えてくれていたことがうれしい。
「颯くん？」
「あーうん、キスはいっぱいするから心配しなくても」
「そんな話してないです！」
　顔を真っ赤にさせて拗ねる表情も、とびきりかわいい。
　思わず笑顔になってしまう。
　やっぱりおれは、ゆきちゃんといるときがいちばん、幸せでいっぱいになるんだ。

もっと一緒にいたいから

うん、いい感じだ。
手をグーパーさせて、違和感がないことを確認する。
ケガをしてから２週間。
筋を痛めた程度だったということもあり、早く完治した。
擦り傷も、痕はもうほとんどわからない。
颯くんとのデートは、今週末に迫っている。
うれしいことがたくさん。
楽しみもたくさん。
颯くんはあれ以来、すごくわたしのことを気にかけてくれている。
そして、少しでも時間ができれば会いに来てくれるんだ。
わたしの部屋で、颯くんとふたりきりで過ごすという時間もよくある。
家なら、まわりの目を気にしなくていいから。
「雪乃、機嫌いいね」
「うん。ほら見て、花音ちゃん。もう、まったく痛みも違和感もないの」
近くのイスを引いて座った花音ちゃんに、手を見せる。
花音ちゃんは優しい笑顔で、「よかったね」と言ってくれた。
「最近、幸せそうだね」
「え？」

「いつもそんなオーラ出てるよ」

オ、オーラですか……。

わたしには、どんなオーラが出ているのかわからないけれど。

「毎日楽しい！」

楽しいのは、たしかだ。

それは颯くんのこともあるけど、もちろん花音ちゃんと一緒にいることも、カフェのお手伝いをすることも、すべて含まれる。

どれかひとつでもいい感じだと、相乗効果で他のこともいい感じになる。

きっとそのいちばんのきっかけとなっているのは、颯くんなんだけどね。

「そんな雪乃と一緒に行きたいとこがあって」

「行きたいとこ？」

「ジャン！」

花音ちゃんが自分で効果音をつけながら、スマホの画面を見せてくれる。

メールみたいだけど、写真もなく文字ばかり。

伝えたいことがわからず不思議に思い首をかしげるけど、花音ちゃんはニヤける顔を抑えられない様子。

「復活当選したの！　aozoraのライブ！　12月だよ！」

「えぇ!?」

「一緒に行こう！」

「行く〜!!」

まさかの、aozoraのライブへのお誘い。
初めて生で、颯くんのパフォーマンスを見ることができるんだ。
うれしい！
「じゃあ、そういうことだから、予定空けといてね！」
「うん！　花音ちゃんありがとう!!」
いいことって続くね。
楽しみが、また増えたよ。
その前に、まずは今週末のデート。
服装、髪型……決めなきゃいけないことはたくさんだ。

授業中も、颯くんのことで頭がいっぱい。
楽しみだなぁ。
ここまでわくわくするものって、なかなかないよね。
早く当日が来てほしいとも思うし、でも、当日を待つまでの準備も楽しい。
ちゃんとデートとして、ふたりで会うのは初めてだもん。
気合いが入る。
「白川、ちょっといい？」
「え？　うん、いいよ」
休み時間に突然、黒瀬くんに声をかけられる。
すぐに返事をして席を立ち、後ろについていくといつかの中庭。
ここに来るだけで、なんの話かは見当がついた。
「あのアイドルのことだけど……」

「うん」

　やっぱり、颯くんのことみたいだ。

　何を言われるんだろう。

　話の内容までは予想がつかなくて、無意識に緊張して体がこわばる。

「ごめん。俺、あいつに白川は幸せにできないと思って、いろいろ言った」

「そうなの？」

「聞いてないのか？」

「うん」

　颯くんは、とくにそんなことは言っていなかった。

　電話で話していたのは知っているけど、内容までは詳しく知らない。

　なんとなく深くは聞けなかったし、そのときは他にも話さなきゃいけないことがあったから。

「……ほんと余裕でむかつくな」

「ん？」

　黒瀬くんが怒ったように舌打ちをしたかと思えば、顔には笑みを浮かべていてるから、不思議に思い首をかしげた。

　どうしたのかな？

　行動と表情がチグハグだけど、雰囲気は柔らかい。

「あいつは、白川を苦しめるだけだと思っていた。チャラチャラしてるから、白川は遊ばれているんじゃないかって」

「……」

　語り出す黒瀬くんは、わたしの心配をしてくれているように感じた。

たしかに颯くんはアイドルだから、ファンでもなければ、ただチャラチャラしたような人に見えるのかもしれない。

いつも笑顔で、明るくふるまっているから。

でも、その裏にはたくさんの挫折と涙と努力が隠されている。

それらの上に立ち、アイドルはみんなの前で笑っているんだ。

「適当なやつだと思った。だから幸せにできない。絶対に傷つけるって思ってた」

「うん」

「でも違った。あいつは自分の立場とか考えずに、白川のことだけを考えていた。あんなに必死になってさ」

もしかしたら、電話でのやりとりのことを言っているのかもしれない。

わたしが知らない颯くんと黒瀬くんのふたりの関わりは、そこしかないから。

「アイドルのくせに、たくさんの人から求められてキャーキャー騒がれている人気者のくせに。たったひとりの女に必死になってた」

「……」

「本気なんだなって感じたよ。あそこまで必死になれるやつが、白川のこと幸せにできないわけがないって」

「黒瀬くん……」

「愛されてるな」

わたしは、わたしの前での颯くんしか知らない。

一緒にいるときも、たくさん愛されているって感じる。

そして、たくさんの幸せをくれる。

だけど、颯くんはわたしがいないときでも、わたしのことを想ってくれているんだ。

黒瀬くんに伝わるほど、わたしのことを本気で好きでいてくれているんだ。

それを知ることができて、涙があふれそうになる。

そばにいなくても、心はずっと繋がっていたんだね。

「白川も、幸せそうだから今は見守っておくよ」

「ありがとう……」

涙がこぼれる前に指で拭い、黒瀬くんにお礼を伝える。

わたしと颯くんの関係に気づいても、黙っていてくれている。

それどころか、こんなに優しい言葉までくれるんだ。

黒瀬くんには、感謝してもしきれないね。

「でも、あいつが、もし白川のことを悲しませるようなことがあったら、遠慮しない。すぐにでも奪いに行くから」

「え？」

「けど今は、好きな人の幸せを願うだけにとどめておくよ」

「……えぇ!?」

黒瀬くんの言葉に、ワンテンポ遅れて反応する。

驚いて顔を見れば、いたずらに笑っていた。

今、『好きな人』って……えぇ!?

「俺が諦めるしかないくらい、白川は幸せになってよ」

「っ……うん！」
「これからまだまだ大変なこともあるだろうけど、応援してる」
　颯くんはアイドルで、わたしは一般人。
　誰にも応援されない恋だと思っていた。
　初めは報われてはいけない、叶ってはいけないって思っていた。
　堂々とは付き合えない。
　秘密にしなければいけない関係。
　それでもよかった。
　覚悟は決めていた。
　だけど、こうして応援してくれる人がいる。
　そのことが、こんなにうれしいなんて……。
　大切にしたい。
　この恋を。
　この奇跡を。
　颯くんとふたりで、大切にしていく。
「黒瀬くん、ありがとう！」
　お礼を伝えると、黒瀬くんは優しく微笑んでくれた。
　だけど、すぐにいつものクールな表情に戻る。
「あいつが白川を悲しませない限りは応援しとく。白川からも、あいつにそう言っといて」
「うん。ありがと……？」
　急に何を言い出すのかと思えば、ちょっと意味はわからなかったけど、黒瀬くんが満足げだったから深くは追及(ついきゅう)しなかった。

　そんなこんなで、あっという間に颯くんとの初デート当日を迎えた。
　気合いを入れて、髪も美容院に行って整えてもらったし、メイクもそれとなく花音ちゃんに伝授してもらった。
　服もいつもより少し背伸びして、憧れていたブランドの服を初めて買ってみた。
　気合い入れすぎかな？と思ったけど、初デートだもん。
　しかも、相手は颯くんだもん。
　気合い入れちゃうよね。
　ソワソワしながら家で待っていると、メッセージが届いた。
　到着したみたいだ。
　お父さんとお母さんに声をかけて、玄関の鏡で全身を最終チェックしてから家を出た。
　目の前には、黒いピカピカの車。
　車には詳しくないけど、きっと高級車なんだろうなって思う。
「ゆきちゃん、おはよう」
「おはようございます」
「さぁ、どうぞ」
　運転席から降りてきた颯くんが、助手席のドアを開けてエスコートしてくれる。
　服装も、いつもと少し違って大人っぽい雰囲気。

かっこよすぎて、心臓が大きく動いた。

促されるまま、おそるおそる助手席に座る。

ふかふかだ。

わたしが座ったのを確認してから、そっとドアを閉めて運転席に回る。

すべての行動がスマートで、いちいちドキッと心が反応してしまう。

初めからこれじゃ、心臓もたないよ……。

「シートベルト、つけさせてね」

乗り心地に感動して、シートベルトをつけるのを忘れているわたしに気づいた颯くんが、わたしの前を通過して、助手席側のドアに向かって手を伸ばす。

急に体が近づき、颯くんの優しい甘い香(かお)りが鼻をかすめて緊張で固まる。

一瞬、至近距離で目が合い、すぐにカチッと音が聞こえると離れていく。

……ドキドキしたぁ。

緊張して無意識に息を止めていた。

もう、さっそく心臓がおかしい。

「それでは、出発します」

「お、お願いします」

ドキドキしながら、初デートがスタートした。

やっぱり人通りを避けたいこともあって、今日は颯くんの運転で移動する。

車は、今年の誕生日にご両親が買ってくれたらしい。

さすが芸能一家。

誕生日プレゼントのレベルが違う。

「ゆきちゃん、髪切ったね。かわいい」

さり気なく言ってくれるところに、きゅんとした。

気づいてくれていたんだ。

やばい、だめだ。

いつもかっこいいのに、今日はそのいつも以上に颯くんがかっこよく見える。

「あ、ありがとうございます」

胸の高鳴りを抑えながら、お礼を言う。

「颯くんも髪色が変わってる。戻したんですね。やっぱり似合ってます」

「ドラマの撮影が終わったからね。ゆきちゃんは、こっちのほうが好き？」

「んー、どっちも素敵だから選べない……。颯くんが素敵だから、うーん……」

真剣に悩んでしまう。

黒髪も大人っぽい雰囲気で艶があってよかったけど、ミルクティーベージュも、明るくて元気な颯くんによく似合っている。

どんな颯くんでも、かっこいいんだもん。

「颯くんなら、どんな髪色でも好きです」

結局はそこに落ちついちゃうな。

だって、なんでも似合うんだもん。

「ふっ、ありがとう」

もうすでに楽しいな。

緊張していたけど、やっぱり颯くんといると落ちつく。

キャップとメガネで変装しているけど、それもかっこよくまとまっている。

他愛ない話をしながら、コンビニで飲み物を買ったり、サービスエリアで休憩を入れたりしながら目的の場所へ行く。

だんだんと、あたりに緑が増えてきた。

「もうすぐだよ」

車に揺られること２時間近く。

颯くんと話していると、長いはずの移動の２時間はあっという間に過ぎてしまった。

駐車場に車を停めて到着。

「ついたー！」

「運転、お疲れ様です」

運転も上手で安心感があった。

車から降りて入場口へ行き、事前に購入していたチケットを出して館内に入る。

「何から見よう？」

「イルカショーまでは、まだ時間ありますね」

今日は、少し田舎の水族館に来た。

水族館なら暗い場所もあるし、田舎なら颯くんがいるなんて思わない。

都会に比べて人も少ない。

見つからずに外でデートできる場所を、ふたりで探したんだ。

パンフレットを見ながら歩く。

「危ないよ」

「あ、すみません……」

夢中でパンフレットを見ていたせいで、前にいた人にぶつかりそうになった。

田舎とはいえ、休みの日だからそれなりに人はいる。

危なかった。

颯くんが手首を引っ張って声をかけてくれたおかげで、ぶつからずに済んだ。

その手が下がってきて、わたしの手を握る。

「えっ……」

「デート、だからね？」

少しかがんでわたしの顔を覗き込みながら微笑む表情が、あまりにもきれいで、だけど、いたずらっ子みたいで、カァッと顔が熱くなった。

外で、こうして手を繋ぐなんて照れてしまう。

指を絡められて余計に熱くなるけど、うれしい気持ちも膨らむ。

デートって特別だ……。

「……はい」

返事をしてから繋がれた手に力を込めた。

そのまま館内を歩く。

薄暗い館内で魚に見られながら手を繋いで歩くなんて、

変な感じ。

やっぱり恥ずかしい。

でも、うれしい。

でも、恥ずかしい。

恥ずかしい気持ちとうれしい気持ちが交互に訪れ、ドキドキしっぱなし。

少しでもその気持ちを誤魔化そうと、あたりを見回した。

「わ、ここの水槽きれい。見てください」

「ほんとだ」

わたしの声に反応して、同じ水槽に顔を近づける。

夢中できれいな色の魚を見つめる。

「すごいですね！」

言いながら颯くんのほうを見たとき、颯くんもわたしのほうを見ていて至近距離で目が合う。

不意打ちの距離に、驚いて固まってしまった。

だけど、颯くんはニコッと笑って「ほんとすごいね」とだけ言って顔を逸らした。

颯くんは、すごくいつもどおりだ。

わたしだけ、変に意識してしまっている。

「チンアナゴだって。おれ、けっこう好きなんだ」

今度は颯くんがわたしの手を引っ張り、チンアナゴの水槽を指さす。

わたしはそれについていき、チンアナゴを見る。

「けっこうかわいいです」

「でしょ？　たくさんだと思わず引いちゃうけど、１匹ずつ見たらちゃんとかわいいの」
「たしかに、多いとあれですね……」
ぞわっとしちゃう感じ。
だけど、なんだか愛らしい。
「クラゲもきれいですね。神秘的な感じですよ」
「このクラゲ、強そう」
「いろんな種類がいるんですね」
水槽の前にある看板やパネルの紹介文を読む。
見るだけで楽しいって、すごいな。
まだまだ知らないことやものが、たくさんあるんだ。
「そろそろ、イルカショーが始まるよ」
「行きたいです！」
待ちに待ったイルカショーの会場まで歩く。
その間もずっと手を繋いでいてくれて、やっぱり照れてしまうけどうれしい気持ちも強い。
端っこの前のほうがガラッとすいていたので、人の少ないそこに座る。
「楽しみですね」
肩が触れ合うくらいの距離でドキドキする。
けど、やっぱり颯くんはいつもどおり。
本当はわたしも、颯くんを同じくらいドキドキさせたいんだけどな……。

イルカショーが始まると、ふたりして声を上げながら楽しんだ。

ひとつひとつの技に拍手を送り歓声を上げ、ずっとわくわくしていた。

イルカのあとにはアシカも登場して、当然のように夢中にさせられる。

「動物には敵わないんだよなぁ。この魅せられる感じ、さすがだよね。おれもこんなふうに……」

イルカと自分を比べているのかな？

真剣な顔をして、イルカがジャンプして退場するのを見ている。

それがおもしろくて、思わず小さく吹き出した。

「ゆきちゃん？」

「真剣な顔でイルカショーを見ているからおもしろくて、つい」

「あ、ごめんね。今プライベートなのに……こういうところに来ると、つい演出とか参考になるものを探しながら見ちゃうんだ……」

「お仕事熱心で素敵です」

颯くんは焦っているみたいだけど、わたしは気にしていない。

むしろ、こういう表情を見られることが貴重だから。

お仕事モードの颯くんを、見られるのもうれしい。

どんな颯くんも見ていたい。

もっと、わたしの知らない颯くんを見たいんだ。

「ありがとう。けど、今日はデートだから」

そのとき、ちょうどイルカショーが終わった。

颯くんは微笑むと、わたしの手を取って立ち上がる。
指も、しっかりと絡めて繋がれる。
「行こう。ランチしよっか」
「はい！」
颯くんの声に大きく頷いた。

館内のレストランでランチをする。
海が見える席で開放感があって、すごく素敵。
「おいしいです」
「それ、食べてみたい」
「いいですよ。はい。どうぞ」
「そうじゃなくてさ……」
隣に座る颯くんが、不満げな表情でわたしの顔を覗き込んでくる。
お皿を颯くんのほうに出したけど、『そうじゃない』ということは……。
「あーんして」
笑顔でおねだりする颯くん。
まだ返事をしていないのに、颯くんは口を開けて待っている。
雛鳥（ひなどり）みたいな颯くんがすごくかわいいけど、それは恥ずかしすぎるよ……。
だけど、わたしの中で恥ずかしいと思う気持ちより颯くんのかわいさが勝った。
ドキドキしながらスプーンに一口サイズを乗せて、落とさないように颯くんの口へ運ぶ。
「……ん、おいし」
「ひゃー……！」
「なんで、ゆきちゃんが照れるの」
「だ、だって……照れますよ……」
「はい、おれのもどうぞ」
「え、いや、あの、わたしは自分で……」
「ゆきちゃん、あーん」
　今度は颯くんが、わたしに食べさせようとしてくる。
　一度照れてしまうと、恥ずかしさがどんどん増していき、顔が熱い。
　颯くんに見つめられてドキドキが加速するけど、意を決(けっ)して口を開けてパクンと食べる。
　味なんてわからない。
　今、きっと真っ赤だ。
　もぐもぐしながら颯くんを見ると、なぜか颯くんも真っ赤で……。
「……やばい。食べちゃいたい」
「食べますか？」
　颯くんからもらったものを飲み込んで、水を一口飲んでから尋ねる。
　そんなにおいしかったのかな。
　わたしは照れてそれどころではなく、味なんてよくわからなかったけど。
「いいの？」

「はい。いいですよ」

　真剣な顔で聞かれるから、不思議に思いつつ、もう一度スプーンに一口サイズを乗せようとしたとき。

　颯くんの顔が近づいてきて、わたしの唇を食べるように重ねてきた。

　びっくりして目を見開く。

　触れる唇。

　いや、噛まれた？

　食べられた？

　混乱しているうちに、颯くんの温もりが離れる。

「……ごちそうさま」

「っ！」

「かわい」

「颯くん!!」

　名前を呼ぶと、悪びれた様子もない。

　それどころか、楽しそうに笑っている。

　完全に油断してたよ。

　こんな場所で……不意打ちだった。

「おれ、ちゃんと聞いたじゃん」

「だ、だってまさか……」

「おれが食べたいのは、いつだってゆきちゃんだよ」

　そんなことを、真顔で言わないでください……。

　冗談だと思うけど、冗談に聞こえない。

「からかわないでください……」

「からかってないよ」

それを、からかってるって言うのに……。

付き合ってからも変わりなく、颯くんはわたしをからかって反応を楽しんでいるみたいだ。

「誰に見られてるか……」

「うん、もうしない。続きはふたりきりのときにたっぷりしよ」

しかも、こんなところで、キラキラなアイドルスマイルを向けてくる。

あぁ、もう！

颯くんの笑顔には勝てない。

怒れないよ。

誤魔化すように、わたしは残りを一気に食べた。

そのあとは、まだ見ていない水槽のところに行ってから、最後にお土産(みやげ)を見る。

「かわいい」

ペンギンのぬいぐるみを見つけて手に取った。

肌触りもすごくいい。

ふわふわで気持ちいいな。

思わず撫で回しちゃう。

「癒やし感が、ゆきちゃんみたいだね。買おうかな」

「ぬいぐるみとか持ってるんですか？」

「あんまり持ってないけど、これかわいいじゃん。ゆきちゃんと思って一緒に寝ようかな」

「じゃあ、わたしも、この子を颯くんと思ってこれからぎゅーってして寝ますね」
「え、ずるい！　ペンギンずるい!!」
　颯くんが頬を膨らませる。
　かわいいなぁ。
　颯くんって、なんだか子犬みたいだよね。
　ぬいぐるみに負けてないよ。
「だって会えないと寂しくなるから、そんなときはこの子を颯くんって思いますね」
「ん〜、うれしい！　うれしいけど複雑……」
「買ってきますね」
「待って、おれに買わせて。せめて、おれからのプレゼントって形にしたい」
「でも……」
「ね？」
「わかりました。じゃあ、わたしはこれ買います。これをわたしだと思ってくださいね」
　隣にあった、【スノーホワイト】と書かれた真っ白のペンギンを持つ。
　わたしだって、颯くんに家でも思い出してもらいたいから。
　なんてわがままかな？
「……もう、かわいすぎだって」
「買ってきますね！」
　ペンギンのぬいぐるみと、家族と花音ちゃんのお土産にお菓子を持って、お会計をする。

　颯くんもお会計を済ませて、一緒に水族館から出た。
　これで、今日の予定はおしまい。
　もう車に乗って帰る時間だ。
　早いなぁ。
　寂しいなぁ。

　車での移動時間は長いけど、確実にデートは終わりに近づいているから寂しさが増す。
「夕日、きれい……」
「きれいな景色を見ながら運転するの、好きなんだよね」
「颯くん、すごく安全運転で乗ってて心地いいです」
「ゆきちゃんを乗せてるからね」
「いや、これはいつも丁寧な運転してる人のハンドルさばきです」
「出た、名探偵・雪乃」
　他愛ない話をしながら進んでいく車。
　楽しいな。
　ドライブっていいな。
　ずっと隣にいられる。
　ふたりだけの空間になる。
　颯くんの隣を独占できる。
　幸せだなぁ……。
「aozoraの曲、聴きたいです」
「えー、恥ずかしいよ」
「お願いします。ねっ？」

　わたしの言葉にうなりながらも、赤信号になって車が止まったときにスマホを操作してかけてくれた。
「やった。ありがとうございます」
「ゆきちゃんの頼みだから……」
「これ、デビュー曲ですね！　わたしデビュー曲、好きです。何度も聴いてます」
　颯くんの運転する車の中で、颯くんが歌う曲を聴く。
　なんて贅沢な時間なんだろう。
「聴いてくれてるの？」
「はい！　ＣＤもライブＤＶＤも集めました。もうすっかりaozoraのファンです」
　本当に曲がいいんだ。
　歌声も、ダンスもすべてがかっこいい。
　デビュー曲は疾走感（しっそうかん）のある爽やかな曲。
　海成くんとのハモリがきれいで、初めて聴いたときは感動した。
　無意識に口ずさみながら体を揺らしていたみたいで、颯くんのクスッという笑い声でそのことに気づいた。
　信号が青になり、車が再び動き出す。
「そっか。うれしいな。ちなみに……」
「もちろん、ソラ推しですよ！」
「やった！」
　言うまでもなく、aozoraはふたりそろって最高だけどね。
　本当にかっこいいんだ。

一度ハマったら抜け出せない。

初めてこんなに夢中になるものを見つけた。

これからも応援していきたい。

一緒に夢を叶えたい。

そう思うくらいに、熱狂的なファンの仲間入りをしている。

「おれ、アイドルになってよかった」

「ファンとしては、アイドルになってくださってよかったです」

颯くんは、愛されるために生まれてきたような人。

みんなを笑顔にしてくれる存在。

アイドルの颯くんを見ると、本当にそう思うんだ。

普段から明るくて、まわりを笑顔にしてしまう才能がある。

アイドルに、なるべくしてなった人。

流れているデビュー曲に合わせて颯くんが歌ってくれて、やっぱり贅沢な時間だと感じた。

颯くんって、すごくきれいな歌声なんだよね。

ワンフレーズ聴くだけで、ハッとさせられる。

お店やテレビで、いきなり颯くんの歌声が聞こえてくるとすぐに振り向いてしまう。

それくらいインパクトのある、人を魅了（みりょう）する声。

思わず聴き入ってしまうほどに。

生歌を聴いてうっとりしたり、どの曲が好きかという話をしたりしながら、帰りの車も幸せで楽しすぎて、すぐに過ぎてしまう。

遠いはずの距離なのに、あっという間についてしまった。
もう、わたしの家の前。
……寂しい。
もっと一緒にいたい。
だけど、そんなわがまま言えない。
颯くんとこんなに長い時間を一緒に過ごしたのは、初めてだけど、最初から最後まですごく楽しい時間だった。
楽しかったから、これ以上のことは求めちゃいけない。
満足しなきゃいけないくらい、たくさんの幸せをもらったんだもん。
「ありがとうございました！　今日はすっごく楽しかったです」
「うん、おれも楽しかった」
「じゃあ、また……」
『また』は、いつになるんだろう。
次は、いつ会えるんだろう。
まだ、一緒にいたい。
いつかわからない“また”を待つんじゃなくて、まだ一緒に“今”を過ごしたい。
「……ゆきちゃん？」
「……」
なかなか車から降りようとしないわたしに、不思議そうに声をかけてくる颯くん。

降りなきゃ。
そう思うのに、降りたくない。
足りないよ。
颯くんが足りない。
もっと一緒にいたい。
まだ離れたくない。
「……颯くん」
隣にいる颯くんを見つめる。
颯くんも、わたしを見つめている。
すごく優しい表情でなぜだか泣きたくなる。
颯くんの手がゆっくりと伸びてきて、わたしの頬にそっと触れた。
そのまま撫でられる。
「ゆきちゃん、どうしたの？」
わがまま、言ってもいいのかな？
でも、わがまますぎるかな？
颯くんはずっと優しい表情でわたしを見てくれている。
……言いたい。
気持ちだけ伝えよう。
言葉にするって決めたから。
頬に触れられている颯くんの手に自分の手を重ねて、わたしからも頬を寄せる。
「……もう少し、一緒にいたいです」
さすがに「もっと」とは言えなかったけど、がんばった。
伝えることができた。

　反応が怖くて、目を伏せうつむく。
　そんなわたしの顔を無理やり上げさせて、視線を合わせてきた颯くん。
「おれは、もっと一緒にいたい」
「っ……」
「でも、ゆきちゃんが、がんばってわがまま言ってくれたからすごくうれしい」
　言ってすぐ、ちゅっと音を立てて軽く口づけられた。
　車内に響いた音に、思わず照れる。
　けどそれ以上に、颯くんが同じ気持ちでいてくれたことがうれしくて照れてしまう……。
「もともと、帰す気なかったよ」
　舌をべっと出して、いたずらに笑う颯くん。
　今のわたしの顔、絶対に真っ赤だ。
「春乃さんと昌幸さんに、お泊まりする許可もらいに行こ」
　颯くんには、わたしの気持ちなんてお見通しだったんだ。
　だけど、あえてわたしに言わせたんだ。
　ちょっぴりいじわる。
　でも、わたしがわがままを言いやすいようにしてくれたから、やっぱり優しい。
「はい」
　颯くんと一緒に車を降りて、お店のほうに行く。

　幸い、今はお客様は誰もいなかった。
「ゆきちゃん、おかえり。空野くんも、久しぶりね。相変わらずかっこいいわ」
「春乃さんも、いつもおきれいで」
「まぁ……」
　ぽっと頬を染めるお母さん。
　気持ちはわかるけど、ちょっと嫉妬しちゃう……。
　わたしたちの声に気づいたのか、お父さんも「おかえり」と言いながら厨房から顔を覗かせた。
「お父さん、お母さん。あのね、今日お泊まりしてもいいかな!?」
　わたしの大きな声に、驚いたように目を見開いたお母さん。
　そりゃ、いきなり娘が『お泊まりしてもいいかな』なんて言ってきたら驚くよね。
　それにふたりには、颯くんと付き合っていることをまだ言っていない。
　アイドルとわかったときに、颯くんがアイドルだと説明はしたけどそれだけだ。
　今日も、誰と遊びに行くかは言っていなかった。
　だから、ふたりは今、知ったに違いない。
　颯くんはアイドルだから、家族にも付き合っていることは言わないほうがいいと思って秘密にしていたから。
「それは、えっと……」
「ご挨拶が遅れてすみません。おれ……ぼく、空野颯は、１か月ほど前から雪乃さんと交際させていただいています」

キャップとメガネを外してお母さんの前に立ち、交際宣言をする颯くんに焦って肩を掴んだ。
「颯くん!?　それ、言っていいんですか……？」
「うん、ゆきちゃんの大切な家族だし、春乃さんも昌幸さんも信用できる方だから。でもそれ以上に、ちゃんとゆきちゃんの彼氏として認めてもらいたい」
驚くわたしに、颯くんは笑顔。
優しい笑顔だけど強くまっすぐな瞳をしていて、颯くんの本気が伝わってきた。
……うれしい。
わたしの家族まで大切に思ってくれている颯くんが、すごく愛おしい。
「雪乃さんのこと、絶対に幸せにします。大切にします。なので、春乃さん、昌幸さん。いきなりの報告になってしまいましたが、交際を認めていただけないでしょうか？」
颯くんが、深々(ふかぶか)と頭を下げる。
わたしも同じように頭を下げた。
お父さんとお母さんに頭を下げるなんて、初めてだ。
でも、わたしも大好きなふたりだから、颯くんとのことを認めてもらいたい。
「まぁ。空野くんからそう言ってくれるなんて。もちろん気づいてたわよ。ゆきちゃんわかりやすいもの」
「へ？」
思わず、間抜けな声が出た。
気づかれてたの？

全然そんな感じなかったのに。

気づいてたらもっと聞いてくると思っていたけど、そっとしておいてくれたんだ。

お母さんの気づかいに、心が温かくなる。

「アイドルだから大変だと思うけど、空野くんは素敵な人だから心配してないわよ」

「お母さん……」

「むしろ、ゆきちゃんが彼氏を紹介してくれること、ずっと待ってたからうれしいわ。まさか、アイドルの彼氏を連れてくるとは思わなかったけどね」

手を頬に添えて、優しく笑うお母さん。

わたしもお母さんに、彼氏を紹介できてよかった。

「お父さんは、どう思う？」

お母さんが、ずっと後ろで黙って聞いていたお父さんに声をかける。

お父さんは腕を組み、難しい顔をして何か考えているようだった。

何も言わないお父さんに、ドキドキする。

お父さんは、どう思っているんだろう。

颯くんのこと、わたしたちのこと……。

「……空野は、いいやつだ」

「昌幸さん……」

やっと口を開いたお父さんの声は、低くて重みのある声だった。

颯くんも緊張しているのか、お父さんを呼んだ声が少し震えていた。
「でも、雪乃は大切なひとり娘なんだ。空野はいいやつで、雪乃も空野といるとすごくうれしそうにしている。笑顔も増えた」
お父さんも、わたしのことをよく見てくれていたんだ。
ふたりの優しさに、胸がいっぱいになる。
「だけど、普通の恋愛はできない。空野がアイドルをしている限り、雪乃は苦しむし、泣くことだってたくさんあるだろう」
お父さんの言葉に、お母さんは何度も頷いている。
颯くんも真剣な表情で、お父さんの話を聞いていた。
お父さんの愛を感じながら、続けて口を開いたお父さんをじっと見つめる。
「親としては、雪乃が傷ついて涙するようなことだけは、どうしても嫌なんだ」
お母さんは、いつの間にか涙を流していて、わたしもだんだんと視界が歪んでくる。
「そして、誰よりも簡単に深く雪乃のことを傷つけて苦しめることができるのは空野だ」
お父さんの厳しい言葉。
黙って聞くことしかできない。
「はい」
颯くんはお父さんから目を逸らさずに、まっすぐに見つめながら返事をする。

その声は強く深く、覚悟を決めたような声に聞こえた。

「空野が直接、というわけではなく、空野のまわりの人間に雪乃が苦しめられることだってあるかもしれない」

そんなところまで考えてくれていたことに驚く。

もう、我慢ができず涙があふれた。

「俺はそれを絶対に許さない。雪乃を傷つけるのは誰であろうと許さないから」

「はい。約束します。ぼくが必ず雪乃さんを守ります。ぼくがアイドルだからという理由で、雪乃さんを悲しませることはしません。雪乃さんを、世界でいちばん幸せにします。一生笑顔にします」

颯くんの言葉に涙腺が崩壊(ほうかい)して、涙が止まらない。

ここまで強く、言いきってくれる颯くん。

すでにわたしは、世界でいちばんなんじゃないかなってくらい幸せだよ。

ちらっと颯くんを見ると、颯くんは今もお父さんをまっすぐに見ていて再び口を開いた。

「おれも、ゆきちゃんを傷つけるものは絶対に許さない。ゆきちゃんのことは、どんな人、どんなことからも必ず守る」

気持ちが入りすぎたのか、さっきまで挨拶用に丁寧に話していたのに、いつもどおりになってしまった颯くん。

それに対して、お父さんは吹き出す。

「さすが空野。そうこなくっちゃな」

「大切にします。ここに誓(ちか)います」

「うん。雪乃を頼んだ」
「はい！」
　お父さんの言葉に颯くんは大きく返事をして、再び深く頭を下げた。
　わたしはあふれる涙を拭い、お父さんと颯くんを見た。
　お父さんまで、なんだか泣きそうで瞳が潤んでいる。
　颯くんは頭を下げているから顔は見えなかったけど、肩が小刻みに震えているように見えた。

　いろいろあったけど、交際もお泊まりもなんとか受け入れてもらえた。
　家のほうに行き、必要最低限のものだけを持って、再び車に乗り込んで颯くんの家に向かう。
　うちからそこまで遠くない、大きなマンション。
　ここだったんだ。
　見たことはあるけど、もちろん入ったことはない。
　お父さんとお母さんに認めてもらうこともできたから、なんの気兼ねもなく、これからの時間を楽しめる。
　さっきの颯くんの強い気持ちを聞いて、まだドキドキと鼓動がうるさい。
　それに、颯くんとまだ一緒にいられるなんてすごく幸せだ。
　エレベーターで颯くんの部屋がある階まで行き、ついに颯くんの部屋。
　緊張する……。

「どうぞ」
「お邪魔します……」
　ドアを開けてくれて、中に入る。
　やばい……。
　ドキドキしながら、リビングに案内される。
　すごく広くて、なんだか落ちつかない。
　けど、颯くんらしい白が基調(きちょう)のきれいな部屋。
「そんな緊張しないで、くつろいでいいからね」
「はい……」
「ふっ、かわいすぎ」
　颯くんがわたしに近づいてきてそのまま抱きしめる。
　久しぶりの温もりに安心する。
　今日は、そんなに触れ合えなかったから。
　デートもいいけど、こうしてハグして触れ合うのも好きな時間。
「ご飯、食べよっか。なんか頼む？」
「あ、よかったら、わたし作りましょうか？」
「え？」
「今日は運転してもらいましたし、お礼です。お風呂に入ってゆっくり待っててください」
　颯くんにはバレないよう、お母さんに断って家から食材を少し持ってきた。
　今日のお礼に、何かしたかったから。
「うれしい！」
「へへっ、待っててくださいね。クリームシチューでいいですか？」
「うん！　楽しみ！」
「がんばります！」
　颯くんにハグされて元気も出たし、気合い十分。
　キッチンを借りて料理を始める。
　すごくきれいなキッチン。
　あまり使ってなさそうだけど、ちゃんときれいにしているのが颯くんらしい。
「……お風呂行かないんですか？」
「おれも手伝いたいけど、料理できないから、ゆきちゃんの料理姿を見るの」
「疲れを取ってきてください」
「ゆきちゃんを見てるほうが疲れ取れるって、前に言わなかったっけ？」
　そんなようなこと、言われた気もするけど……。
　颯くんはキラキラした瞳を向けてくる。
　わたしは、この瞳に弱い。
「わかりました。じゃあ煮込(にこ)み時間にお風呂ですよ！」
「ゆきちゃんも一緒にね！」
「へっ!?」
「かーわい」
　また、からかわれた……！
　颯くんがいたずらに笑うから、恥ずかしくなって誤魔化すように材料を出して野菜を洗った。
　颯くんに見られながら、ときに手伝ってもらいながら、クリームシチューを作る。

　颯くんは器用で、やり方を説明するとなんでも上手にこなしていた。

　一緒に料理って楽しい。

　そして煮込み時間になって、颯くんにはお風呂へ行ってもらうけど、すぐに上がってくる。

「シチューはおれが見とくから、ゆきちゃんもお風呂に入ってきたら？」

　そう促されて、お風呂に入る。

　初めての人のお家でお風呂にゆっくり入るのってなんだか緊張しちゃう。

　それに、颯くんの家のお風呂だもん。

　余計に緊張は増してしまう。

　もともとお風呂は長いほうではないけど、いつもよりも早く上がる。

　颯くんにはもっとゆっくりしてもいいのにと言われたけど、それには笑顔で返しておいた。

「ここ、座って」

「え……」

「髪、乾(かわ)かしたい」

　笑顔の颯くんに呼ばれて、戸惑いながらも颯くんの前に座った。

　弱火で煮込んでいる間に、颯くんに髪を乾かしてもらう。

　なんだかカップルって感じで照れちゃう。

髪に触れる指が時折、首筋や頬に当たり、そのたびに心臓がドキッと音を立てる。
「おれと同じにおい。やばいね。おれの服を着てるのもやばい」
「ひゃっ。颯くん!?」
髪を乾かしてくれているはずなのに、突然うなじにちゅっとキスされてくすぐったくて振り返った。
颯くんは、楽しそうに笑っている。
何も言えなくなって、再び前に向き直り最後まで乾かしてもらう。
こんな些細な日常なはずなのに、颯くんと一緒にいるだけですごく特別になる。
ドキドキばかりだけど、心地いい。

そのあとは、できあがったクリームシチューを向かいあって食べた。
食後に食器をふたりで洗ったあとは、ソファに並んで座り、テレビを見ながらまったりタイム。
寝る準備万端だと夜が長く感じて、ゆっくりできるよね。
目の前にあるテレビに、海成くんが映る。
「あ、海成くん出てる。クイズ番組なんてすごいですね」
「頭いいからね」
「大学に通ってるんでしたっけ？　大学と仕事、忙しそうですね。両立って大変そう」
なんて話していると、突然テレビが真っ暗になる。

え、なんで……？

隣を見ると、唇を尖らせた颯くんがリモコンをテーブルに置いた。

「海成のことはいいじゃん」

「え、でもクイズ……」

「おれ以外の人、見てほしくない」

拗ねてしまった颯くんと視線が絡み合う。

目を逸らすことができない。

ドキドキする。

颯くんばっかりだよ。

「……颯くんしか見えてないよ」

「……たまに敬語が抜けるの、ずるすぎ」

ゆっくりと颯くんの手がわたしの頭に伸びてきて、撫でるように下りていく。

首の後ろまでくると、ぐっと引き寄せられた。

「あ、あの……じゃあ、颯くんが出てるドラマか映画、ライブとか……見ませんか？」

「目の前におれがいるんだから、おれでいいじゃん」

「っ……」

「ずっと我慢してたんだよ？　今日、すごくおしゃれしてくれて髪型も変えて、かわいすぎなの」

そんなの、わたしも一緒だ。

颯くん、すごくかっこいいんだもん。

雰囲気も大人っぽくて、ずっとドキドキさせられっぱなしだった。

息がかかるほど近づいた、お互いの顔。
どれだけ近づいてもきれいな顔で、いつも見惚れてしまう。
好きだなぁ。
と心が叫んでいるかのように、心臓がバクバクとうるさく音を立てている。
「もう、我慢できないからね」
「……はい」
「雪乃」
名前を呼ばれ、少し伏せた視線をまた合わせる。
熱い。
体中が熱を帯びている。
触れそうで、触れない距離。
それが、じれったくなる。
「颯くん」
「ん？」
「好き」
言ってすぐ、照れ隠しのように自分から唇を重ねた。
触れるだけのキス。
だけど、初めて自分からしたキス。
一瞬だったけど、やっぱり自分からするのは恥ずかしくて目を合わせることができない。
けど、反応も気になるからチラッと颯くんを見ると目を丸くして驚いている様子だった。
「ゆきちゃ……？」

「……わたしが我慢できませんでした」
「っ！　もう限界っ……」
「颯く……っん」
　今度は、颯くんが唇を重ねてくる。
　わたしがしたような触れるだけのキスではなく、お昼のときにされた食べるようなキス。
　唇全体を、颯くんの温もりで包まれる。
　そして、だんだんと深くなっていく。
「んっ……颯く……っ」
「ごめん、止まんない」
　息が苦しくて颯くんの肩を少し押すと一瞬離れたけど、それだけ言ってまた深く口づけられる。
　ふわっと颯くんの前髪がわたしにかかり、颯くんの香りが鼻をかすめた。
　ミルクティーベージュに染まった髪が、照明に照らされキラキラしている。
　颯くんのすべてが、わたしの心を動かす。
　力強い腕や、唇の柔らかさ、温もり、重なる呼吸も。
　颯くんの、すべてを求めている。
　足りないよ。
　もっと颯くんを感じたい。
　颯くんで、いっぱいにしたい。
　どれくらい夢中になって唇を重ねたかわからない。
　胸が苦しい。
　好きすぎて、苦しい。

颯くんと一緒にいられる、この時間が愛おしい。
ゆっくりと離れる温もりに、少し寂しく感じる。
どれだけたくさんしても、離れるときはいつも名残惜しくなる。
おでこを、こつんと合わせられた。
かかる息に体温が上がる。
「止まんなかった」
「ん」
「雪乃かわいすぎ」
いつの間にか、颯くんの膝の上に座っていた。
そのまま颯くんに抱きつき、首元に顔を埋(うず)める。
颯くんもしっかり、わたしを抱きしめてくれている。
「……颯くんが好きすぎて苦しい」
「ねぇ、あんまかわいいこと言わないで」
「じゃあ、こんなに好きにさせないで」
「ううん、もっと好きにさせたい。だって、おれのほうが雪乃のこと好きすぎるもん」
そんなの嘘だ。
だって、わたしもこんなに好きなんだよ？
これ以上の好きはないって思うのに、どんどん好きにさせられている。
この気持ちを全部伝えたいのに、多すぎてあふれちゃってるよ。
「……離れたくないです」
「今日は甘えた、だね？」

「たまには、いいんです」
「敬語やめてよ」
「……大好き」
「かわいすぎだって」
　我慢してたのは颯くんだけじゃないんだよ。
　わたしも、ずっと我慢してたんだから。
「このままくっついとく」
「いいよ。うれしい」
　もう、好き！
　なんかここに来て、好きが爆発してる。
　会えていない時間が、こんなにも好きを大きくする。
「今日は一緒に寝よっか」
「うん」
「よし！」
　かけ声と一緒に、わたしの両脇と両膝の裏に腕を回し立ち上がった颯くん。
　お姫様抱っこで寝室に運ばれる。
　本当にお姫様になった気分だよ。

　寝室に連れていかれてベッドに下ろされるけど、そこには先約がいた。
「ペンギンだ」
「プレゼントするって言ったから」
「やっぱりかわいいなぁ」
　ペンギンに手を伸ばし、目の前に持ってくる。

　あれ……？

「颯くん、これって……」

「雪乃へのプレゼント」

　さっきから、ずっと名前で呼んでくれる。

　そこにきゅんとしながらも、ペンギンの首に光るものをじっと見つめる。

「雪乃に似合いそうだなって思って。あと、独占欲かな」

「……独占欲？」

「“雪乃はおれの”って印」

　ピンクゴールドの花モチーフのネックレス。

　颯くんが、わたしのために選んでくれたことがうれしすぎる。

　今日は本当に、いっぱいの幸せをもらっている。

　幸せすぎて、涙があふれそうになる。

「ありがとうございます……すっごくうれしい」

「うん。喜んでもらえたならよかった」

「わたしばっかりもらっちゃって……」

「雪乃からは、いっぱいもらってるよ。返せないくらいたくさんもらってる」

「そんなこと……」

「あるよ。雪乃と出会えて、おれは本当にいっぱいの幸せをもらってるんだから」

「わたしも。颯くんと出会えていつも幸せです」

　心から、そう思っている。

　颯くんに出会えてから、世界がキラキラして知らない感情をたくさん知った。

幸せで、いっぱいになっている。

颯くんも同じ気持ちなら、本当にうれしい。

「寂しい思いばかりさせちゃって、ごめんね」

「寂しいけど、大丈夫です。会えない時間も、颯くんのことでいっぱいで、寂しさを感じるときも愛しさでいっぱいです」

「あーもう大好き」

颯くんが、勢いよく抱きしめてくれる。

そのまま、ふたりでベッドに倒れ込む。

顔が近い。

体温も近い。

「今日は、こうしてくっついて寝よ」

「……やっぱり、恥ずかしいかも」

「そんな、雪乃もかわいい」

横になったまま微笑み合う。

温かくて安心して、恥ずかしいけど心地よくて。

朝も早かったから、すぐに眠くなり夢の世界に落ちていった。

颯くんの温もりを感じながら。

幸せに包まれながら……。

Chapter 4

きみの溺愛ひとりじめ

「雪乃、いよいよだね！」
「うん！　初めてだからすごい緊張するよ……」
「あーなんかそれわかるかも」
　テストも終わり冬休みに入った。
　そして今日はいよいよ、待ちに待ったaozoraのライブだ。
　物販（ぶっぱん）も並んで、グッズも欲しいものを無事に買うことができた。
　花音ちゃんと計画どおり、耳の後ろで低めのツインお団子をして、aozoraのグッズでもあるわたしは空色の、花音ちゃんは青色のバンダナをつける。
　服も、ライブＴシャツに色違いのスカート。
　双子（ふたご）コーデでライブに来て、さっきもたくさん会場前で写真を撮った。
　会場前や物販エリアにはたくさんの人がいて、みんなキラキラしている。
　女の子たちがこんなにキラキラな笑顔になって、かわいくおしゃれにさせるaozoraって改めてすごいんだなって、ライブ始まる前だけどすでに感動。
「けっこういい席でよかった。前は通路だしラッキー」
「そうなの？」
「うん。もしかしたら来てくれるかもしれない」

「３階席なのに？」
「アイドルって近くまで来てくれるのよ」
「すごい……！」
「まぁ、期待して来なかったら悲しいから、期待しすぎずって感じかな。でも、ライブは絶対に期待を超えてくれるからね」
　花音ちゃんの言葉に頷く。
　めちゃめちゃ期待してわくわくしているけど、きっとそれを軽く超えてくるって予感がする。
　だって、aozoraだもん。
　ドキドキしながら、首元にそっと触れる。
　そこには、颯くんがくれたネックレス。
　今日つけてきたんだ。
　わたしの宝物。
　颯くん……がんばってね！
「そろそろかな？」
「うん……」
　だんだんと席が埋まっていく。
　ざわざわしている会場内。
　そして会場が真っ暗になった瞬間、ざわざわはまとまった声になる。

「キャー!!」
　すごい……！
　隣の花音ちゃんも、ペンライトを振りながら叫んでいる。

一斉(いっせい)に立ち上がり、みんながaozoraの姿を探す。
イントロが流れ始めて、歌声と同時にスポットライトが姿を照らした。
海成くん……アオくんが、なんと３階席から登場。
「アオー!!」
隣にいる花音ちゃんは、すでに涙を浮かべながら叫んでいる。
さっそく３階席に来てくれるなんて、思ってもみなかった。
歌いながら歩くアオくんに、みんな名前を呼びながら全力で手を振って、ハイタッチして泣き崩れて……。
すごい、すごい！
心の奥底から、わくわくが湧き上がってくる感じがする。
こんなにドキドキわくわくする感情、初めて……！
「アオくーん！」
わたしもアオくんの名前を呼びながら、ペンライトを思いきり振って必死にアピールする。
そのとき、偶然(ぐうぜん)にもアオくんと目が合った。
気づいてくれた、かな？
それとも、わたしの気のせい？
「目が合った」
「うちも」
近くの席からもそんな声が聞こえる。
そっか。
みんなと目を合わせているんだ。

アイドルってすごいね。

そう思っていたら、アオくんがわたしたちの目の前まで来て、手のひらを見せる。

ハイタッチかな？

わたしも同じように手を上げると、ハイタッチをして笑ってくれた。

わたしと話すときは、いじわるで笑顔なんてあまり見せてくれないけど、海成くんはやっぱりアイドルで、今はaozoraのアオくんなんだと実感した。

口パクで「楽しんで」と動いた気がした。

だから笑顔で頷いた。

アイドルは本当に、みんなを笑顔にさせてくれるね。

ふと隣を見ると、花音ちゃんはアオくんの距離の近さに固まっている。

そんな花音ちゃんを見て、何か思い出したような表情をしてから頭をポンとすると、笑顔で手を振って走っていってしまった。

「や、やばすぎる……神……死ねる……腰、抜けた……」

静かに涙を流しながら、イスにもたれかかっている花音ちゃん。

花音ちゃん、よかったね……！

ステージのほうでも黄色い悲鳴が聞こえて、そちらを向くと、颯くん……ソラくんが笑顔で歌いながら手を振っている。

遠いけど、しっかりと見えた。

笑顔が輝いている。
目頭が熱くなる。
涙があふれる。
不思議だ。同じ空間にいるだけで、こんなにも胸が温かくなるなんて……。
アオくんもステージのほうに行くと、ふたりでそろったキレキレのダンスをして１曲目が終わった。
始めからすごすぎる。
「みんなぁー今日は来てくれてありがとう!!」
「いっぱい楽しめ！　どんどん行くぞ!!」
「ついてきてね！」
けど、休む隙を与えずにまた次の曲へ。
ふたりから目が離せない。
引き込まれて、どんどん連れていかれる感じだ。
ふたりの笑顔に、真剣な表情に、ずっと胸が熱い。
鼓動が速くなっている。
かっこいい曲が、そのまま続いていく。
ほんと、ついていくのでやっとだ。
どんどんステージが進み、勢いが止まらない。
ドキドキわくわくが持続されて、ずっと楽しい。
「会いに行くから待っててね！」
曲間に入り、ソラくんが上に向かって手を振る。
え、来る？　来るかな!?
ドキドキしてしまう。期待してしまう。
そして、次の曲へ。

　ポップなかわいい曲。
　下の階からも、叫び声が聞こえる。
　近づいてきてる……！
　オープニングでアオくんが来てくれたから、今度はソラくんが来てくれるんだ。
　すごい。
　会場全体を、ひとりも余さず楽しませてくれるんだ。
　ドキドキさせてくれるんだ。
　今度は、左後ろからすごい歓声。
　来てくれた……！
「ソラだ。雪乃、ソラだよ！」
　わたしの肩を、バンバン叩いて教えてくれる花音ちゃん。
　うん。ソラくんだ。
　キラキラ、アイドルのソラくんだ。
　どんどん近づいてくる。
「ソラくん！」
　がんばって大きな声を出すと、ソラくんが、ふいにこちらを向く。
　あ、今のは絶対わたしだ。
　わたしだと思いたい。
　目が合うと、頬を膨らませる。
　……あれ？
　拗ねてる……？
　そのまま近づいてきて、わたしの耳元に口を寄せるソラくん。

「……あとでね」
「えっ？」
一瞬だった。
すぐに離れて、指でバーンと撃つ仕草を見せられる。
花音ちゃんには、ウインクをする。
そのまま、他のファンとハイタッチをしたりエアハグをしたりピースをしたり、とファンサしながら走っていってしまった。
「こ、腰が抜けた……」
「今回のファンサ、神だね！」
さっきの花音ちゃんと立場が逆になり、わたしが立っていられず、イスにもたれる。
お互い、推しに素敵なファンサをしてもらえた。
その後も衣装を替えたり、ＭＣが入ったり、ソロ曲があったりした。
演出もすべてがすごい。
新曲の合いの手も、練習どおりばっちりできた。
楽しい時間は本当にあっという間で、もう最後の曲。

「今日はありがとうございました。すごく楽しかったです」
「最後はこの曲です」
終わるのが寂しくて、aozoraのライブに感動して、涙があふれそうになる。
だけどそんな気持ちを吹き飛ばすかのように、楽しく明るい曲で一気に笑顔になった。

まわりにいるみんな、会場全体が笑顔に包まれている。
アイドルって、本当にすごい。
aozoraのふたりが、ステージの上で肩を組んでいる。
「ありがとーう!!」
「ありがとうございました」
「また、絶対に会おうね!!」
「次も来てくれよー！」
「みんな、大好き!!」
ソラくんの少しかすれた声が響いたのを最後に、ふたりの姿が見えなくなる。
そして、会場内は明るくなった。

夢のような時間が終わる。
でも、まだ夢見心地でふわふわしている。
余韻が強く残る。
花音ちゃんと一緒に会場を出た。
外は、まだ物販エリアに長蛇(ちょうだ)の列。
まわりからもどの曲がよかったとか、ＭＣのときのこととかを振り返っている声が聞こえる。
こんなにたくさんの人を笑顔にさせて、幸せを与えるふたりってすごいね。
身に染みて感じたよ。
スマホの電源を入れて時間を確認しようとした。
だけどメッセージが届いていたから、時間を見るより先に確認する。

【ここに来て】
　その文字とマップが貼られている。
　ソラ……颯くんからだ。
「花音ちゃん、ごめん。ちょっと用事あるから先に帰ってて。本当にごめんね。今日はありがとう！」
「そうなの？　わかった。大丈夫だよ。また連絡するね」
「うん。遊ぼうね！」
　花音ちゃんに手を振って、マップで記された場所まで走っていく。

　だけどついたところにはロープが張ってあって、【関係者以外立ち入り禁止】と書かれていた。
　ど、どうしよう……。
　そう思っていたのもつかの間、黒いキャップを深くかぶってライブＴシャツを着ている颯くんが、横のドアから出てくる。
「こっち」
　手を引っ張られて中に入る。
　そこは倉庫なのかステージセットと思われるものがたくさんあり、少し狭い空間だった。
　見上げると颯くんはわたしの腰に手を回し、体を密着させて目を合わせる。
　さっきまでたくさんの歓声を浴びて、ステージ上でキラキラ輝いていた人が目の前にいて抱き寄せられている。
　不思議な感じだ。

　まだ夢の続きを見ているみたい。
「ゆきちゃん！　どうして言ってくれなかったの？　びっくりしたんだけど」
「今日は、ファンとして来ようと思ってたから秘密にしてました」
「ふーん」
　颯くんは、頬を膨らませて拗ねているみたい。
　あのときも、わたしが来ることを言ってなかったから拗ねてたんだ。
「ライブに参戦したのが初めてなんですけど、すっごくかっこよかったです！」
　今の気持ちを颯くんに伝えたくなった。
　まとまっていないけど、この胸のドキドキを伝えたい。
　アイドルってすごいんだね。
　本当に尊（とうと）くて素敵なお仕事なんだね。
「キラキラしてててドキドキわくわくして、楽しくてふわふわしてます。颯くんが来てくれたあとは腰が抜けちゃった」
「かわい」
　興奮冷めやらないわたしの感想に、ひとことそう言っておでこにちゅっと唇を寄せる颯くん。
　この密着感が恥ずかしい……。
「でも、言ってほしかったな。おれより先に海成がゆきちゃんに気づいたんだよ？　悔しい……」
「海成くんはオープニングで、わたしのいる席まで来てくれましたから」

「うん。ずるい。おれが先に気づきたかった。ハイタッチしたんでしょ?」
「はい」
「あ〜! おれがいちばんにファンサしたかったな」
「そんな……」
　拗ねている颯くんは、すごくかわいい。
　胸がきゅんとしてしまう。
　わたしも颯くんの腰に手を回して、ぎゅっとする。
「ほんとは3階席に行く予定なかったんだ。曲の尺(しゃく)と移動の問題があって。でも、時間を全部使って、めっちゃ走って2階席も3階席も行っちゃった」
「え、大丈夫だったんですか?」
「海成には呆れられたけど、もともとファンの子みんなに会いに行きたかったからさ。みんなに会いに行けて笑顔を近くで見られたし、よかったよ」
　いたずらに笑う颯くん。
　ファンのみんなをすごく大切に思っているんだね。
　なんか感動させられっぱなしだ。
　熱く話す颯くんに見とれていると、颯くんが顔を覗き込んできた。
「それに、これも。彼女がライブに来てくれてるって実感できて、うれしかったけどね」
　そして、わたしの首元に光るネックレスに指で触れる。
　夢と現実が、まじり合った瞬間だった。
　ソラくんのファンであり、颯くんの彼女でもあって、わたしも不思議な感じだったよ。

　だけど、このネックレスがたしかに颯くんの彼女だと伝えてくれていた。

「雪乃がかわいすぎて、雪乃ばっかり見ちゃった」

「わたしも、颯くんから目が離せなかった」

「当然だよ。じゃないと困る」

　ライブ終わって、すぐに会うのもなんだかすごいね。

　さっきまではみんなのソラくんだったのに、今はわたしだけの颯くん。

　わたしだけに笑顔を向けてくれる、わたしの彼氏だ。

「……今日、合鍵（あいかぎ）使っていいですか？」

　みんなのソラくん。

　だけど、わたしの颯くん。

　わたしだけの特別。

　一瞬驚いたように目を見開いてから、すぐに微笑んでくれる。

　初デートの次の日、颯くんに合鍵をもらってからまだ一度も使えていなかった。

　使うと約束していた合鍵。

　今日、初めて使いたい。

「もちろん」

「やった。部屋で待ってますね」

「うん。すぐ帰るよ」

　颯くんの言葉に微笑んでから、まわりに人がいないことを確認して誰にも気づかれないようにそっと外に出た。

そして食材を買ってから、初めて颯くんのマンションの合鍵を使った。

ひとりで入る颯くんの部屋。

ドキドキしてしまう。

まだ夢のようなふわふわした気持ちで、料理をする。

急ぎすぎて、服もそのままだ。

思いきりはしゃいで汗もかいたから、着替えてくればよかったかも。

そう思うけど、早く来たかったんだから仕方がない。

料理ができあがって盛りつけをしているときに、ガチャッとドアが開く音がした。

思っていたよりも早くて、驚きながらも玄関まで小走りで向かう。

「颯くん、おかえりなさい！」

「……」

「ひゃあっ」

颯くんの前に立つと無言でじっと見られたかと思ったら、力強く抱きしめられた。

「ただいま、雪乃」

耳元で囁かれる声に、心音がすごい速さでドキドキと鳴り出す。

颯くんから聞こえる心音も、わたしと同じように速く刻んでいた。

「一緒に住んだら、こんな感じなのかな？」

「え？」
「奥さんみたいだね」
「っ……」
　わたしの顔を覗き込んできた颯くんは、すごくかっこよくてかわいくて。
　それでいて、わたしの反応を楽しんでいるみたいに、不敵に笑っている。
　そんな表情も素敵なんだから、颯くんはずるいなぁ。
　いつもいつも、好きにさせられる。
「ん〜、いいにおいする」
「ご飯、作っときました。あったかいうちに食べてほしいです」
「やった！　食べます!!」
　もう一度ぎゅっとしてから、すぐに離れて中に入る。
　手洗いうがいをしたりコートを脱いだりと、颯くんが準備をしている間に、料理をテーブルに並べていく。
　メインはハンバーグ。
　大きめに作ってみた。
　あとは、副食も気合いを入れて作った。
「わぁ、すごい!!」
　部屋に入ってすぐに声を上げ、テーブルの目の前まで来てまじまじと料理を見る。
「おいしそう!!」
　目を輝かせる颯くんに、笑みがこぼれる。
　その言葉だけで、作ってよかったと思える。

まだ食べてないのにね。
「食べよ食べよ」
「はい」
「じゃあ、一緒に。いただきます」
「いただきます」
イスに座って一緒に手を合わせる。
なんか、いいね。こういうの。
ほっこりしてしまう。
「んま〜!!」
一口食べて、すぐにおいしそうな顔をしてくれる。
颯くんって、すごくおいしそうに食べるよね。
食べることが好きみたいだし、だからこそ、そんな颯くんにおいしいって言ってもらえるのはうれしいんだ。
ゆったりとした時間が流れる。
向かい合って同じものを食べるって、とっても素敵な時間だね。
これを、当たり前の時間にしていきたいなって思う。
でも、この素敵に思う気持ちは当たり前だと思わないようにしたいな。

颯くんはパクパクと手を止めることなく食べて、おかわりまでしてくれた。
「ごちそうさまでした！　おいしかったです！」
「こちらこそ、おいしく食べてくださってありがとうございます」

「敬語っ」

　颯くんに笑われてしまって、わたしも一緒に笑う。

　こうして一緒にいると、アイドルってことを忘れそうになっちゃう。

　数時間前まできらびやかなステージの上で輝いて、たくさんの人を笑顔にさせていたのに。

　今は普通の男の子だ。

　カフェに来てくれるときと変わらない颯くんだ。

「わたしが食器を洗っておくので、颯くんは先にお風呂に入っててください」

「一緒に入ろうよ」

「それは……」

「てか、まさか帰るつもりじゃないよね？　今日はお泊まりだよ？」

「えっ!?」

「春乃さんに連絡して、ＯＫもらっちゃったよ」

　き、聞いてないよ……。

　しかも、お母さんと颯くんって、いつの間にか連絡を取り合っていて、けっこう仲良しだよね。

　いいことだけどさ。

　うれしいことなんだけどさ。

「決まり、ね？」

「はい……」

「嫌？」

「心の準備ができていなかっただけで……」
「何それ。かわいいね。お風呂入ろっか」
「一緒には入りません！」
「ざーんねん。まぁそれも、いつか心の準備ができたら、入ろうね」
　それは、いつになるのかわからない。
　だって、恥ずかしすぎるから。
　でも、颯くんが望むならいつかは……なんて思うわたしは、もう心の準備をし始めているんだろうね。
「……はい」
「あーもう、ゆきちゃんやばいって。襲(おそ)っちゃう前にお風呂へ行くね」
「お、おそっ!?　……ゆっくり入って疲れを取ってくださいね」
　颯くんの言葉に戸惑ったけど、急いで平静を取り戻す。
　ニコニコしたまま颯くんは、わたしのおでこに口づけてからお風呂に行った。
　このドキドキは、いつになっても慣れない。
　いつもいつもわたしばっかり、ドキドキさせられている気がする……。
　食器を洗いながら、颯くんのことばかり考えていた。
　少しして、颯くんがお風呂から上がってくる。
「お先。次どうぞ」
「早いですよ。もっとゆっくりしていいのに」
「もともと、あんまり長風呂しないタイプなんだよ。ゆきちゃんが一緒に入ってくれるなら、もっとゆっくり入る。今から入り直してもいいよ」
「まだその話、続いてました!?」
「いつでもするよ」
「からかってますね？」
「からかってないってー」
颯くんはそう言うけど、絶対、わたしの反応を見て楽しんでいる。
颯くんって、そういうところあるもん。
「ひとりで入ってきます」
「ふっ、了解。服もバスタオルも置いてあるから」
「はい。ありがとうございます」
「あ、その前に……」
背を向けたのに、手を掴まれて勢いよく反転させられ、再び颯くんのほうを向かせられる。
その瞬間に、シャッター音。
「ゆきちゃんが初めてライブに来てくれた格好を残しておきたくて」
「今ですか!?　もう、髪も崩れてきてるのに」
「ゆきちゃんは、いつでもかわいいから大丈夫。ゆっくりしておいでね」
いきなり写真を撮るなんて……！
少しむすっとしたけど、颯くんの顔を見たらそんなことはどうでもよくなった。
お風呂に入るけど、わたしもすぐに上がる。

やっぱりまだ慣れないし、なんか恥ずかしいから。
あと、わたしもそんなに長風呂はしないタイプだ。
颯くんから借りたスウェットを着て、リビングに戻る。

「早いよ」
「わたしも長風呂しないので」
「こっちおいで。乾かすよ」
颯くんが、自分の前のスペースをポンポンとして示す。
わたしは促されるまま颯くんの前に座る。
颯くんが髪に優しく触れて乾かしてくれる。
気持ちよくて、思わずウトウトしていた。
「ん、できた」
「ありがとうございます」
「どういたしまして」
お礼を言うと、後ろから包み込むように抱きしめられる。
ついているテレビは、颯くんがゲストのトーク番組。
「颯くんだ」
「なんか恥ずかしいから消していい？」
「だめ。見たい」
顔だけ向けて颯くんを見つめる。
至近距離で目が合うと、颯くんから目を逸らされた。
「それはずるい……」
抱きしめている力を強めて、わたしの首元に顔を埋める。
わたしは、顔を前に戻してテレビを見る。
「今、大注目。aozoraソラに迫る！」

そんな誰かの声とともに番組がスタートした。

わたしは、夢中でテレビを見る。

今テレビに映っている人が、わたしを後ろから抱きしめている。

不思議な気分だ。

まだまだ、この状況には慣れそうにない。

今でもテレビや雑誌、動画で颯くんを見るときも、夢なのかなって思うときがあるくらいだし。

「ねぇ、ゆきちゃーん」

「見たいです」

「ゆきちゃん……」

「ちょっと静かにお願いします」

わたしの言葉に「うっ」と、うなるような声が聞こえた。

ちょっと言い方が冷たかったかもしれない。

でも、気になったんだもん。

颯くんのことは、なんでも知りたい。

まだ知らないことが、たくさんあると思うから。

「休みの日は、カフェ通い。へぇ、ソラくんってカフェ好きなの？」

「そうですね。時間があればすぐに行っちゃいます。お気に入りの場所があって。あ、でも、ぼくだけの特別なので場所は秘密です」

視聴者からの質問を司会のタレントさんが読み上げ、ソラくんが答える形の番組みたいだ。

「なんで、それなのに出したの」
「秘密にしたいけど、本当に特別な場所なので、ちょっと自慢したかっただけです」
「変わってるね」

　そのカフェって、わたしのところでいいんだよね？
　後ろの颯くんに少し体重をかけてみる。
　すると、またぎゅっと回された手に力が入った。

「さて、次の質問です。最近プライベートであったいいことは？」
「そうですね……あ、友達ができました。初めはお互い第一印象よくなくて仲良くなれなさそうだなって思ったんですけど、今では仲良しです」
「ほんとに？」
「はい」
「ソラくんも仲良くなれなさそうって思うことあるんだね。でも、さすがのコミュニケーション能力だ」
「連絡は、９割くらい返してくれないですけどね」
「それ、仲良しって言わんやろ」

　誰のことだろう……？
　もしかして、黒瀬くんだったりするのかな？
　黒瀬くんって連絡をこまめにとらないイメージだし。
　すると、後ろから声が聞こえた。

「そう、黒瀬くんって返信ないんだよ」
　あ、やっぱりそうなんだ。
「ねぇ、もういいでしょ。おれにかまってよ」
「え、まだ……きゃっ」
「だーめ。目の前のおれ、見てよ。今ここにいるのは、ゆきちゃんの彼氏」
　無理やり颯くんのほうを向かされ、あぐらをかいている颯くんの上に向かい合う形で座らせる。
　恥ずかしい……！
「ゆきちゃん、顔が真っ赤」
「だって……」
「もっと意識して。テレビじゃなくておれを見て」
「テレビも颯くんじゃん」
「そうだけど、今ここにいるおれが寂しがってるの」
　子犬みたいな表情で、そんなことを言うなんて。
　かわいい……なんて思ってしまう。
　寂しがっているって言うから、頭をよしよしと撫でる。
「おれは、犬じゃないよ？」
「でも、かわいかったから」
「それは、ゆきちゃんだよ」
　顔を、ぐっと近づけられる。
　ドキッとするけど、寸止めされてしまった。
「キス、されると思った？」
　……思った。
　こんなの、ずるいよ。

熱っぽい視線に捉えられて、動くことができない。

テレビからは、まだふたりの声が聞こえる。
「もし彼女ができたらどんな感じになりますか？　だって。たしかにファンは気になるよね」
「んー、たぶんめちゃめちゃ好きですね。ぼくの好きとか愛とか、そういう感情を全部あげたいです」
「ほう」
「独占欲も強いと思うんで、ぼくだけをずっと見ていてほしいです。ぼくも、ずっと好きでいてもらうために、必死にがんばっちゃいますね」
「うわぁ、すごいね。一途(いちず)なんだ？」
「そうですね。というか重いです」

テレビから聞こえてきたセリフに、ドキドキする。
「もっと赤くなったね？」
「うぅ……」
少しでも動くと、キスできちゃう距離のまま見つめあう。
颯くんは、本当にそう思ってくれてるの？
わたしに好きでいてもらうために、必死にがんばってくれている？
そんなの、いつだってわたしばっかりが必死なんだと思っていたけど……。

「だから、今ぼくを応援してくれているファンのみなさんには、絶対にずっとぼくのこと、好きでいてほしいです。そのために、すんごくがんばります。ぼくのファンでよかったって思ってもらいたいです」
「ファンが恋人ってことだね」
「はい。ファンのみなさんの気持ちは、これからもぼくだけで独占したいです」
「すごいね。ほんと独占欲の塊(かたまり)だ」

　あ、ファンの話ね。
　でもわたしもファンだから、そう思ってもらえてるってことだ。
「雪乃だからね」
「え？」
「もちろんファンの子の気持ちも離したくない。でも、雪乃の好きは、おれだけのものにしたい。これからもずっと」
　颯くんがしゃべると、息がかかってくすぐったい。
　テレビに耳を傾けていたけど、颯くんが消してしまう。
　無音になった部屋で、時間が止まったかのようにただ見つめ合う。
「好きだよ」
「っ……」
「雪乃が大好きだよ」
　颯くんは、よく言葉にしてくれる。
　けど、何回聞いてもこの甘い響きはドキドキする。
　胸がいっぱいになる。

　心が、いちばんに反応する。
「わたしも好き。……大好き。颯くんが大好き」
「うん」
「これからもずっと、颯くんだけが大好き」
「おれもだよ」
　ライブに行って、思い知った。
　颯くんは、たくさんの人を笑顔にしている。
　たくさんの人が、颯くんを求めている。
　みんなの“ソラ”になる。
　わたしは、そんなアイドルaozoraのソラも大好きだ。
　等しく愛をくれる。
　夢をくれる。
　幸せをくれる。
　aozoraのソラのことを、ずっと応援していたい。
　最初で最後の一生の推しだって思う。
　芸能人に詳しくなかったわたしが、こんなにもハマッたんだもん。
　抜け出せないんだもん。
　きっともっと、わたしと同じように応援する人が増えていく。
　これからどんな人に夢を与えていくんだろう。
　どれだけの人を幸せにするんだろう。
　すごく素敵で尊いお仕事をしている。
　きっと、楽しいことだけじゃない。
　それでも前を向いてまっすぐに進んでいる。

「aozoraのソラも大好きです」
「おれも、ファンのゆきちゃんも大好きだよ」
「……っ」
　お互いに、微笑み合う。
　自然と頬が緩んだ。
「スーパーアイドルになるよ。おれから目が離せないくらいのかっこいい人にね」
　きっとなれるよ。
　そう思うけど、口には出さない。
　言わなくても、颯くんはやってのける人だから。
「おれ、がんばるから見ててよ」
「もちろんです。全力で応援してます」
　もっと見たいから。
　上にいくaozoraのソラを。
　片時も目を離さずに見ていたいから。
　これからも、いちばん近くで見させてほしい。
「ひとりの男としても、雪乃のことを幸せにするよ」
　ひとりの男として。アイドルじゃない、颯くんとして。
　その言葉がうれしい。その気持ちがうれしい。
「っ……はい」
「絶対に幸せにする」
「わたし、今でもすっごく幸せです」
　颯くんと一緒にいられるだけで、幸せなんだもん。
　幸せにしてもらってるよ。
　胸がいっぱいになるほど、幸せなんだよ。

　あふれちゃうほど、幸せなんだよ。
「足りないよ」
「愛されてるなぁ……わたし」
「やっと気づいたの？」
　ぽつりとつぶやいただけなのに、真剣な表情で言われるから驚く。
「おれの頭の中なんて、雪乃ばっかりだよ」
「わたしが颯くんの頭の中を占領しちゃってるんですね」
「そうだよ。責任とってよ」
「わたしだって、颯くんばっかりで、好きにさせられすぎてしんどいもん。責任、とってくれますか？」
「うん。一生かけて責任とらせて」
　もう、颯くんに夢中だ。
　今度は寸止めじゃなく、甘いキスを落とされる。
　唇から愛が伝わる。好きがあふれる。
　好きはあふれてもあふれても、すぐにまた心の底からあふれてくるからいっぱいのまま。
「颯くん、これからもよろしくね」
　わたしの彼氏は人気者。
　たくさんの人を笑顔にして夢と幸せを与えて、たくさんの人に愛されている。
　でもね、アイドルじゃないときのきみの『好き』はわたしだけの特別。

　きみの溺愛は、ひとりじめ♡

☆
☆
☆
☆

本書限定　番外編

きみの全部をひとりじめ

【颯side】
【わたしの部屋まで来てください。勝手に入っちゃって大丈夫です】
　早めに仕事が終わる日を指定して、こんなメッセージが送られてきた。
　ひとりで入るのは少し緊張する。
　ドキドキしながらゆきちゃんの部屋のドアを開けると、たくさんの豪華な料理がテーブルに並んでいた。
「颯くん、ツアーお疲れ様でした！」
　部屋に入ってすぐにゆきちゃんの笑顔に迎えられて、癒やされる。
　今のおれの元気の源は出会ったときから変わらず、ゆきちゃんの存在だ。
「ありがとう」
　お礼を言ってから、ゆきちゃんを包み込むように抱きしめた。
　おれの腕の中にすっぽりと収まるゆきちゃんに、心の底から幸せを感じる。
　昨日、３ヶ月のライブツアーを無事に終えることができた。
　この３ヶ月はレギュラーのラジオやバラエティ番組の収録に加えて、ライブのための準備が入るから、特別に忙しかった。

　それでもやっぱりライブは楽しいし、ファンのみんなに会えるからがんばれる。

　だけど、ゆきちゃんに会う時間が減ることは寂しかった。

　今、おれの背中に手を回し、抱きしめ返してくれるゆきちゃんが愛おしい。

　かわいくて仕方がないんだ。

「ご飯、食べましょう。食後にガトーショコラも用意してます」

「やった！」

　おれのために準備してくれたことがうれしくて、おれを見上げるゆきちゃんがかわいくて、軽くちゅっとキスを落とす。

　それだけで頬を赤く染めるゆきちゃんに、もっとしたいって思うけど、ここは我慢……。

「いただきます」

　手を合わせて食べ始める。

　ゆきちゃんの部屋で、ご飯を食べるのは初めてだ。

　おれの部屋や、カフェに用意してくれることが多かったから。

「今日は、どうしてゆきちゃんの部屋？」

　どうしても気になって聞いてみた。

　おれの質問に、ゆきちゃんの肩がビクッとした。

　そして、おれをチラッと見る。

「……ふたりきりになりたかったから」

「え？」
「お店じゃ、お父さんとお母さんも出入りするから……今日は絶対にふたりきりがよくて……」
……かわいすぎでしょ。
おれ、大丈夫？
こんなかわいいゆきちゃんとふたりきりで、おれの理性はたえられるかな？
照れたように、目を伏せるゆきちゃん。
本当にやばいって。
「そっか。おれもゆきちゃんとふたりきり、うれしいよ」
余裕ぶったけど、全然余裕じゃない。
こうして会うのは久しぶりで、本当は早く触れたいって思ってる。
ゆきちゃんと目が合うだけで、ドキッとしてしまう。
ゆきちゃんはすごくかわいくて、癒やしの存在。
ゆきちゃんと付き合えて、本当によかったなぁ。
何度そう思ったかわからない。
「ごちそうさまでした」
「すごい。たくさんあったのに、全部食べちゃったんですね」
「おいしすぎたから」
「うれしいです。颯くんの食べているところを見るの、すごく好きです。とってもおいしそうに食べてくれるんで、作りがいがあります」
食べているだけで、こんなにうれしそうな顔をしてくれるなんて。

本当に、おいしいからなんだけど。

おれは、ゆきちゃんにすっかり胃袋(いぶくろ)も掴まれてしまっている。

ゆきちゃんの手料理は、どんな高級レストランの料理よりもおいしいんだ。

「ガトーショコラとコーヒー持ってきますね」

「おれも手伝うよ」

「今日は颯くんのお疲れ様会なので、ゆっくりしてください。だから、お気持ちだけで」

ゆきちゃんは丁寧に断ると、お皿を持って部屋を出ていってしまう。

ゆきちゃんは、相変わらず敬語が抜けない。

だからこそ、ふいに敬語が抜けただけでおれはドキッとする。

単純だよな。

でも、べつに単純でいいや。

ちょっとずつ敬語が抜けていくのも、楽しみにしていこう。

ゆきちゃんのことを考えていると、自然に笑みがこぼれてしまう。

そのまま室内を見回す。

前に来たときと変わらない、ゆきちゃんらしいかわいい部屋。

ペンギンのぬいぐるみが、ベッドに置いてあるのを見つけ、むっとする。

おれがあげたペンギンだけどさ、ずるいよね。

ゆきちゃんに抱きしめられたり、ゆきちゃんと一緒に寝たりしてさ。

おれの分身みたいなもの……とは言っても、おれじゃないし。

でも、ゆきちゃんが大切にしてくれているのはすごくうれしいけどね。

ぬいぐるみに嫉妬したところで、仕方ないし。

ゆきちゃんのことを好きになって、自分でも知らない感情をたくさん知った。

好きになったらとことん好きだとか、ちょっとのことでヤキモチやくとか、すぐに心配になっちゃうとか。

他にもいろいろある。

けど、それはこれからもゆきちゃんに対してだけなんだと思う。

視線を少し動かすと、ペンギンのぬいぐるみの隣に雑誌が置いてあることに気づいた。

なんとなく気になり、近づいて覗き込む。

「え……」

思わず声が漏れる。

これ……。

「颯くん、お待たせしました」

「ゆきちゃん……」

「え？　どうかしましたか!?」
　振り返ってゆきちゃんを見ると、おれの顔を見て焦ったように声をかけてくれる。
　コーヒーとガトーショコラをローテーブルに置いてから、ベッドの前に座るおれの目の前まで来てくれた。
　心配したような瞳をおれに向けるゆきちゃんに、雑誌を指さす。
「藍原くんが好きなの……？」
「……へ？」
　おれの問いに、すっとんきょうな声を出したゆきちゃん。
　たしかに、藍原くんはかっこいいと思う。
　おれとは仲良くないけど。
　ライバルだし。
「どうして、そう思うんですか？」
　むっとしたような、ゆきちゃんの表情。
　おれがこんなことを言うから、少し怒っているみたい。
　だけど、おれだって気になる。
「この雑誌。藍原くん表紙じゃん」
　ベッドの上に見つけた雑誌。
　藍原くんの、ソロ表紙。
　黒の革のジャケットを着て、鎖骨が絶妙に見えるセクシーな感じの藍原くんの表紙。
　男のおれから見ても、めちゃくちゃかっこいい。
　ゆきちゃんが、そんな藍原くん表紙の雑誌を買ってるなんてさ……。

「颯くん」
「何？」
「これ」
　ゆきちゃんが雑誌を手に取り、ある部分を指で示す。
　そこを見てみれば【aozoraライブ密着】の文字。
　え……？
　もしかして……。
「凌馬くんの表紙だから買ったんじゃなくて、こっち目当てです」
　唇を尖らせる、ゆきちゃん。
　だけど、安心した。
　藍原くんの表紙がかっこよすぎて、つい不安になってしまった。
　だめだな。
　でも、本当によかった。
「ごめん。つい……」
「たしかに、この表紙はかっこいいですけど」
「え？　冗談だよね？　冗談って言って」
「言わないです」
「ゆきちゃん……！」
「わたしの気持ちを疑うなんてひどいです」
「ごめんね。本当にごめん」
　そうだよね。
　そういうことになっちゃうよね。
　怒らせたかな。

　怒らせたよね。

　うわぁ、どうしよう。

「わたしは、いつだってずっと颯くんのことで頭がいっぱいなのに……」

　……かわいい。

　たまに出るゆきちゃんのいじわるモードかと思えば、すぐに、こうしてうれしい言葉をくれる。

　かわいすぎる。

「ごめんね。おれもゆきちゃんのことで、いつも頭がいっぱいだよ」

「……ほんとかな？」

「ほんとだよ。雪乃ばっかり」

　名前を呼べば、顔を一気に赤く染める。

　ほら、そういうとこ。

　すぐに照れるところもやばい。

「ずるい……」

　そう言うゆきちゃんがいちばんずるいってこと、本人は気づいていないんだろうな。

　ゆきちゃんの肩に手を回して抱きしめる。

　すっぽり収まるゆきちゃんが、愛しい。

「颯くん」

「ん？」

「千秋楽（せんしゅうらく）に泣いたんですか？」

　おれの腕の中にいるゆきちゃんが、顔を上げながら尋ねてくる。

「えっ!?」
　いきなりそんなことを聞かれるとは思っていなくて、驚いてしまう。
　ゆきちゃんが来てくれたのは、千秋楽ではない。
　じゃあ……。
「もしかして、SNSを見た？」
　俺は、スマホを目で示しながら尋ねると……。
「はい、ファンの人が書き込んでました」
「うわぁ……」
　思わず声が漏れ、ゆきちゃんに顔を見られたくなくてぎゅっと強く抱きしめた。
　恥ずかしい。
　千秋楽は思いきり泣いてしまった。
　なんか、たくさんの思いが込み上げてきたんだ。
「今回のツアーは特別になったよ。ゆきちゃんが初めて来てくれてさ。初めてのライブがおれのっていうのも、うれしかったし」
　そういうのもあって、すごく思い入れのあるライブツアーになった。
　ゆきちゃんを抱きしめながら、あの日のことを思い返す。

　ライブツアーが始まった。
　今日もいつもどおり、おれたちに会いに来てくれた人と一緒に思いきり楽しむだけ。
　心を弾（はず）ませながら、ステージに向かうために廊下を歩く。

だけど、ふと気になって、カーテンが閉められた窓から外を覗き見る。

たくさんの人が、すでに会場前に集まっていた。

すごい。

今日もこんなにたくさんの人が、おれたちに会いに来てくれた。

さらに、わくわくしてくる。

「ソラ、行くぞ」

「うん」

海成に声をかけられて、一緒にステージへ行く。

そしてリハーサルで、最終確認。

ダンスの位置や、動線、衣装のチェックも行う。

セトリもギリギリまで確認する。

バラードからＭＣタイムに入り、その次は明るい曲。

この前に、盛り上がるような言葉を言いたいな。

バタバタしながらも最終確認はできたので、あとは開演を待つのみ。

キラキラの王子様みたいな、まさにアイドルという感じの衣装に身を包む。

これを着ると、身が引きしまる。

そして、会場が真っ暗になりみんなの声が聞こえる。

すぐ近くに、おれたちを待ってくれている人がいる。

走ってステージ上に飛び出した。

１曲目からみんなに会いに行くという、aozoraとしては初めての試み。

だけど、最初からみんなの近くに行けてひとりひとりの顔を見られるのはすごくうれしいことだ。

今日は、このみんなと一緒に楽しむんだって実感できるから。

ひとり残らず、みんなを楽しませたい。

一緒に楽しみたい。

みんなの近くまで行き、ピースやハイタッチ、ファンサうちわに応える。

そして、アウトロにはアオもステージに戻り、何度も練習したシンクロダンスで１曲目を終える。

ステージは順調に進んでいったけど、衣装替えのときだった。

「３階に雪乃いたぞ」

「え？」

「友達と来てた。ハイタッチしといた」

「はぁ!?」

舞台下で次の曲のために衣装を着替えていると、小声で海成が話しかけてきた。

その言葉に、思わず動きが止まる。

ゆきちゃんがいたの？

え？　ハイタッチした？

嘘。ゆきちゃんが来るなんて聞いてない。

だけど、海成がここでこんな嘘をつくはずがない。

ということは、本当なんだ。

ゆきちゃんが、この会場内にいるんだ。

「……次のハイタッチのコーナー、３階まで行く」

「は？」

「大丈夫。絶対に間に合わせる」

２回ある、ハイタッチのコーナー。

１回目は、１曲目のときの登場と同時にした。

２回目はアオと交代で、おれが上に行く番。

曲の尺や次への流れも考慮して、もともとは２階席だけに行く予定だった。

だけど、ゆきちゃんがいるなら会いに行かないと。

ゆきちゃんだけじゃなく、もともと３階席にいるファンの近くまで行けないことが気になっていたんだ。

そこを推しても了承を得ることはできなかったけど、こうなったら、やったもん勝ちだ。

再びステージに上がり、すぐに３階席を確認する。

おれ、目がいいからどこの席にいるかわかったよ。

「会いに行くから待っててね!!」

そう声をかけてから、全力ダッシュで２階席に行き、そして３階席に行く。

ファンサをしながら小走りで移動する。

「ソラくん！」

そんな声が聞こえてそちらを向くと、ゆきちゃんがおれに向けてサイリウムを思いきり振っている。

いつもと違う髪型、ライブＴシャツに、おれのグッズの空色のバンダナをつけているゆきちゃん。

かわいすぎるけど、むっとして近づく。

来るなら言ってよね。

海成がおれより先にゆきちゃんに気づくとか、おもしろくない。

おれより先にファンサするとか、もっとおもしろくない。

いろいろな感情が湧き上がる中、ゆきちゃんの耳元で囁いたんだ。

「あとでね」

って。

近づいたゆきちゃんの首元には、おれが初デートの日の夜にプレゼントしたネックレスが光っていた。

ゆきちゃんに指でバーンと撃つ仕草をして、ゆきちゃんの隣にいる友達にはウインクをしてから、走ってステージに戻った。

なんとか時間内に戻ることができたけど、海成は呆れた顔をしていた。

マネージャーにはライブ後に怒られたけど、それもおれにとってはいい思い出。

ゆきちゃんが、初めてライブに来てくれた特別な日。

きっと、一生忘れない。

ライブ後に会ったゆきちゃんは、本当にライブを楽しんでくれていたようでうれしかった。

初めはおれがアイドルだと知らなかったけど、知ったあとは、こうしてアイドルのおれも好きでいてくれる。
　アイドルのおれに、元気と笑顔をくれる。
　アイドルのおれも、アイドルじゃないときのおれも好きでいてくれるゆきちゃんが大好き。
　すごく大好きなんだ……。

「颯くん……苦しいです」
「あ、ごめん」
　ゆきちゃんの声で、抱きしめていた手を緩める。
　離したくなくて、強く抱きしめてしまっていた。
　おれがぎゅっとしすぎていたせいで、埋まっていた顔を上げる。
　そのおかげで、ゆきちゃんと至近距離で目が合った。
　この大きくてまん丸なかわいい瞳に捉えられると、目が逸らせない。
　ほんと、ゆきちゃんはこういうとき、女優さんよりもかわいくて艶っぽい表情をするよ。
　でもこの顔は、この先もずっとおれだけが知っていたらいいからね。
　他の人に絶対に教えないからね。
　毎回そんなことを思いながら、ゆきちゃんにキスを落とすんだ。
　ゆきちゃんも、それを受け入れてくれる。
　何度か重ねて、ゆっくりと離す。
　とろんとした表情でおれを見るゆきちゃんは、おれの理性を壊しにかかっている。
　これ以上はやばいから、再びぎゅっと抱きしめる。
「好きだよ」
「わたしも、好き」
　どれだけ伝えても、全部伝えきれない。
　大きすぎる気持ちを持て余しているけど、それも心地よく思える。
「ガトーショコラ、食べたい」
「はい。食べてください」
　体を離して微笑むと、微笑み返してくれる。
　本当はずっとくっついていたいけど、そんなことをしてたら我慢なんてできなくなる。
　ゆきちゃんは、わかってないんだろうなぁ。
　でも、ゆきちゃんとはこれからもずっと一緒にいるから、ゆっくりと、たくさん時間をかけて、幸せを共有していきたい。
「わ、すごい」
「今回はマジパンで颯くんを作ってみました。これはライブのステージをイメージしてます」
　ガトーショコラ全体がステージになり、フルーツやクリームで飾られている。
　マジパンで作られたおれはアイドルで、マイクを持って歌っているみたいだ。
　ゆきちゃんの器用さに驚く。
　写真をいっぱい撮ってから、食べるのがもったいないけど食べ始めた。
　おれのために、甘さを控えめにしてある。
　最高においしい。
　最高にうれしい。
「ゆきちゃん、ありがとう」
「どういたしまして」
　優しい笑顔のゆきちゃんに、おれも笑顔になる。

　始まりはガトーショコラだった。
　仕事でめずらしく落ち込んでいる上に雨に打たれた、散々な日。
　たまたま目に入ったカフェに、ゆきちゃんがいた。
　サービスしてくれたガトーショコラ。
　そのときの笑顔に、優しさに、おれは初めての恋をした。
　笑顔になってもらうことが仕事のおれが、彼女から笑顔をもらった。
　どうしてもゆきちゃんのそばにいたくて、いちばん近い存在になりたくて、付き合いたくてがんばった。
　アイドルのおれだけど、アイドルだからって理由で何かを諦めたくない。
　おれはゆきちゃんに恋をしながら、もっとステップアップする。
　夢はスーパーアイドル。
　まだまだ夢の途中だけど、欲しいものは何ひとつ諦めず、全部手に入れていく。

すべてをおれのものにして、上に行くから。

スーパーアイドルになるおれを、これからも彼女にはいちばん近くで見ていてほしい。

「雪乃、愛してるよ」

「っ!?」

突然の愛の告白に、声にならない声を上げたゆきちゃん。

照れて顔を真っ赤にしているゆきちゃんが、かわいすぎて……。

きみの全部を、ひとりじめしたいって思った。

Fin.

あとがき

こんにちは、まは。です！

このたびは、数ある書籍（しょせき）の中から『超人気アイドルは、無自覚女子を溺愛中。』を見つけて、お手に取ってくださりありがとうございます。うれしい気持ちでいっぱいです。

久しぶりに書籍を出させていただくことができ、ドキドキわくわくしております…！

今回はアイドルに溺愛されるお話でしたが、いかがだったでしょうか？

アイドルのお話は、わたしが物語を書き始めた当初から、書きたいな、と考えていた設定でもあります。

たくさん練って迷ってさまざまな形に変わっていき、最終的に今回のお話にまとまりました。

わたし自身アイドルが大好きで、人生で初めて参戦したライブが、今から８年ほど前のアイドルのライブでした。

雪乃と同じ３階席で、「同じ空間にいるだけで満足しないと。でも、やっぱり微妙だな」と思っていました。だけど、ライブが始まると３階席でも距離を感じさせず、すごく楽しむことができました。そのライブでハイタッチコーナーがあり、３階席まで来てくださったアイドルから、生まれて初めてファンサをもらい、わたしは過呼吸気味になりながら腰を抜かしたことを今でも鮮明に覚えています。
このお話で、雪乃に同じ体験をしてもらいました（笑）。
アイドルは見ている人みんなを笑顔にさせて、楽しませてくれて、幸せを与えてくれます。
推しの存在は偉大です！

颯は、わたしの理想のアイドル像がすべて詰まっています。そして、そんな颯に溺愛されるヒロインはどんな子だろう？と思ったとき、裏表がなく、かわいらしいけど思いやりのある芯の強い女の子として雪乃が生まれました。
そんなふたりの恋模様に少しでもきゅんとしたり、楽しんだりしていただけていたら幸いです。また、チラッと登場した藍原凌馬は、サイトでは主要人物でお気に入りのキャラです。ソラ主演ドラマの作品もサイトにあるので、ぜひチェックしてみてください。

最後になりましたが、書籍化にあたり、素敵すぎるカバーと挿絵を描いてくださったなま子先生。この本ができあがるまでに関わってくださったすべての皆様。
そして、今この本を読んでくださっているあなた様。
作品を通して出会うことができたすべての皆様に、心より感謝申し上げます。
またどこかで出会えることを祈っています。

2021.5.25　まは。

作・まは。

5月生まれの関西人。アニメやマンガや声優が好きで、休日は、趣味である音楽鑑賞、読書、小説を書いて過ごしていることが多い。既刊に『イジワルな君に恋しました。』『だから、俺にしとけよ。』がある。（すべてスターツ出版刊）現在もケータイ小説サイト「野いちご」で活躍中。

絵・なま子

漫画家・イラストレーター。既刊に『ドラマティック・アイロニー』①〜⑧（KADOKAWA刊）がある。pixivシルフにて活動中。

ファンレターのあて先

〒104-0031
東京都中央区京橋1-3-1
八重洲口大栄ビル7F
スターツ出版（株）書籍編集部 気付
まは。先生

超人気アイドルは、無自覚女子を溺愛中。
2021年5月25日　初版第1刷発行

著　者　まは。
©Maha 2021

発行人　菊地修一

デザイン　カバー　粟村佳苗（ナルティス）
人物紹介ページ　久保田祐子
フォーマット　黒門ビリー＆フラミンゴスタジオ

ＤＴＰ　朝日メディアインターナショナル株式会社

編　集　黒田麻希　酒井久美子

発行所　スターツ出版株式会社
〒104-0031 東京都中央区京橋1-3-1　八重洲口大栄ビル7F
出版マーケティンググループ　TEL03-6202-0386
（ご注文等に関するお問い合わせ）
https://starts-pub.jp/

印刷所　共同印刷株式会社
Printed in Japan

ISBN 978-4-8137-1093-6　C0193

ケータイ小説文庫　2021年5月発売

『溺愛王子は地味子ちゃんを甘く誘惑する。』 ゆいっと・著

高校生の乃愛は目立つことが大嫌いな、メガネにおさげの地味女子。ある日お風呂から上がると、男の人と遭遇！　それは双子の兄・嶺亜の友達で乃愛のクラスメイトでもある、超絶イケメンの凪だった。その日から、ことあるごとに構ってくる凪。甘い言葉や行動に、ドキドキは止まらなくて…？

ISBN978-4-8137-1091-2
定価：649円（本体590円＋税10%）

ピンクレーベル

『超人気アイドルは、無自覚女子を溺愛中。』 まは。・著

カフェでバイトをしている高2の雪乃と、カフェの常連で19歳のイケメンの颯は、惹かれ合うように。ところが、颯が人気急上昇中のアイドルと知り、雪乃は颯を忘れようとする。だけど、颯は一途な想いをぶつけてきて…。イケメンアイドルとのヒミツの恋の行方と、颯の溺愛っぷりにドキドキ♡

ISBN978-4-8137-1093-6
定価：671円（本体610円＋税10%）

ピンクレーベル

『今夜、最強総長の熱い体温に溺れる。～DARK & COLD～』 柊乃（しゅうの）なや・著

女子高生・瑠花は、「暗黒街」の住人で暴走族総長の響平に心奪われる。しかし彼には忘れられない女の子の存在が。諦めたくても、強引で甘すぎる誘いに抗えない瑠花。距離が近づくにつれ、響平に隠された暗い過去が明るみになり…。ページをめくる手が止まらないラブ&スリル。

ISBN978-4-8137-1092-9
定価：649円（本体590円＋税10%）

ピンクレーベル

『君がすべてを忘れても、この恋だけは消えないように。』 湊祥（みなとしょう）・著

人見知りな高校生の栞の楽しみは、最近図書室にある交換ノートで、顔も知らない男子と交換日記をすること。ある日、人気者のクラスメイト・樹と話をするようになる。じつは、彼は交換日記の相手で、ずっと栞のことが好きだったのだ。しかし、彼には誰にも言えない秘密があって…。

ISBN978-4-8137-1094-3
定価：649円（本体590円＋税10%）

ブルーレーベル

書店店頭にご希望の本がない場合は、
書店にてご注文いただけます。